# 成都是一个古城

李劼人◎著

四川人民出版社

**图书在版编目（CIP）数据**

成都是一个古城 / 李劼人著. — 成都：四川人民
出版社，2023.5

　ISBN 978-7-220-12982-7

　Ⅰ. ①成… Ⅱ. ①李… Ⅲ. ①散文集－中国
－现代 Ⅳ. ①I266

中国国家版本馆 CIP 数据核字（2023）第 025428 号

CHENGDU SHI YIGE GUCHENG

# 成　都　是　一　个　古　城

李劼人　著

| | |
|---|---|
| 责任编辑 | 王　雪 |
| 封面设计 | 张　科　　李秋烨 |
| 责任校对 | 舒晓利 |
| 责任印制 | 祝　健 |

| | |
|---|---|
| 出版发行 | 四川人民出版社（成都三色路 238 号） |
| 网　　址 | http://www.scpph.com |
| E-mail | scrmcbs@sina.com |
| 新浪微博 | @四川人民出版社 |
| 微信公众号 | 四川人民出版社 |
| 发行部业务电话 | (028) 86361653　　86361656 |
| 防盗版举报电话 | (028) 86361653 |
| 照　　排 | 四川胜翔数码印务设计有限公司 |
| 印　　刷 | 成都东江印务有限公司 |
| 成品尺寸 | 130mm×185mm |
| 印　　张 | 10.75 |
| 字　　数 | 220 千 |
| 版　　次 | 2023 年 5 月第 1 版 |
| 印　　次 | 2023 年 5 月第 1 次印刷 |
| 书　　号 | ISBN 978-7-220-12982-7 |
| 定　　价 | 72.00 元 |

复活一个古城的经脉 集萃两个世纪的闲适

本书在编辑出版中，尽可能保留了原版本的惯用字、通假字和标点用法；人名、地名亦保留作者原译法。

# 回忆我的父亲（代序）

李 眉

## "自由著述"

从我上小学起，每次在填写学生登记表一类的东西时，父亲总是在"家长职业"一栏内填上"自由著述"几个字。什么是"自由著述"呀？我弄不懂，问父亲，他爽朗一笑："著述吗？写书嘛。你不是天天都看到我在写字吗？自由吗！我不当官，不攒钱。想写就写，想读就读，起居无时，怡然自得。"当时，我年纪还小，对他的话，似懂非懂，只觉得父亲好像很喜欢"自由著述"这个行道。那时，他大约40岁出头，《死水微澜》还没有开始写。

以后，我年龄渐长，常常听见父亲讲他以前的事，才慢慢地悟出父亲选择"自由著述"这条道路对他的确是较为合适的。

父亲在中学时代，经历了中国历史上的巨大社会变革——1911年孙中山先生领导的，推翻清封建王朝的辛亥革命。作为这次革命的前奏，四川省的保路风潮（即争取铁路民办权利）曾引起全国的注意。那时候，父亲正在中学念书，他作为学生代表参加了保路运动，初步感受到自甲午战争以来，中国这个地大物博、人口众多而又苦难重重的国家中错综复杂的矛盾。以后。辛亥革命成功了，中国几千年的封建统治被推翻了。但是，封建社会的陈规陋俗积重难改，旧社会的污泥浊水翻滚横流。成都地处西南边陲，封建势力、军阀、哥老会、奉洋教的帝国主义追随者，种种恶势力竞相争夺，和全国的封建势力、军阀遥相呼应。这一切引起了父亲的深思。恰巧在这个时候，父亲中学毕了业。家里没有钱供给他继续上学，一个做县官的亲戚把父亲带去做县衙门的秘书。父亲在县衙门中工作近两年，看到了社会的许多阴暗面，其丑恶程度简直使他大为吃惊。他没有想到经过了辛亥革命，清朝末期的种种腐朽东西在这里又改头换面的出现了。他十分愤懑。决心不再跨入官场，要用自己的笔来鞭挞社会的黑暗。

这样，父亲从1921年开始就走上了文学创作的道路。他写了100多篇揭露社会黑暗面的短篇小说，反对袁世凯称帝和张勋复辟的评论、杂文等等。这些就构成了他早期作品的主要内容。

1919年五四运动爆发时，父亲28岁。资产阶级民主、自由的新鲜空气使他精神为之一振。同年底，他就离开了残废的母亲和新婚八天的妻子到法国勤工俭学去了。行前，他的一个朋友问他到法国将学什么？他回答："还是学文学吧，这个天地好像很广阔，我的兴趣，我的性格，还是学文学好些吧！"

父亲善于思索，但性格却很开朗、豪放，谁要是同他开诚相见，他就会滔滔不绝，一见如故。他一到法国，住在贫民区的学生公寓，左邻右舍都是些工人、小职员。这些法国人乐观、爽朗、善良、健谈，同他很合得来。以后很多年，父亲一直怀念在法国这一段时期的生活。特别使他难以忘掉的是 1921 年他得了一场急性盲肠炎和腹膜炎的经历，他在免费的平民医院里住了 62 天，病得九死一生，但却获得了中国穷学生和法国贫贱者阶层的无比宝贵的同情。大病初愈，他满怀激情地写了一篇中篇小说，用日记体载记下这几十天中的所见、所闻、所想，小说的题目就叫《同情》。

在法国四年多，父亲接触了大量的法国文学艺术。研究了知名和不知名作家的作品。他说："要懂得法兰西近代小说的真相，最好的方法，便是从各家的作品上去探讨。"他觉得这好比是"读千赋而后作赋，阅千剑而知使剑"的办法。

1935 年，父亲开始创作以 1894 年中日甲午战争到 1911 年辛亥革命这段历史为背景的三部长篇小说：《死水微澜》《暴风雨前》《大波》。少年时代在历史激流中的感受，中国古典文学的基础，法国名家著作的启示，浑然一体地融合在这几部著作中。

父亲在写作这几部长篇小说前后，虽然做过一些其他的事，如教书，开过小餐馆，当过造船厂厂长，经营过一个小小的造纸厂，但是，几十年间，他立志于"自由著述"的思想始终未曾改变。不管他做什么事，他的创作和翻译工作从来没有间断过。

1924 年，他从法国回到成都不久，一些依附于军阀的留法同学很想把他拉入政界。那个时候，留学生很吃香，当官很容易，军阀和旧官吏们都喜欢用他们来装潢门面。可是父亲回到故乡不久，就说："我要闭门著书，不问外事。"著书是真的，"外事"却没有"不问"。他当报馆编辑，写评论时，对军阀颇有抨击，因而，惹怒了一个军阀，报馆被封，他和几个同事还被抓去关押了几天。为这件事，父亲后来还写了一个短篇小说，叫《编辑室的风波》。

然而，在新中国成立以后，父亲却做了13年共产党的"官"！1950年，成都解放刚半年多，父亲被委任为成都市副市长。委任书刚送来，他就把它退了回去。这件事使好多人大为不解，有人问他："你不喜欢共产党？不愿意向共产党合作？"他哈哈大笑，说："什么话？我早就同共产党合作了，而且合作得很好。"这确实不假。1937年抗日战争开始，党领导的"中华全国文艺界抗敌协会成都分会"一成立，父亲就参加了协会的领导工作，整整十年间，他同党配合得很好，至今还有一些同志在怀念这一段往事。成都解放前夕，父亲代表成都文艺界写了一份《欢迎解放军入城》的宣言，热情洋溢，流露出久盼解放的心情。成都一解放，父亲就当选为市人民代表，他是极为高兴的。

没有想到，委任书又送回来了。这一下，父亲认真思索了一番，终于，他接受了委任，一直到他去世。后来，我曾向他提起这件事，问他为什么退回委任书，为什么又接受？他十分坦然地说："这有什么奇怪？我只是想恪守年轻时候的誓言。再说，我年纪也大了，时间不太多，想集中精力写一点像样的东西，以了心愿。"他停了停，若有深思地说："清朝时候的官，我看过，民国时候的官，我也看过，真是腐败透顶。共产党的朋友，我认识不少，都是好人哪！我们这个国家，国民党搞不好，看来，只有共产党来。我参加工作，时间是要花费一些，不过，我要写作，我相信共产党是会支持的。"

## "小雅"

1930年，父亲在成都大学当教授。当时学校校长张澜是一个进步人士。他主张共和、民主，反对帝国主义、封建主义和四川的军阀割据。父亲很钦佩张老先生。当时，革命正处于低潮。四川连年军阀混战，民不聊生。他们逮捕和枪杀了一些中共秘密党员和进步青年学生，其中就有父亲的朋友和学生。张澜先生也受到军阀的排挤、威胁，在成都无法安身，决意离开。父亲平日支持张先生的言行，张先生一走，他自知在成都大学也待不下去。那么，干什么呢？

父亲从小对一切都井井有条，穿着朴素、整洁，他的手稿向来是工整的，同学们给他一个外号叫"精公"。他也很讲究吃，对菜的做法也有一些研究。母亲做得一手好菜，在亲戚、朋友中相当知名。这一点父亲的朋友刘大杰在1946年写的回忆文章中有这样的描述："到劫人家去喝酒，是理想的乐园，菜好酒好环境好。开始是浅斟低酌，继而是高谈狂饮，终而至于大醉。这时候，他无所不谈，无所不说，惊人妙论，层出不穷，对于政府社会的腐败黑暗，攻击得痛快淋漓。在朋友中，谈锋无人比得上他。酒酣耳热时，脱光上衣，打着赤膊，手执蒲扇。

雄辩滔滔，尽情地显露出他那种天真浪漫的面目。"这段回忆同时也形象地反映了我父亲的性格。

由于母亲有一手做菜的手艺，因此联想到经营一个小餐馆，既可解决一家四口的生活，又不为五斗米而折腰。

经过一番准备，父亲在自己租住的家门旁另租了一大间房子，一隔两间。前间约20多平方米，临街，作餐厅；后间约十几平方米，作厨房。餐厅粉刷一新，临街的门窗漆成蓝色。门上挂着一块招牌："小雅"，字迹清秀，是父亲的手笔。

"小雅"来自《诗经》。《诗经》中这部分诗歌多是辑录古代民间传诵的反抗暴政的歌谣。餐馆取名"小雅"，可见餐馆主人的用心。

"小雅"的开业，在成都引起了轰动，新闻界也很注意。开业那天，成都各报都当做一大新闻来报道；标题更是各式各样，有的是："文豪作酒佣"，有的是："大学教授不当教授开餐馆"。

实际上母亲是餐馆的主持人。她帮助几个厨师安排菜肴、点心、面食的品种花样。每天亲手做六种主菜，每周变换一次花样，这些菜别具风味，极受顾客欢迎。因此，生意十分兴隆，整天座无虚席，小小的餐馆门前经常停放着有钱人的小汽车和装备得很华丽的私人人力车。

餐馆开了一年多。"李劫人做生意赚了钱"的说法渐渐传了开去，这就给我家带来了一场灾难。

当时，成都土匪横行，他们同哥老会、军界串通一气，结成一股恶势力，走私、贩毒、抢劫、绑架，无恶不作。

1931年冬天的一个早晨，保姆带着刚满四岁的弟弟一去不回。到了晚上，家里明白出了事，全家顿时陷入极端悲痛和恐惧之中，亲戚、朋友四处找人，打听消息，毫无下落。半个多月后，一个亲戚通过一个军官，找到一个哥老会头头，才打听出弟弟被土匪绑架到成都远郊一个地方。

这个哥老会的头头没有子女，经这位亲戚从中斡旋，父亲答应等孩子放回来后，拜他为干爹。于是，这个人就传出话：拿600块银元去取人。

父亲没有积蓄，开了一年多餐馆，表面上生意很好，实际上除了付给堂倌的工资，解决一家的生活外，所剩无几。赎人要600块银元，加上请客送礼，打通关节，总共要1000块银元，父亲实在没有办法。这时候，父亲一个朋友慨然相助，拿出1000块银元借给父亲，不要利息，不限还期。

经过许多波折，1931年农历除夕前夕，弟弟赎回来了。

"小雅"呢，自从弟弟被绑走，就关了门。父亲和母亲也无心再经营这个行业，只有另找谋生的办法。

那个哥老会的头头成了弟弟的干爹后常来我家走动，经常讲些哥老会的内幕，父亲对这些很感兴趣，又仔细观察研究了他和他的三朋四友。以后，在父亲的一些小说中，就出现了这些人物的影子。

## "菱窠"

从成都市中心往东约八公里，有一个小镇，名沙河堡。从沙河堡往南，走过半华里泥土小路，就能看见一片果林，面临着一个大水塘，这里就叫菱角堰。

1939 年春天，日本飞机开始轰炸成都，城里的人纷纷向城外疏散。一些用竹、木、草临时搭盖起来的房子遍布了成都的近郊。当时，大家都把这类房子叫做"疏散房子"。

父亲有一个朋友，在菱角堰经营果园。他把果园的一角廉价卖给父亲，作为修建"疏散房子"的地方。于是父亲就自己设计，找了几个泥瓦匠、木工，赶修了几间茅草顶、黄土墙的房子。

房子不大，连院子在内一共两亩多地。面临着菱角堰，院内有十几棵苹果树、几棵柠檬树、几棵桃树和梨树。院子周围，刺藜作墙，屋前屋后，一丛丛玫瑰、月季和蔷薇。院外，柳树和桃树相间，一直伸延到菱角堰周围，这是父亲初到那里时亲手种下的。

我家从来就是租宅而居。父亲从小吃够了搬家之苦，他最痛心的是家里积存的书和资料，每搬一次家就丢失一些。"疏散房子"建好后，他十分满意这个地方和这几间茅草房，决心一辈子住在这里。他在院子大门门楣上题了"菱窠"二字，就是说，这里是菱角堰的一个窠。每年，他总要积蓄一点钱来修整房子，慢慢地，"菱窠"从临时的"疏散房子"成了永久的住宅。

父亲在"菱窠"住了 24 年。解放前 11 年，解放后 13 年。解放前的 11 年，日子比较难过。特别是 1948 年至 1949 年这两年。

父亲自抗日战争以来，积极参加"中华全国文艺界抗敌协会成都分会"的活动。据陈翔鹤同志的回忆，父亲当时"并不管组织工作或日常工作。但他却自始至终从不曾放松过他领袖群伦的理事职责。无论什么事情，只要我们一去同他商量，他就会一马当先，毫不退缩"。"每次开大会，我们必定推他作主席，而他不管有无危险，也从不推辞。发言时，更是精神奋发，声如洪钟，把我们事先商量好的话，全都说了出来，可以说他是替大家在发言。这在特务横行、白色恐怖日甚一日的蒋管区，确实是十分难得的。""这些活动早已引起了特务们的注意。1948 年，父亲又在成都一家报纸上发表了连载长篇小说《天魔舞》，揭露国民党买办官僚资本家的腐朽和特务的横行。父亲自己说："这部小说写得并不精炼，可是却受到了官方的警告"。

那个时候，国统区的进步学生运动正蓬勃开展，我和弟弟在大学校里也参加了反对蒋介石统治的学运。

1948 年冬天，成都笼罩着白色恐怖，特务到处抓人。弟弟受到追捕，躲到亲戚家，我没有跑掉，被逮捕关押在特务私设的监牢里。父亲到处找人说情，总算把我保释了出来。但是，"菱窠"却从此不得安宁。

特务三天两头借故到"菱窠"来，可能是监视我和父亲的行动，也可能是看弟弟到底是不是在家。

恐怖、愤怒、压抑充满着"菱窠"。好几次，父亲气得要把特务赶出去，可是，"好汉不吃眼前亏"，我们强咽着气硬把父亲拉住。

好容易盼来了成都的解放！1949 年 12 月 28 日，下午，父亲兴冲冲地从城里回来，一进门就扬着手中红字印刷的"号外"，大声嚷道："快看，快看，解放军要入城了。"这天晚上，父亲高兴得像个孩子，要母亲做几个可口的菜，把弟弟接回家，大家围坐在一起，他高举着酒瓶说："都喝酒，庆祝解放！"

新中国成立后的 13 年，日子过得很顺畅。父亲每天进城到市人民政府工作，参加一些政治活动和文艺界的活动，一回到家，就到自己的书房兼卧室里翻阅各类报纸、杂志和史料，少年和中年时代的许多往事重又在他脑子里浮现。他开始考虑一个宏大的创作计划。

1954 年，作家出版社要重新出版他的三部长篇小说。父亲决定修改后再付印。于是，他集中精力，大量阅读了中外名著，重新研究有关史籍资料，进行调查访问，征求读者意见，为再创作进行着紧张的准备。《死水微澜》改动不大，《暴风雨前》改写和重写的地方较多；《大波》完全是另起炉灶，重新写过。

他那时已经年过 60，但是精力相当充沛。他自信能够写到 85 岁。他打算写完《大波》（约 120 多万字）后，再写一部反映五四时期知识分子动态的长篇小说，已定名为《激湍之下》。接着改写《天魔舞》。然后，再写一部反映解放后人民生活的长篇，完成一套反映半个多世纪中国社会变革的小说史。

由于生活安定，父亲在精心进行创作的同时，就着意把"菱窠"修缮了一番：把草屋顶改成瓦顶，把原来存放小杂品的小阁楼改建成宽敞明亮的楼房，里面整整齐齐地排列着几十个大书橱和几十个小书匣，存放着他几十年来，特别是解放以来购买的两万几千册书籍、装订成册的解放前后的报纸、杂志和两千多件中国字、画。

父亲不是收藏家，在他购存的书中，珍贵版本极少，但却种类庞杂。经史子集、诗词歌赋、中外文学名著、地方志等等最多，甚至还有一些科学常识书籍。这些，全是为了创作而准备的。

父亲很喜爱他的这个小小的"书楼"。在家里的时间，除了在自己的房间里写作外，就是在这个"书楼"上浏览书籍了。有一次，他颇含深意地对母亲说："我这个人一辈子没有什么东西，就是存了这一点书和画，我死了以后，你把它捐献给国家。"

1962年12月12日，父亲心脏病发作。在离家去医院的时候，他对母亲说："'大波'还没有写完，过几天，我们就回'菱窠'。"在医院里，他在昏迷中还不停地喃喃自语："我这部书还有30万字……30万字……。"是的，《大波》还剩下30万字没有写出来，《大波》以后的几部已有具体计划的长篇小说还来不及动笔，父亲就离开了"菱窠"，离开了他住了24年的家，再也没有回来了。

一九八一年五月　北京

原载一九八一年五月《中国文学》（英文版）

# 目 录

# 成都是一个古城

　　成都是中国西南部一个古城。还在三千多年前的部落时代，已有相当高的文化。那时部落号为蚕丛氏，国名叫蜀。蜀就是蚕蛹的古义。以氏族和国度名称来看，可说中国蚕丝的发明便在这地方。

　　蚕丛氏时代的蜀国幅员相当庞大。川西大平原是它的根据地。但那时川西大平原尚是一片沼泽地带。由灌县漫溢出来的岷江江水，尚无一定过流河床。所以在蚕丛氏以前的部落号为鱼凫氏，它的意义就是说明了那时代的人民还生活在水中。

　　蚕丛氏后为开明氏。这时的蜀国与秦国有了交通。公元前三一六年，蜀国在秦岭南部开辟通道，可以驰行车马。之后，秦国遂派大兵侵蜀，灭开明氏。那时统率大兵的是秦大夫张仪和司马错。

　　蜀灭之后，张仪和司马错为了统治和镇压土著人民，便相度地势，在重要地点筑了三座土城，专门用来屯驻军队和官吏。这三座土城，一为邛城，在今邛崃县；一为郫城，在今郫县；

一为成都城，在今成都旧城内。据书籍所载，成都城因土质恶劣，筑成了又圮，圮了又筑，直到公元前三一〇年方才筑成。并因曲折不规矩颇似龟形，故在早又叫龟城。后来不知在何年代又在龟城之西筑了一座较小的城，用来居处平民和商贾，称少城。龟城称为大城。

尚在秦朝时代，蜀国改为蜀郡。曾有一郡守李冰是中国历史上有名的治水专家。他在四川的功绩人人皆知。治理灌县的都江堰，成都城外的两条河也是他疏治的。于是，四川西部平原的积水才有固定的排泄河床，并成功建了沟渠网。成都城外两条河因地形关系都是由西北并流向东南，到今九眼桥地方才合而为一。从这时起，交通更为方便。秦朝时代最为考究的能走四匹马并排拉车的"驰道"，已纵横于川西地方。从而手工业也发达起来了。成都城南便有了两处手工业集中的小土城，一为专门造车的车官城；一为专门用川西特产蚕丝制锦的锦官城。经过若干年这两座城都消灭了，但因制锦为成都特殊的手工业，故成都又称锦官城，简称锦城，并把城外两条河之一称为濯锦江，简称锦江。其余一条呼为流江，又呼沱江。

到西汉武帝时代（公元前一四一年至公元八七年）为了沟通西南少数民族（即今茂县专区、西康、云南、贵州省的大部分），以成都为重点，遂在公元前一一五年扩大成都大城、少城。经以前少少几道城门开辟为十八门，而使四川许多地方都筑了城，并以成都为模范，造了许多防御工事，如楼橹雉堞之类。

西汉之末，中国大乱。公孙述据蜀称王（公元二四年）。到公元三六年为东汉大将吴汉所灭。这是成都建城后第一次城下之战，也是第一度作为帝王之都。

成都第二次作为帝王之都是在魏、蜀、吴三国鼎立时代。从蜀汉先主刘备于公元二一一年攻入成都算起，到公元二六三年后主刘禅出降于魏国大将钟会之时止，成都作为蜀汉都城四十八年。

直到现在尚确可指为蜀汉遗迹的只有公元二二一年刘备筑坛即皇帝位于五担山之南的那座差不多已将坍平的、由开明时代遗留下来号称五担山的土丘和可能作过蜀汉丞相府第中的一口水井，即今东城锦江街的诸葛井，以及曾经是蜀汉丞相诸葛亮的桑园，并且是刘备的陵墓所在，即今城南外面的武侯祠和昭陵（一般称为皇坟）。

蜀汉时的成都，仍然是大城少城两座城，仍然是大城住官吏，少城住平民商贾。蜀汉的宫殿也在大城。当时蜀汉全国人口不上二百万，成都是国都，据估计两座城的人口绝不会超过十万。这是张仪筑城之后五百七十年中人口最盛的一个时期。

成都第三次作为帝王之都，是在公元三〇四年到三四七年，当中国西晋到东晋的时候，也是四川和成都在历史上最为衰败的一段时间。那时正是少数民族散处中国，纷起割据，由陇西侵入到四川来的巴氏人李氏。侵入原因是由于饥荒，侵入人数不过三万。李氏夺得政权自立为蜀主，当地人民不能相安，四川土著曾经一次举族流亡到湖南湖北等地去的便达四十万家。

因此，川西平原和成都人口在这四十三年当中减少得很厉害。所以在公元三四七年东晋朝大将恒温溯江伐汉时，如入无人之境。并且在灭李氏之后，便因成都人口太少，用不着分住两城，仅保留了一座大城，而将少城拆为平地。这是成都筑城以来第一次大变更。经过二百三十五年的南北朝，虽然变乱频频，但四川却因是边疆地方，尤其是成都偏在西陲，没有遭到许多大兵灾，人口反而渐渐增多了。因此，隋统一中国之后，在公元五八二年，隋文帝杨坚封他第四子杨秀为蜀王兼益州总管。他到成都时，便感到一座城太小。据书籍记载，杨秀遂附着大城的西南，增筑了一道城墙，说是"通广十里"，也称少城。不过与琴汉时少城不同之处在于附着大城而非与大城相犄角。杨秀所筑少城，也是土城，而所取土就在少城内。取土既多，其地遂天然成为一个大池，名摩诃池，在唐宋时是有名的胜境，不亚于今天北京的三海。元、明时，已渐淤塞。清代二百八十多年中还剩有"水光一曲"。最近四十年来，已无踪影，只是摩诃池的名字还在。成都在唐宋二朝都是中国西南部一个大都会。当时全国最富庶繁荣的，一是扬州，一是成都。尤其在唐玄宗李隆基时代（公元七一三年到公元七五五年），所谓天下四大名城（长安，成都，扬州，敦煌），成都便居第二。成都恰又处在当时首都长安之南，故在李隆基逃避安禄山之乱，迁居成都时，还一度将成都改称为南京。稍后中国大诗人杜甫从甘肃避兵到成都，所作诗还题为"南京道上"。而且唐朝二百八十三年中（公元六一八年到九〇五年），西川节度使大都是由负有全国威望的大臣出任。又因常与西藏云南少数民族作战，今天的茂县专区和西康省的西昌专区，都是那时的战场，成都是兵粮转运据点，故又是当时的重镇。在公元八五七年南诏国（今云南省大理地方的白族，后即更号大理国）大兵从会理、西昌越过大渡河，由宜宾、乐山沿岷江攻到成都城外，大肆杀掠，四郊人民避入城内，不但无屋可居，据史书言，连摩诃池的水都喝干了。南诏兵围城一个半月，才被战败向新津退去，这是成都遭受外患的第一次。又在公元八七四年南诏大兵又进攻，前锋达于新津县，成都又一度恐慌，四郊居民又纷纷入城。据史书载："数十万人蕴积城中，生死共处，污秽郁蒸，将成疠疫"。这是成都遭外患的第二次。距上次不过一十七年。因此，在公元八七五年，唐朝大臣高骈调任西川节度使到成都，把南诏兵逐回大渡河南岸之后，便建议在成都城外当西南一面，再筑一道罗城。

这时成都城只算是一座城。原来的大城和杨秀附着西南增筑"通广十里"的少城，已是混而为一，通名为子城。虽然比起原有一城大了许多，但其中既容了一片很大的摩诃池，又因唐朝信奉佛教、道教，在城内修建了许多占地极大的崇宏寺、庙、观、宇，如今天尚部分存留的大慈寺、文殊院，已经没有了的石牛寺、严真观、江渎祠，便是一例，因而容纳人民居住的坊和作商业交易的市，便非常不够。即在两次遭受外患以前，当公元八〇〇年前后韦皋作西川节度使时，便曾在南门内外锦江之南修建过一片可容纳一万户的"廛闬楼阁"，名为新南市。

但据史书记载，人口的增加也不能拿今天的情况来推想。因为就在唐朝极盛时代，全中国人口不过五千一百多万，四川绝不会占其十分之一。因为在公元九六五年，后蜀主孟昶投降北宋时所缴的户籍才五十万四千零二十九户，从前的户要大些，平均每户八人计，也不过四百二十余万，即以十人以上计也不过五百五十余万。但唐朝末年和五代时候，还因中国大乱，四川是比较安定的地方，长江一带和陕西甘肃等地许多人家不断逃到四川，所以才增加了那么多人口。据这种理由来估计，在唐朝的四川人口绝不会达到四百万。成都固然是繁华地方，也是重镇，那时的人口也不过是占总数的二十分之一。所以当两次外患，四郊居民纷纷躲入城内，连摩诃池水都不够供给，然而据史书记载也止"数十万人"而已。

就因为连二十万人都不够容纳的成都之城，所以在公元八七六年高骈便相度地势在西北角上先筑了一道长九华里的高堤，即今天的九里堤，当时称为糜枣堰。把原来的两条像衣带一样的、经由西北流向东南的内面一条河流，即称为流江又名沱江的，从这堤下另掘了一道河床，使它分由西北向正北绕正东流向今天的九眼桥，与剩下的那条外面流的锦江仍然在今天安顺桥口合流。其次，便在干涸的河床南岸，用当时由四郊坟墓掘得的砖石，砌成了一道周长二十五华里的罗城。

成都在唐朝时已很繁荣了。连在于城罗城内所修建的人民居住的坊，即今天所称的街，共有一百二十坊。有东南西北中五处商业交易的市，有全国驰名的手工业如蚕绵织锦，制药、花笺纸绢扇等。但它极盛时代尚不在唐朝，而是在从公元九〇七年到公元九六五年，五十八年的五代时期。在此时期，四川前后有两个独立国，都称蜀国。前一个称前蜀，为唐朝大将王建于公元九〇八年称帝，至九一八年病死，其子王衍即位，至公元九二五年被后唐所灭，计立国十七年。后蜀为后唐大将孟知祥于公元九三四年称帝，九三五年病死，其子孟昶即位到公元九六五年被北宋所灭，计立国三十一年。前后蜀都城都在成都。故成都可算是第四第五次的帝王之都。

这五十八年中，成都的繁荣可谓达于顶点。所以致此的原因，第一，由于四川，尤其成都不像中原和其他城市遭到不停息的战争。第二，四川的财富不但不曾外溢，而且还以四川的特产、尤其是织锦之类，换人许多财富。第三，前后蜀国的两个后主都爱好文艺逸豫，朝野之间，形成一种享乐风气。第四，赋税较轻，劳役较省，人民较安定。第五，前后蜀的灭亡都没有经过城下之战。在这时期中，成都最为显著的事件有：一、孟知祥时为了加强外御，又在罗城之外加筑了一道比较低而不很厚的土城，用以限制骑兵驰突，当时名羊马城。长四十华里，从东北角起逶迤到西南角止，一则东南西面限于河流不易兴筑，二则也因外患之来止在西北二面。但筑城之后未使用。到孟昶时作为花坛，沿四十华里的土城上种了无数的木芙蓉，甚至连旧有罗城上都种遍了，秋来开花，斓如云锦。故成都又称为芙蓉城，简称蓉城。

二、从王建起就着意兴建宫室苑囿。他们两代帝宫都在唐节度使公署内，即今天成都市人民政府所在地。不过那两代规模却大多了。从今天东顺城街以西，几乎半个成都城的地方都是。似乎比今天北京清朝故宫和三海还为富丽优美的宫苑。从当时一位著名女诗人，即孟昶宠爱的小徐妃的一百首宫词中可以看出。除了原有摩诃池更加扩大外，还在今天半个少城地方掘了一片更大、更曲折、优美，并且具有岛屿、浦、溆、台榭楼阁等许多仙境似的龙池。而达官贵人的园林也到处都是，此外还有供平民大众游玩的胜境，如高骈改流以后那一条包在城内的无所用之的河床，便改为一片名胜的江渎池（即今天从南较场经由上莲池、中莲池、直到新南五门之西，所谓下莲池那一大带市街的地方）；还有崇楼杰阁的五担山；西门外的浣花溪、百花潭；还有东门外的合江亭、梅园，东山；东城角外的千顷池；北门外的宣华苑，威凤山，学射山等等，都是可以四时去游玩之处。许多地方虽在宋时更为著名和美化，但建基却在这五十八年比较承平的时候。

三、文学艺术盛绝一时。这是因为成都在文艺方面本有良好基础，加以那时中国大乱，许多文人艺匠都避乱来到成都，启发了许多新的东西。今天从书籍所载确可考出的，第一是雕刻书版，在当时不但只有成都有此一门艺术，而且传到今天，还是以那时蜀刻木为最精美。只要得到一页半页，便珍若拱璧了。第二是绘画，无论是画在绢上，纸上，壁上，都以成都为最好，为最多。尤其壁画，除宫殿中的外，凡画在各寺、庙、观、宇壁上的都有记载，可惜从北宋起，历经变化，大都无存了。第三是诗词的著作，那时只有在江南的南唐才能与之匹敌。就在今天，讲五代文学，也不能不以西蜀南唐作代表。

成都在公元九六五年到北宋，仅仅二十九年，便遭了一次大兵灾。据史书言，是由于北宋认为蜀地太富庶了，灭蜀之后，除将孟氏所搜刮储积的财富都全夺去外，对于蜀地人民复想出各式各样花样来尽量剥削。平民百姓简直活不下去了，于是青城县（即今青城山一带）一个平民王小波便率众反抗，不久王小波病死，众人推李顺为领袖，继续作战四年，于公元九八四年攻入成都。可惜李顺仍不免陷于历史上农民革命的规律，一入成都便忘了起义的目的，而称大蜀王登基改元，以四个月的悠长时间，坐等宋朝官吏调兵遣将反攻进成都，把他捉住了。这次战争中，城市破坏很大，许多好的建筑物烧毁了，许多难得的文物艺术也破坏无存。尤其古今无匹的壁画，所余也不到一半。但是不到五年，即公元一〇〇〇年初，又遭一次兵变。起因是由于统兵官歧视土著士兵，待遇不平，土著士兵愤而生变。打了八个月，使宋朝官吏很吃了些苦头，几乎从新都方面一里一里地攻到成都城外，又费了许多劲攻入罗城（是时羊马城已经颓圮了），又几乎是逐坊逐巷地才从北门攻到南门，奔出南门完事。经过这次激烈巷战，对城市破坏更大。据宋朝人笔记说：自此以后，由唐朝到宋朝初积累下来的文物几乎百不存一，数十年前营造得像仙景似的摩诃池，龙池，在北宋时已荒芜，到南宋便渐渐淤塞。据一位爱国诗人陆游说，许多地方已经变为"平陆"。

不过在整个宋代（公元九六〇年到一二七六年），成都也还有它特盛处。第一，织锦手工业特别发达，并全部为官营。因为宋朝朝廷要利用这种特种手工艺品去博取辽、金、元人的欢心，并用它去掉换马匹。第二，雕刻书版愈多愈好，始终居当时临安的这项手工艺之上。第三，花笺纸也继续着唐朝余绪，未曾衰败。第四，城市建设除了前后蜀的宫苑限于当时体制未能恢复旧观外，其他很多名园胜境似乎比唐朝还要多些、好些。第五，城内河流除唐朝已开辟的一条金河外（即今天的金河，稍有变更），还开辟一条解玉溪（明末已淤为平陆），解决城内饮水、交通、消防问题。第六，创始地在"红尘涨天"的土路面上铺石板为全国各大城市取法。这都是由于三百年间除了宋初两次激烈巷战外，并未经过大变乱，只管黄河、淮河流域，长江中下流，襄河秦岭等处有过若干次大战，而四川内地尤其成都到底还是小康地方，人民比较得以安宁之故。

从公元一二二五年起，蒙古兵曾三次攻占成都。直到公元一二五八年元人才在成都树立了基础。蒙兵入城之初，杀戮破坏都很厉害，后来安定后也没大的恢复。而且，据书载当时科差繁重，而就戍往来者扰民尤重，且军官或"抑良民为奴……"。充分说明了当时四川，也是成都人民的痛苦情况。可这一百余年当中，成都是再度衰败了。

公元一三五七年（元朝末年），四川政权转移到一个湖北起义农民明玉珍手。明玉珍死于一三六六年，其子明升承继，至一三七一年为明所灭。到公元一三七三年（时明已取得四川），曾两度修复了颓圮不堪的城墙。大概城墙范围仍然照唐宋传下来的一般大小或小有修改，但已不可考了。只是唐宋时在正北、正西、南这三方面是两重城墙，故有子城、罗城之分。而从明朝起，便仅止是一道砖石土混合筑的城墙。

公元一三七八年朱元璋封他第十一子朱椿为蜀王，并在一三八〇年大修城墙时起，派人在五代前后蜀国宫苑遗址上，即是在摩诃池的东边，即今天成都市人民政府所在地，给他修了一座藩王府第。虽然规模比五代时宫苑小，但以今天街市情况考起来，还是相当大的。北起今天骡马市街，南至今天红照壁街，东至今天的西顺城街，西至今天的东城根街，以今天成都街道来看，恰在城中心占了个大长方形地方。藩王府有两道城墙，内面一道在今天正在恢复的御河内沿，正南有三洞城门，一座名端礼门，上有两重城楼。此门楼今已修复，不过比原样低了三至四尺。上半截的龙形琉璃砖瓦更无法恢复。门楼还未修复。当明朝时这中间有十几殿，很多崇楼杰阁，并有比往昔小一些的摩诃池。外面一道墙名夹城，只有东、北、西三面用以隔绝平民百姓。内城之外，夹城之内为园苑。但在明朝中叶有一位蜀王还越前夹城范围，修建了一些别馆，今天在西顺城街南段之东已变为中心菜市场的安乐寺，和北段之东处在鼓楼南街，今天已改为交通所和商业所的一部分的太平寺便是一例。南面端礼门之外，原有拱桥三道，跨于御河之上。再南又有大桥三道，跨于金河之上两侧。当东御街口上原有鼓吹亭两座名龙吟和虎啸亭，一九五二年修建人民南路始发现二亭石基。大三桥之南有长达二十余丈的影壁一座，故此街称为红照壁，在一九二五年方为当时军阀拆卖无余。

从明朝起，成都又渐渐繁荣起来。丝织特产在元时也未消灭，到明朝因为民生安定，需要量大，便又兴旺了。其他许多内外销的手工业品也是这样。故成都在明朝除了藩王府建筑外，其他官署寺庙园林名胜一般地都修得很好，尤其在今天的华西坝和新村一带，是当时最有名的中园，梅花极多，并有唐宋遗留下来的号称梅龙的古梅。虽然明朝二百七十五年间四川别的地方发生过几次战事，但成都还是安静的。不过那时成都人口也并不多，因为城市并没比宋时大，而城内也是除了藩王府占去一大片地面外，东城一个大慈寺就有九十六个院落，西城一个圣寿寺就占去今天少城南面一大半，北门除了五担山和今天的文殊院外，东北角还有一个绝大的益州书院。此外，官署也大也多。而为人民居住处和商场所用的地方很少，而且限于体制，平民百姓的房子大都是平房，没有高楼。以此估计在明朝算是复兴了的成都，它的人口也不过十万上下，顶多十五万罢了。

明朝复兴的成都是在公元一六四六年上半年被消灭的。事情是由于张献忠。因为大半个四川既为明朝和各地土豪据守着，不但不能征取，而且颇有联合起来向川西进逼之势。同时清兵业已进入山海关，与他同时起义的李自成退出北京，撤向山西陕西，有向湖北发展的情形。他便率领大军想由川北去湖北。但他恨极敌人，故决计绝对不留一人一物给敌人。因此，在公元一六四六年初开始有计划地将成都和川西平原上所有未曾跑散的人民都集中起来，所有城墙都拆平，所有房屋东西都烧毁。单以成都而言，在他彻底破坏了六个月，将人民和军队一起带走后，城内城外几乎全光了。古代的遗迹只剩下五担山和金河以及城外的邱陵河流，那是无法变更的。至于人力建设的只有藩王府的端礼门，跨越金河的三座大桥，桥南两只大石狮，一道影壁，这都是明朝的建筑。有些较古艺术，如铜铁佛像等，大抵在他攻入成都时埋藏在土内，尚零星保存了一些。据书记载，就是公元一六四六年起一直到公元一六五九年，十三年中成都是一片荒芜。城内只有野兽而无一个人的踪迹的。到公元一六五九年清四川巡抚高民滕奏请将省会由阆中仍移成都，才开始有了人烟。城墙和房产才因陋就简逐渐修建。到公元一六八三年，据当时最可靠的记载说：因为奖励外省移民到此的结果，城内"通衢"才有了"瓦屋百十所，余皆诛茅编竹为之，而北隅则颓垣败砾，萧然惨人"。这是在大破坏之后三十七年的景象。又经十五年到公元一六九六年，距大破坏后又五十年了，据书籍所载，成都的"人民廛市"已增多，然而也不过几千人口瓦屋数百家而已。

　　成都的恢复是在公元一七一六年前后，才陡然增加了进度。一是地方安定，出产丰富，生活较易，使人民住得下去。二是交通不便，因而凡是从前作官吏、商贾的外省人，到成都一住定就不愿再走。三是这一年清朝为征伐西藏，从湖北荆州调来满洲蒙古兵二十四旗，一千五百名连同家属约计六千人到成都来协助后防，后来就驻成都，因而人口疾遽增多。其次是公元一七七五年清朝对大小金川的用兵，公元一七九一年对廓尔喀的用兵及那时前后十几年川北、陕南、鄂西白莲教的战争，成都一直是大后方兵粮转运据点。求名、求利、求安定生活的都麇集于此，故成都又很快复兴起来，但距大的破坏之年，也经过了一百四十五年。过此，每逢四川省内外一次变乱，成都人口就有或多或少的增加，一直到对日抗战发生以后也没有变更这条规律（所以成都人口全都是外来客籍）。故成都这地方在公元一九四九年解放以前，无论怎样繁荣，人口怎样增多，到底是个消费城市。虽然它也有相当数量和不少的手工业（但从历史上传留的手工艺如织锦、制花笺纸、制扇等，经战争的消灭，特别是张献忠那次破坏，果真就消灭了）却始终进入不到大的手工业生产。

在清朝时代（从公元一六四四到一九一一年），成都比较可说的建筑物计有：

一、大城城墙。据公元一八七三年重修的成都县志载，第一次修复在公元一六六二年，系土筑，周长二十二里三分，计四千零一十四丈（旧营造尺），高三丈又八尺，厚一丈。东西南北四门，外环以壕。第二次大改修由当时四川总督福康安奏发币银六十万两，全部用大砖大石砌成，从公元一七三三年开始，经过三年到公元一七八五年竣工。据同一成都县志载：周长二十二里八分，计四千一百二十二丈六尺，垛口八千一百二十二垛，砖高八十一层，压脚石条三层，大雉房一十二座，小雉房二十八座，八角楼四座，炮楼四座。四门城楼顶高五丈。又记说在一八六二年四角添筑了小炮台二十四处。周围的城壕也浚深浚宽了。

二、贡院。公元一六六五年，四川官吏奏请就明朝旧藩王府原址改修为三年一次的，由全省秀才考取若干定额举人的考试院。因为考取举人要于当年贡到北京去考进士，故又称贡院。各省贡院也一样有至公堂，明远楼，但都没有成都的崇宏伟丽。因为成都贡院的至公堂是就原蜀王府端和殿原址建成，明远楼就是端和门原址建成。一六六五年以后，曾有若干次重修补修，以公元一七四五年增修为最好。以今天成都市人民政府大礼堂（即至公堂改建的）外那一座有石刻乾隆十年御制诗的石坊为例，足见一斑。贡院最后重修在公元一八六三年，成都县志上有所记载，特录于下："同治元年壬戌，各大宪因贡院多所倾圮，通省筹款，彻底重修。以二年癸亥三月创始（即公元一八六三年），越三年甲子七月告竣（即公元一八六四年），共成堂楼院所大小五百余间，如明远楼、至公堂、清明堂、衡文堂、文昌殿及监临主考提调、监试、内外帘官住院，虽牵循旧制，但高大宏敞。又添建弥封所一院，抄录房十五间，受卷所、布科所共十余间，统用银七万两有奇"。只是没提到每三年秀才们最欣喜而又最烦恼的仅仅三尺高，照千字文编了号的一长列一长列用木板钉成的考棚子一万三千九百三十五间。但贡院范围已比蜀王府为小，御河之外，已是民居，仅止端礼门外直到红照壁，在科举未废，贡院未改为学堂以前犹留下一片大广场，平时客人搭棚小贸。到科举时就必须拆光，故后来三桥以北虽已改称贡院街（即今天人民南路的北段），但至今一般人尚呼为皇城坝。

三、满城。在清朝恢复成都大城墙时，仍照明时的规模，在原有基础上修建的一个完整的城。公元一七八一年，因由荆州调来之满洲蒙古兵丁及其家属要长住成都，以防御和镇压汉人和边疆少数民族，便在大城西部修了一道较为低薄的砖墙，一般称为满城。《成都县志》说：满城"周四里五分，计八百一十一丈七尺三寸，高一丈三尺八寸。门五：御街小东门（今天祠堂街东口与西御街正对）；羊市小东门（今天东门街东口与羊市街正对）；小北门（在今长顺街北口与宁夏街正对）；小南门（在今小南街南口与君平街斜对）；大城西门。城楼四，共十二间（只小北门无楼）。每旗官街一条，披甲兵丁小胡同三条。八旗官街共八条，兵丁胡同共三十二条"。满城修建当时是有整个计划的。据书籍载：凡划入满城区域内的汉人官署和住宅，一律迁移到大城。满洲将官一家占地若干平方丈，骑兵、步兵每家占地若干方丈，都有一定制度。甚至房屋修建格式高低也是定制划一了的。在今天成都街道图上，还可明显看出长顺街是一条主要大街，俨然如鱼的脊背，几十条胡同分列东西，俨然若鱼刺。在公元一九一二年革命后，打破满汉界限，改称满城为少城，改胡同为街巷以来已经变了，变得顶厉害的是把一个近二百年的极为幽静的绿阴地区变为个极不整齐、杂乱而不好整理和改建的住宅区。

四、河流沟渠。清朝时代成都建设最足纪录的便是金河、御河的随时修理疏浚。考明朝时候成都城内除金河御河外，还有一条是在金河入城后分出一支绕由中城东流到铁板桥仍合于金河；还有一条是从西北城角流入、横经北城向东，在今天落虹桥处出城。这两河可能都是宋朝的遗迹，到清朝都淤塞了。有些变成没水道的大塘，叫淖塘，有些变为洼地，叫淖坝。后来便只剩下一些桥名湖名。但就这仅有的金河、御河而言在清末前，不惟是成都城内风景河流，且对于交通、饮用，消防都发生过一定作用。其次是沟渠（即今天所称下水道）。当时的官沟即干沟是全用条石砌得相当深广的。以前的官沟图有二份，一存成都府衙门，一存藩台衙门内，至清末都不存在了。据老人言，以前的官沟也是分北城中城南城三个系统，独满城没有官沟，不知何故。三个系统的总汇在今天劳动人民文化宫西侧，当时各大阳沟和今天的沟头巷一带。据说六十年前，即当公元一八九〇年时候，那带总沟还像小溪一样，水流湁湁。也从那时起，政治更趋腐败，官吏只知贪污。以前的一些善政，没能维持，加以成都人口日益增加，地面使用迫切，当时腐败政府既没规划也不干涉，一任私人侵占，因此河流就越来越窄，原有两岸都变成屋基，官沟就越退越后。原规定官沟以外的公地都是商店和住宅，不惟街道变为小巷，而且从宋朝以来一直没有遭过洪水的城市，在公元一九〇九年和一九一〇年竟两次因为河流沟渠不通畅，而且在豪雨之后，许多较低房屋都曾被淹过好几天。

清朝一代成都人口，在公元一九一〇年前无统计。直到一九一〇年，成都已经开办了几年警察，做了一次户籍调查。虽不很精确，大体还可靠。据正式发表数字，在城内为二十七万七千二百零三人，在城外的（当时只有北门外、东门外多一些街道，南门外较少，西门外更少），为三万七千七百七十一人，共计三十一万三千九百七十二人。也因仅止为数二十七万多人，城内便显得十分拥挤，许多园林胜地都被破坏，变作住宅，许多菜园荒地及城脚淖坝都变成了低帘矮户、简陋污秽的若干小街巷。因此更足证明唐宋明三代时候成都人口总之从不可能超过十五万。

由公元一九一二年起推倒清朝专制统治后，直到一九四九年年底解放时止，三十八年当中，成都的变化太大，但不是变好，而是向坏的方向走。虽然在清末时候已渐渐有了一些小型的机器工业，如造枪弹的兵工厂，造纸厂，造银元、铜元的造币厂，也渐渐有了一些现代设备如有线电报局，直流电发电公司等，但毕竟由于没有铁路，没有重工业，创造不出有利条件。更由于一九一一年以后军阀的争权夺利，有人统计从一九一三年起四川省的军阀土匪的战争便达四百多次。成都是一省的政治中心，凡有野心的军阀都想霸占它。因此，争城之战（连围攻和巷战在内），前后大小有二十多次，对日抗战期中日本飞机前来轰炸又若干次。每次焚烧杀掠的结果，还是人民吃亏，而且长期处在被帝国主义经济势力、军阀的武力压迫和剥削阶级压迫之下，人民日益穷困。而军阀政客匪徒特多，投机倒把的奸商们只知自私自利剥削压榨，过他腐化堕落生活，根本不想建设。所以在此段时期中，总的说来，成都是继西晋末巴氏人李氏人侵之后，是继宋末蒙古兵侵入之后，是继明末张献忠夺占之后第四次衰败了。不过这次衰败与前有所不同处，是看起来好像有些小小的建设，但事实上都是甚至都破坏了。例如：

一、大城城墙。这是从一九二四年开始被破坏的，直到现在一大半已成了摇摇欲坠的黄土堆，一小半已不完整，现在尚未决定如何处理。

二、满城之墙。从一九一三年就陆续拆毁了。原来墙基已改为许多街道，今天的东城根街就是其间一大段。

三、皇城城墙。从一九二七年破坏，现在只剩一座三洞城门，还是一九五一年初才彻底培修，成为今天的模样。但城门的楼还未设计。

四、贡院内部和红照壁。红照壁系一九二五年拆毁的。贡院是从一九〇六年科举废后就改为若干学校和一所官署。从一九一五年起，几次改为官署，并曾作过两次战场，最后划为四川大学校舍。抗日战争起后，四川大学迁走，曾遭日本飞机轰炸，原有建筑物被毁不少，一般平民遂移住其中。到一九四九年解放之初，整个贡院除一部分仍是实验小学，一部分改为博物馆，一部分驻公安部队外，几乎全为私人霸占，并化为几千家贫民窟。一九五一年，成都市人民政府迁入后，始逐渐建立一人民新村将贫民移去，并首先将半圮的至公堂改为大礼堂。其次将博物馆移到人民公园，整修了明远楼作会议之用。一九五二年底复将部分贫民移去新村，以那地段建修一个可容纳五万观众的运动场。

五、金河和御河。金河早已变成一道窄窄的阳沟。到一九五二年整修人民公园时，始将祠堂街的一段加以整理，祠堂街靠金河西的铺房西头一段是一九一五年以后修建的，东头一段是一九四一年修建的，把一长段金河风景破坏了。御河是一九一二年起便逐渐为人侵占，创成无数条极其卑陋的小街巷，是成都几次大瘟疫的发源地。现在已着手修复。

六、沟渠街面。官沟系统自清末业已紊乱，难于清理，但总沟尚部分完好。从一九二四年城内开始修建马路，始完全破坏。也从这时起，城内街面才渐渐拓宽，将全城石板街面完全改为三合土路。但拓宽街面并无整个计划，两畔街房有在三年中拆让到五次之多，使人民财产浪费不少。因而改修的街房都甚为简陋。现在几乎半数都成为危险建筑物。路面也因偷工减料之故，几乎无时无刻需要修补。雨天烂泥满街，晴天尘土飞扬，使成都成为一个不清洁的城市。现在下水道和路面工程已经有计划地开始了。

七、全城所有的中等庙宇、名胜古迹，大会馆、大官署都是从一九二四年起逐渐被侵占被破坏，被改修成私宅、大街、小巷、弄堂式的租佃小屋和贫民窟。如臬台衙门修为春熙路，藩台衙门修为藩署街、华兴东街和几条弄堂与私人住宅（今天四川日报社的房子便是其间的一部）。从唐朝著名的江渎庙改修为弄堂房子（现改为卫生学校），上、中、下三个莲池都填平了，修成大型住宅和若干小街。这太多了，举不胜举。

总的说来，成都在解放前确是在向坏的方面变。以前良好的具有民族风格，历史意义的建筑物，无论公的私的，全都受了殖民地码头建筑的恶劣影响，而向坏的方面变。虽然成都是有二千四百多年历史的一座古城，就因为在历史上经过三次的衰败时期和近三十八年的无意义的破坏，它需要重新建设，需要有规划的，某些可以恢复，某些可以不恢复，全面的使它发展成一个适合将来环境条件的现代化城市。

# 追念刘士志先生

于今将近四十年了，然而每每和几位中学老同学相聚处时，还不免要追念到当时的监督——即今日之所谓校长——刘士志先生。

至今我记忆犹新的，还是和刘先生初次见面的那一幕。时为光绪三十四年，我刚由华阳中学戊班，为了一个同班学生受欺侮，不惜大骂了丁班一个姓盛的学生一顿，而受了监督陆绛之、教务冯剑平不公道的降学处分——即是将我由华阳中学降到华阳小学去——我愤然自行退学出来，到暑假中去投考四川高等学堂附属中学的丁班时，因了报名的太多，试场容不下，刘先生乃不能不在考试之前，作为一度甄别的面试，分批接见的那一幕。

刘先生是时不过三十多岁，个儿很矮小，看上去绝不会比我高大。身上一件黄葛布长衫，袖口不算太小，衣领也不太高，以当时的款式而论，不算老，也不算新。脑瓜子是圆的，脸蛋子也近乎圆，只下颏微尖。薄薄的嘴唇上，有十几二十茎看不十分清楚的虾米胡，眉骨突起，眉毛也并不浓密。脑顶上的头发，已渐渐在脱落。光看穿着和样子，那就不如华阳中学的监督与教务远矣！他们不但衣履华贵，而且气派也十足。刘先生，只能算一位刚刚进城的乡学究罢了！不过在第二瞥上，你就懂得刘先生之所以异乎凡众的地方，端在他那一双清明、正直、以及严而不厉，威而不猛的眼光上。

其时，刘先生坐在一张铺有白布的长桌的横头，被接见的学生，一批一批的分坐两边。各人面前一张自己填写好的履历单子。刘先生依次取过履历单，先将他那逼人的眼光，把你注视一阵，然后或多或少问你几句话；要你投考哩，履历单子便收下，不哩，便退还你。有好些因为年龄大了点，被甄别掉了。有一位，好像是来见官府的乡绅，漂亮的春罗长衫，漂亮的铁线纱马褂不计外，捏在手上的，还有一副刚卸下的墨晶眼镜，还有一柄时兴的朝扇，松三把搭丝绦的发辫，不但梳得溜光，而且脑顶上还蓄有寸半长一道笔伸的流海。刘先生甚至连履历单子都不取阅，便和蔼的向他笑说："老哥尽可去投考绅班法政学堂。"

这乡绅倒认真地说："那面，我没有熟人。"

"我兄弟可以当介绍人的。"

就这样，在初试时，还是占了四个讲堂。到复试结果，丁班正取四十名，备取六名。就中年纪最大的，恐怕要数我了，是十七岁。其次如魏崇元（乾初）① 虽与我同岁，但月份较小。在榜上考取第一名，入学即提升到丙班，第二学期又升到乙班

① 魏乾初：四川峨眉人，国民党时期四川省参议员。——原编者注

的李言蹊①，或许比我大点。而顶年轻的如魏嗣銮（时珍）、谢盛钦、刘茂华、白敦庸②、黄炳奎（幼甫，此人有数学天才，可惜早死。绰号叫老弟。）杨荫垄（樾林）③ 等，则为十三岁。周焯（朗轩，民国元年后改名无，改字太玄而以字行）虽然块头大些，其实也只十三岁。如以籍贯而言，倒是近水楼台的华阳县籍，只有两个人，我之外，第二个为胡嘉铨（选之）④；成都县籍仅一个人雍克元。

　　四川高等学堂附属中学，是光绪三十三年秋季开办的，第一任监督为徐子休⑤（后来通称徐休老，又称霁园先生），招考的甲乙两班学生，大抵以成都、华阳两县籍居多，而大抵又以当时一般名士绅以及游宦世族的子弟为不少，个个聪明华贵，风致翩翩。丙班学生是光绪三十四年春季招考的，刘先生已经当了监督，如以丁班学生为例，可以知道丙班学生也大抵外州县人居多，也大抵山野气要重些。刘先生对于甲、乙班学生的看法，起初的确不免怀有一种偏见——虽然他的儿子也在乙班

---

① 李言蹊：当时优等生，后入北京大学。——原编者注
② 白敦庸：四川西充人，清华学校毕业后赴美留学。——原编者注
③ 杨荫垄：留学日本习纺织，回国后在青岛一纱厂任工程师，直至新中国成立以后。——原编者注
④ 胡选之：德国汉堡工业大学毕业。国民党政府兵工署秘书长。——原编者注
⑤ 徐子休（1862－1936）：四川华阳人，曾留学日本。潏江书院主讲，并设泽木精舍任教。继任四川法政、高等学堂、中国公学教习。创设宣扬尊孔的大成学会及学校。著有《群经大纲》及《霁园诗文钞》等书。——原编者注

肄业，总认为城市子弟难免近乎浮嚣，近乎油滑，所以每每训诫丙、丁班学生，一开头必曰："诸君来自田间……"

刘先生对待学生的态度，在高等学堂那方面，大概也无二致，就我们这方面而言，的确是光明、公正、热忱、谨严。学生有一善可纪，一长足称，总是随时挂在口上。大概顶喜欢的还是踏实而拙于言辞的学生。至今我们犹然记得刘先生常常嗟叹说："丙班之萧云，丁班之胡助（少襄，是时也才十三岁）吾深佩服！……"（胡助后来在陆绎之代理监督时，不知为了一件什么小事，因要拿几个学生来示威，遂没缘没故的同别的五个学生，一齐被悬牌斥退。大家都知道胡助是着了冤枉的好人，陆绎之所以未能蝉联下去，大概于这件错误的处分上，也略有关系，因为学生们不太服了。）但是一般桀骜不驯，动辄犯规的学生，刘先生也一样的喜欢。这里，我且举几个例。

先说我自己。我是刘先生认为浮嚣、油滑的城市子弟之一，而且又知道我是一个不大安分，曾被华阳中学处分过的学生，（大概是陆绎之告知的。那时，陆正任丁班的经学教习——教《左传》，虽然是寻行数墨①的教法，但对于今古地域的印证，却有见地。）于头一次上讲堂时，就望见了我，并立刻走到我的座位前，察看我的名字。我曾大不恭敬的回说："还是这个名字，并没有改。"而且后来在斥退胡助的那事件时，他到丙班讲

---

① 寻行数墨：只是咬文嚼字，并不说明道理。《明儒学案》郝楚望《四书摄提》："博士家终日寻行数墨，灵知蒙闭。"——原编者注

堂训话，头一名是点着我，大言曰："这一回可没你在罢？"后来，尚起过两度纠纷，不在题内，可不必博引它了。平常到夜间巡视自习室，在我书案前勾留的时间，必较多些，问这样，问那样，还要翻翻抄本，查询一下所看的书，整整一学期，都如此。大概后来看见我被记的小过多了，从记过的行为上，看出了我并不怎么坏罢，方对我起了好感。直到有一次，因我和张新治（春如）开玩笑，互相发散四六文传单，彼此讥骂。而我用的是自己发明的复写纸，发得多些，因才被监学无意间查获了两张；正遇刘先生照例在空坝上公开教训学生时，他立即告发前去。于是把洪垂庸（秉忠）[1]和人骂架的案子一结，立刻就点到李家祥[2]这一案。

李家祥的过失太大，当然从头教训到脚，从小演说到大，其后论到本题："看语气，自然是在对骂。那吗，张新治也不对，张新治呢？站过来！"

张新治站过来了。一件蓝洋布长衫满是油渍墨渍，而且从腰到衩三个纽扣，都宣告脱离。刘先生于是话头一转，从衣冠不整，则学不固，一直发挥到名士乃无用之物。然后才徐徐问到正案。张新治是绝口否认他也发过传单。取证到我时，且故意说："两个人共犯，处分要轻些的。"但我决意不牵引张新治

———————————

[1] 洪秉忠：四川外语专科学校毕生，曾任乐山嘉裕碱厂厂长。早故。——原编者注

[2] 即作者的本名。——原编者注

在内，并且概乎其言的顶回去道："都是我一个人做的。我不要人分过。请你处分我一个人好了。"

刘先生微微笑了笑："那没别的说头，记两大过。"

教务在旁边说："李家祥，我记得已记了十一个小过，倘再记二大过，就应该斥退的。"

刘先生不假思索的道："那吗，暂时记一大过五小过再说。"

大过、小过的确记了。但刘先生从此就不再把李家祥当作一个浮嚣而油滑的城市子弟。

其次一件事，在当时实算是学堂内政上一件大事，若交给任何监督来办——自然更不要说陆绎之——当然无二无疑的挂牌斥退。而且风闻其他学堂，的确是照这样办法办的。

事情是两个年轻的学生，不知利害的犯了一件小孩子处在一处时所难免的不好行为。不知怎样，忽然被丙班三个学生义愤填胸的认为太不道德，太有关风化了；并认为刘先生不声不响的处理为不当。于是，挺身而出，扛着一面无形的正义大旗，攻向监督室里，要求解决，虽不肆诸市朝，亦应明白逐出学宫，与众弃之。否则，人欲横流，国家兴亡都似乎有点那个。

无形的正义大旗一举，不但那两个将被作为祭旗的牺牲骇得打抖，便是我们一般并非讲仁义说道德的学生，想到刘先生之嫉恶如仇，之行端表正，之烈火般的脾气，究不知将因这面旗子的不可抗拒的影响，而暴发出来的，是怎样的一种可怕动作？然而才真正的不然，在星期六夜间，经刘先生出乎意外的，心平气和而且极尽情理的一解释，这旗子似乎就有点飘摇起来。刘先生谈话的大意是：小孩子不知道利害的糊涂行为，应该予以教训，使其明白这是不好的，并且有损于他们自己。但先要保存他们的耻，然后他们才能革。所以我们只能不动声色，慢慢指教，而绝不应该大鼓大擂，闹到人人皆晓，个个皆知。这样，他们一时的过失，岂不因为我们的不慎，而成为终身之玷，而弄到不能在社会上出头？不但损及他们的家庭声誉，甚而还可损及他们的子孙，这关系难道还小了吗？有许多人都是因了一点不要紧的小过，即因被多数的好人火上加油，弄到犯过者虽欲悔改而不能，因就被社会所指责；懦弱的只好终身受气，强梁的便逼上了梁山。这还说是真正犯了过的。至于某某两人的过失，尚未如你们所说的之甚，不过行为之间，有其可疑之点而已。我们从种种方面着想，只能好好的指教之，连挂牌记过都说不上，何能即便指实，从而渲染，将人置于不可复生的死地呢？

这种极尽情理的话，已将大多数学生的见解转移了。但那扛着无形的正义大旗的三位，却还顽强的不肯折服。不过来时是气势汹汹的攻势，去时已只能持着一张大盾来作守势。而这大盾，便是人生的道德，学堂的规则，与夫学生"大众"的舆论。

刘先生本来可以不再理会这三个道学者，但是他一定要说服他们，他不愿意随便利用他当监督的否决权，虽然那时还没有"德谟克拉西"① 的"意得约诺纪"②，而刘先生又是著名的

---

① 德谟克拉西：Democraey 音译，意为民主。——原编者注
② 意得约诺纪：Ideologie 音译，意即意识形态。——原编者注

性情暴躁的正派人，曾经用下流话破口骂过徐子休，同时还拿茶碗掷过他。因此，到次日星期日的夜间，众学生都回到学堂之后，（当时的附属中学，并无走读制。甲乙两班学生，全住宿在本学堂，丙丁两班则住宿在隔一垛墙和隔一道穿堂的高等学堂——即从前王壬秋①当过山长的尊经书院②的原址——的北斋。借此，我再将我们那时所住的中学生活，略说一说。那时，我们每学期缴纳学费五元，食宿杂费二十元，我们每学年有学堂发给的蓝洋布长衫两件，青毛布对襟小袖马褂两件，铜纽扣，铜领章——甲乙两班在前一年发的，还是青宁绸作的哩——漂白洋布单操衣裤两身，墨青布夹操衣裤一身，长靿密纳帮的皮底青布靴两双——甲乙两班在头一年还有青绒靴一双——平顶硬边草帽一顶，青绒遮阳帽一顶。寝室规定每间住四人至六人，每人有白木干净床一间，并无臭虫、虱子，白麻布蚊帐一顶，有铺床的新稻草和草垫，有铺在草垫上的白布卧单，有新式的白布枕头。每一寝室有衣柜一具至二具——别有储藏室，以搁

---

① 王壬秋（1833－1916）：名闿运，字壬父，湖南湘潭人。对《诗》《礼》《春秋》颇有研究，办过校经、船山等书院。清宣统时受赐翰林院检讨。民国初年任国史馆馆长。著有《湘军志》《湘绮楼全集》。——原编者注

② 尊经书院：清同治末（1874）吴文勤以"通经学古，课蜀士"请建院。光绪元年（1875）春成立，设成都城南石牛寺。丁文诚督蜀时，延请王壬秋为山长。光绪末（1908）改设四川高等学堂，其分设学堂则在侧壁。20世纪20年代为国立成都大学校本部。——原编者注

箱笼等。有银样的菜油锡灯盏一只，每天由小工打抹干净后，上足菜油。每处寝室，有人工自来水盥洗所，冷热水全备，连脸盆都是学堂供给的。讲堂上不用说，每到寒天，照例是有四盆红火熊熊的大火盆。自习室到寒天也一样，不过只有一盆火。自然，每人一张书桌，但是看情形说话，如其你书籍堆得多，多安两张也可以。每桌有银样的菜油锡灯盏一只，有一个小工专司收灯、擦灯、放灯、上油。每人每学期有大小字毛笔若干支，抄本二十五本，用完，还可补领；各科教科书全份。至于中西文书籍，可以开条子到高等学堂的藏书楼去借。一言蔽之，每学期二十元，除食之外——至于食，后面再补叙——还包括了这些。所以起居服饰，求得了整齐划一，而又并不每样都要学生出钱，或自备。故无可扰，亦无有意的但求形式一致，而实际则在排斥贫寒有志的学生。因此，学堂也才办到了全体住堂，而学生并不感觉像住监狱的制度。管理是严厉的，早晨依时起床点名，盥漱后不能再入寝室；晚间，摇铃下了自习后，才准鱼贯而入寝室。灭灯之后，强迫睡眠。星期日薄暮回堂，迟则记过，也是严厉执行着的。记得那位秦稽查，人虽和蔼，但是对于学生名牌，却一点也不苟且，也一点不通融。）刘先生又叫小工将三位招呼到教务室，重为开导。这一次，刘先生却说得有点冒火了，大声武气的吵了一阵之后，忽然向着三人做了一个大揖道："敬维颙，敬先生！梁元星，梁先生！蒙尔远

（文通）① 蒙先生，三先生者，维持风化之先生也。如其他们家庭责问到学堂，我兄弟实无词以答，这只好请烦三先生代兄弟办理好了。……"

这一来，三先生的旗、盾才一齐倒下了。两个可怜虫并未作牺牲，而三先生也大得刘先生的称许。

此外还有一件极小的事件，也可以看出刘先生的通达、机敏、和处理有才。

刘先生性情直率，喜怒爱恶，差不多毫无隐饰的摆在面上，待学生们如此，对教习们也如此。当时，学堂里有位英语的教习顾祖仁，不知道是国外什么地方的华侨侨生，年纪只二十多岁，长于西洋音乐，大概回国不久，除流利的英语外，说不上几句国语，至于中国文字，自然更属有限。这与另一位英语教习比起来，那自然有天渊之别了。所谓另一位英语教习者，杨庶堪（沧白）② 是也。杨先生是巴县秀才，中文成了家，而英文哩，据说是无师自通，文法很好，发音却有些古怪。（杨先生曾在丙班上大发牢骚说，甲班学生毁他连英文"水"字的音都发错了。当时，不知道是我的听觉不行吗，如是我闻，杨先生

---

① 蒙文通（1894－1968）：四川盐亭人，历史学家。曾任北京大学、四川大学等校教授及四川大学历史系主任。著有《越史丛考》等书。"文化大革命"期间逝世。——原编者注

② 杨沧白（1881－1942）：四川巴县人。同盟会会员。武昌首义时，与张培爵等率军光复重庆。护法运动时任四川省长。1923年任孙中山先生大元帅府秘书长、广东省长。抗战时回川，被任为四川省主席、国史馆馆长，均力辞不就。后病逝。——原编者注

念了十几遍"水"字的英文音，的确不见得怎么对。）刘先生之与他，不但声气相投，而且在那时节，成都学界中加入同盟会敢于革命的，除了高等学堂少数学生外，（如张真如①，萧仲伦②，和已故的祝屺怀③，刘公度都是。）在成都的教习班子里，恐怕只有刘、杨二先生了。因为再加此同志关系，刘先生之对于杨先生，较之对于顾祖仁，那自然两样。所以若干次在甲乙班二个讲堂之间的教习休息室中，我们常常看见杨先生含着一支纸烟，吹得云雾腾腾的在说话，刘先生则老是亲切而诚恳的坐在对面，讲这样讲那样。如其顾祖仁穿着一身笔挺的西服走来，刘先生只管同样起身延坐，但是谈起话来，口吻间却终于抹不了一种轻蔑的意思，老是问着："你不怕冷吗？""你不感觉冷吗？"这，绝不因为刘先生守旧，瞧不起西装。因为杨先生不也穿的是一双大英皮鞋吗？只管是中式棉裤，而裤管还是用丝带扎着的。我们心里明白，刘先生只管在讲革命、维新，毕竟他是下过科场，中过举人，又长于中国史学，先天中就对于中文没有根底，而过分洋化了的人，总有点瞧不上眼。这是四十年前的风气，虽进步的刘先生到底也不能免焉。

---

① 张真如（1887—1969）：即张颐，四川叙永人，哲学家。同盟会会员。四川高等学堂毕业，由稽勋局考送美、英、德国留学，获哲学博士。曾任厦门大学、四川大学校长，及四川大学、武汉大学、北京大学教授，全国政协委员。1969年病故。——原编者注
② 萧仲伦：中医师及成都各中学校教师。——原编者注
③ 祝屺怀：成都人，国立成都大学历史系教授。——原编者注

刘先生不许学生抽纸烟，（这倒是几十年来中外一律的中学校的禁例，却也是许多中学生永远要干犯的。）每每当众说："我闻着烟子就头痛。"但我们在背后辄反唇相讥："那只有杨沧白口里吹出的烟子，闻了才不头痛。"本来，他两位先生个儿都一样的矮小，不说心性志趣如彼的相投合，即以形体而论，也太感得一个半斤，一个恰恰八两。因此，一个丙班的不免过于混沌一点的学生王稽亚①，有一夜在北斋寝室中，偶然说到刘先生之不讨厌杨先生吹出的烟子时，他才忽然提高了调门，忘乎其形的说了两句怪话。妙在适为刘先生巡查寝室，在窗子外听见了。我们整个北斋的学生，于是都如雷贯耳的，听见刘先生狮子般的声音在大吼："王稽亚！……你胡说些啥？……明天出来，跟我跪在这里！"

我们当时都震惊了。但是一直到明晚灭灯安睡，并无什么事件发生。王稽亚虽是栗栗了一整天，却没有下过跪。其后我们把刘先生这一次的举动一研究，方深深感到刘先生之为通品。

其一，王稽亚原本是个浑小子，刘先生平日便曾与之开过玩笑。有一次，王稽亚为了失落一支铅笔，去告诉监学，事为刘先生所闻，不由大声笑道："连一支铅笔都守不住，你还要稽持亚洲？算了罢！"

其二，浑小子说浑话，任你如何批评，只能判他个"小儿家口没遮拦"。倘若真要认为存心毁谤，目无师长，甚至存一个

---

① 王稽亚：北京清华学堂毕业后，送往美国留学。——原编者注

此风不可长，而严办起来，照规矩讲，何尝不可。但是这不免官场化了，示威则可，而欲令学生心服，则未也。

其三，只管是没遮拦的浑话，毕竟难听，况又亲自在窗外听见。于时，尚未灭灯，寝室外面，来往尚众，如其假作不闻，悄然而逝，岂但师长的身份下不去，即巡视寝室的意义，又何在焉。

其四，像这样的浑小子，放口胡说，若不立刻予以纠正，则将来定还有不堪入耳之言。苟再包容，则为姑息；若给予惩罚，那又近乎授刀使杀然后绳之以法了。

从这四点着想，我们乃大为折服刘先生之处理，不唯坦白，抑且机敏。学生是信口开河，先生则虚声恫骇，结而不结，牛鼻绳始终牵在手里。看似容易，但是没有素养的人，每每就会从这些不相干的小事上，弄成了不可收拾的大故。因此，我常以单是有才，或单是有德的先生们，为经师或有余，为人师便嫌不足。这其间大有道理，从刘先生的小动作上看去，思过半矣。

据我上来所说，刘先生之于管教学生，好像动静咸宜，无疵可举，是醇乎其醇的一位最理想的中学校长了。我敢于全称肯定的说：是的。而且我还可以再来一个全称否定说，自我身受中学教育以来，四十年间，为我所目击的中学校长中，能够像刘士志先生之为人的，确乎没有。这样说来，刘先生一定是超人了。其实又不然，刘先生仍然是寻常人中可能找得出的。他之对待学生，只不过公正、坦白、不存成见，同时又能通达人情而已。他的方法是，不摆师长的官架子，不在形式上要求学生的一切都适合于章程规则，更不打算啰啰唆唆的求全责备将学生造成一种乡愿①。但他也绝不怎样过分的把学生当着亲密的子弟，从而姑息之，利用之，以冀强强勉勉灌输一些什么主义，什么学说，而结为将来以张声势的党徒，或竟作为争取什么的工具。不，不，刘先生从来没有这样着想过。他看学生，只不过是一种璞，而且每个璞，各有其品德，各有其形式；他是手执琢具的工师，他要把每个璞琢之成器。但是，他理想中具储的模型极丰富，有圭②，有玦③，有环④，有瑚琏⑤，有楮叶⑥，甚至有棘端⑦的猴。因此，他才能默默的运用其心技，度量材料，将就材料，而未致像许多拙匠，老是本着师傅授予的一套本领，不管材料的千形百状，而模型只一个，只好拿着材料来迁就模型了。我们由古代的说法，刘先生之教育，只是因材施教四个大字。由现代的说法，他不过能契合于教育原则，

---

① 乡愿：一作乡原。指乡里间的外貌忠诚、谨慎，其实是言行不一、欺世盗名的伪善者。——原编者注
② 圭：古代五等诸侯所佩瑞玉，上圆下方。——原编者注
③ 玦：古玉器，如环而有缺口。——原编者注
④ 环：圆中有孔的碧玉。《尔雅·释器》："肉好若一谓之环。"邢昺疏："边、孔适等若一者名环。"——原编者注
⑤ 瑚琏：古代盛禾稷木制祭器。比喻人有立朝执政之才。——原编者注
⑥ 楮叶：《韩非子·喻志》："宋人有为其君以象为楮叶者，三年而成，丰杀茎柯，毫芒繁泽，乱之楮叶之中而不可别也。"后世以喻模仿逼真，如说莫辨楮叶，可乱楮叶。——原编者注
⑦ 棘端：丛生的小酸枣树，枝上有刺。——原编者注

尤其多懂得一些心理学而已。所以我说刘先生绝非超人也。

刘先生在差不多的两年监督任内，还有三件比较大的事情，值得我们的纪念。

第一件，是把四川高等学堂附属中学的招牌，改为四川高等学堂分设中学。

附属与分设这两个名词，从表面上看，好像分别并不甚大。但是按之实际，则大大不然。附属中学，好似高等学堂的预科，五年修业期满，可以不再经考试，直接升入高等学堂的正科一类或二类（即后来所称的文本科理本科）。平时，中学的教习，由高等学堂的教习兼任，即不得已而必须为中学专聘的教习，如每班的国文教习、英文教习等，也由高等学堂监督下聘，也由高等学堂开支。其他如中学的行政费用，学生食宿书籍等一切费用，也全由高等学堂监督下聘的庶务办理。中学监督，也由高等学堂监督或在教习中聘兼，或者向学堂外另聘。虽然也名叫监督，其实等于后世各大学所设的预科或附中的主任。而且因为经费不划分，监督不能聘请教习和辞退教习，在实际上，还抵不住一个主任。刘先生本是高等学堂一个史学教习，由当时的高等学堂监督胡雨岚聘请兼任中学督监。在胡雨岚未死时，因为尊重刘先生之为人，中学这方面的用人行政，自然由刘先生全权做主，即一般高等学堂那边的同事，也能为了胡雨岚敬信之故，而处处与刘先生以便利。但是中国的事情，每每因人而变。及至高等学堂监督换了人后，虽然并不存心和刘先生为难，倒也同样的尊重，同样的敬信。或许由于才能差了一点罢，于是一般勉强能与刘先生合作的高等学堂的同事，尤其管银钱和管庶务的，便渐渐有意无意的自行划起界限来了。这中间一定还有许多文章，还有许多曲曲折折的花头，只是刘先生自己不说，我们也不知道。不过在宣统二年夏，刘先生病故北京，我们为之开追悼会时，高等学堂好些学生送的挽联，却曾透露过为刘先生抱不平的话。可惜记性太差，只记得一只上联，是什么"世人皆欲杀，我知先生必先死"，连送挽联的名字都忘了。

因为如此，所以在宣统元年秋季运动会——距胡雨岚之死大概一年罢——之后，刘先生才借了下文就要说的几件事情，不知道务了多少力，费过多少唇舌，才争到了将附属中学从高等学堂那面，把经费和行政划了一部分出来，成为一种半独立的中学，而改名为四川高等学堂分设中学。我们当时都很高兴，并不以损失了直升高等学堂正科的权益为憾。

后来，我们感到不足的，就是分设中学堂的地址太窄小了，仅有四个讲堂；十几间自习室，甲乙两班的寝室已很够挤，所以才把丙丁两班的寝室，挤到高等学堂的北斋。本身没有操场，没有图书馆。后来因为修了一间阶梯式的理化大教室，连食堂都挤到前面过厅上了。因之，才仅仅办了四班。彼时中学是五年制，不分高初中，而且春秋两季开班。如其在徐子休开办时有永久的计划，那就应该划出地段，准备分期修建十个讲堂，和其余足用的房舍。当时，在石牛寺①那一带，荒地很多，购置划拨，都不困难，何况左侧的梓潼宫相当大，很可以利用。我们不知道最初的计划如何，只是后来并无扩充的迹象，以致丁班之后，不能再招新班；而且待到民国纪元时，甲乙两班毕业后，高等学堂监督周紫庭竟独行独断，宣布分设学堂停办——此即由于当初只争到半独立，而后任监督都永和又完全以周紫庭之属员自恃，不但还原了附属性质，而且还进一步办成高等学堂的枝指——而以纹银八百两的贴补费，将丙丁两班移到成都府中学，合在新甲、新乙两班去毕业——当光绪年间，开办学堂，多以天干数定班次，于是甲乙丙丁戊己之下，庚班就不容开了。此缘"庚班"与"跟班"之声同。跟班者，奴才也。大家觉得不雅听，因从庚班起，改为新甲新乙。其后，还是不方便，才改订了以数目字来排列。但是，我想，将来还是要改的——因此，分设中学，便成绝响。但我相信，倘若刘先生不在改换名称之后，急急离去，或者不在宣统二年病故，而能回任，分设中学说不定可能继续办下来的。不过，也难说。以刘先生的性情和为人，又加以是老同盟会员之故，像从民国元年以来的世变，他哪能应付！分设中学纵然形式上存留下来，其精神苟非甲乙丙丁四班时的原样，那又何足贵焉！倒不如像

① 石牛寺：又名圣寿寺，在成都南较场。据《华阳县志》所载，原址规模宏大，包括今日之人民公园、将军衙门一带。寺内有铁狮，说是汉、唐修造，以镇水怪之物。——原编者注

现在这样的"绝子绝孙",还可以令我们回忆得津津有味,这或者不是李家祥一人的私见罢?

第二件,可以说就是促成第一件的直接原因之一。时为清宣统元年秋季,成都全体学堂——也有外州府县的学堂远远开来参加的,如自流井王氏私立的树人中学,即是一例——在南较场举办了一次运动大会。我们学堂排定的节目,有甲乙两班的枪操。甲乙两班枪操了一学期,所用的旧废的徒具形式的九子枪,自然是高等学堂备有的。而高等学堂的学生,也有枪操节目。这一来,自然就与平日轮流使用不同,非设法再增添八九十支真正的废枪不可了。

我们是附属的学堂,事务上平日既没有分家,那吗,枪之够与不够,自然是高等学堂办事人的事情,也是他们的责任。大约事前,刘先生也的确向那面办事人提说过,或商量过的,因此,在运动会开幕的头二天,刘先生才很生气的告诉甲乙两班学生说:"今天你们下了操后,就顺便把枪带回来,放在各人寝室里。"

我们立刻就感觉这其间必有文章做了。果不其然,高等学堂的办事人遂一而再、再而三的前来要枪。起初还声势汹汹的怪甲乙两班学生不该擅动公用器物,刘先生老是笑嘻嘻地回答道,"只怪你们办事不力,为什么不早预备,我们的学生聪明,会见机而作。……至于你们那面够不够,有不有,那是你们的事,我不管。"

后来,演变到高等学堂的百数十个学生,被一般不满意刘先生的办事人鼓动起来，集体侵入到我们的食堂上，非有了枪，不肯走。刘先生一面叫甲乙班学生将寝室门锁了，各自走开，不要理会；一面便亲自到高等学堂，找着那般办事人，很不客气的责备了一番。结果，还是高等学堂自己赶快去借不够用的枪支，而索枪的集团也只得静静的坐了一会便散走了。但是，到运动会举行那天，专为他们高等学堂学生备办了午点，而我们没有。这虽是无聊的报复，却显然给了刘先生一个争取改换招牌的借口，而我们本无成见的学生也愤愤了。

第三件，这不仅是我们中学史上的一件大事，抑且是四川教育史上一件大事，再推广点说，也是清朝末季四川政学冲突史上一件大事。如其我不嫌离题太远，而将那一天的情形，以及事后官场所散布的种种谣言，仔仔细细写出一篇记实东西来时，人们必不会相信这是三十八年前的陈迹，人们必会爽然于近两年各地所有军学冲突，政学冲突，警学冲突的流血事件，原都是三十八年前的翻版文章，不但不算新奇，而且今日政府通讯社和政府报纸所报道所评论的口吻和手法，也不比三十八年前的官告和告示有好多差异。但是我不愿这样做，仅欲赤诚的建议于今日一般有志作"官方代言人"的朋友：近百年史可以不读，但近三四十年的官书却不可不熟，为的是题目一到手，你们准可振笔直抄，一切启承转合，全有，用不着再构思，甚至连调门都不必掉易。你们的主人还不是三四十年前的主人。只不过以前老实点，称为民之父母，今日谦逊点，称为民之公仆而已。

宣统元年秋季运动会，本系成都学界发起，参加者限于文学堂，连当时堂堂的陆军也未参加。但是，临到开幕，忽有巡警教练所的一队大汉，却入了场，报了名。一般主办会事的人觉得不妥，即与教练所提调某官交涉，最好是请他的队伍自行退场，不要参加各种竞赛，以免引起学生们的误会，纵不然，即照幼孩工厂的办法，单独表演一番而去，作为助兴之举。后来，据说那提调本答应了的，不知如何又拒绝了。他的解释，巡警教练所也是学堂性质，如遭拒绝，不许加入学界，那是学界人员存心瞧不起巡警，也就是存心轻视宪办新政。大概正在一面交涉，会场里的竞赛业经举行，教练所的选手便不由分说的参加了几项。我那时充当了一名小队长，正领了一队选手，去做杠架竞赛、木马竞赛，而场子里忽然攒进一伙彪形大汉，运动衣上并无学堂标记，也无旗手领队，大家遂吵了起来："我们不能同警察兵比赛！"一声唿哨，正在盘杠子的，正在跳木马的，便都中途收手，各各结队而散，声言"羞与为伍！"（这一点，我不能讳言，的确是学生们的不对，门户之见太深了。但也可以考见学生之与警察，实是从开始有了这两个名称起，就像是不能同在一个器内的薰莸①。倘若探究其渊源，自不足怪，不过却是别一个题目的文章。）

　　及至我回到我们的学堂驻地时，又亲眼看见场内正在举行

① 薰莸：薰，香草；莸，臭草。《孔子家语·致思》："薰莸不同器而藏。"——原编者注

障碍竞走。十几个少弱的学生们中间，也有两个彪形大汉。飞跑的时候很行，但一到障碍跟前，就糟糕了。我们正在笑他们像牛一样的笨，却绝料不到他们两个中间的一个，竟举起钵大拳头，朝一个学生的背上擂了起来。被擂的学生好像不觉得，反而被他的腕力一下就送过障碍，抢到前面。倒是我们旁观者全都大喊起来，申斥那出手打人的大汉"野蛮！野蛮！"随后不到五分钟，会场的油印报纸，便将这不幸的消息送达全场。在场子四周的学生驻地上，业已发现了不安的情绪。此刻，在官府的看台前（即后世所谓司令台），正由四个藏文学堂的学生，戴着面罩，穿着胸甲，各人手上执着一柄上了刺刀的枪，在做日本式的劈刺。我们亲眼看见成都府中学堂——时任监督的为林思进[①]（山腴）——学生驻地内，跑出十几二十来个学生，吵吵闹闹的直向巡警教练所驻地上奔去。我们只听见断断续续的人声："去质问他们！……为啥打我们的人！……"

一转瞬间，委实是一转瞬间，距离我们的驻地三四十丈远的教练所队伍处，我亲眼望见有三四个大汉站在一张大方桌上，每人手中持着一柄上了刺刀的枪，向着跑过去的人群，一连猛刺了几下。立刻，人群像水样的倒流回来，立刻呼叫声像潮样的涌起。立刻，被戳倒的几个学生，血淋淋的被挽了几步，又

---

① 林思进（1873－1953）：字山腴，自号清寂翁。清光绪癸卯科举人，考授内阁中书。民国元年以后，历任四川高等师范学堂、成都大学、华西大学等校教授，工诗文，善书法，著有《成都兵祸诗》等。——原编者注

默默的横倒在草地上，而杀伤了人的巡警也立刻集合起来，等不到排队报数，便匆匆的开拔出场，走了。

事情来得太快，也出得太意外。及至大家麻木的情绪一回复，乱嘈嘈的正待提起空枪去追赶巡警时，整个运动场已像出了窝的蜂子。各学堂的管理人都各自奔回驻地，极力阻拦学生，叫镇静，叫维持着秩序，叫大家继续运动，个个都在拍着胸膛，担保有善后办法。同时，四川总督赵尔巽也带着一大批文武官员，由看台上退下，而他那一队精壮的湖南亲兵，也个个挺着精良武器，摆着一副不惜为主子拼命的凶恶面目，在他身边结了个方阵。

当夜，几乎是成都全学界的负责人，不约而同的集合在石牛寺教育会里，商讨如何办法。大家都要看素负重望的会长徐子休是持的什么态度。后来，据闻，徐会长主张退让，认为学界力量决不是官场对手，假如一定要扩大行动，惹出了什么更大的乱子，那他断不能负责。又据闻，即由于徐会长的态度软弱，大家很是惶恐，幸得刘士志先生、杨沧白先生，做了一场激烈的争执，然后才议决，各学堂自即日起，一律罢课，但须学生自行约束，不得在外生事；一面推举代表，禀见赵尔巽，要求严办出手巡警和教练所提调；一面将轻重伤学生送到四圣祠外国医院，希望取得外国医生证书，准备向北京大理院去控告；一面请求上海各报在成都的访员，用洋文电报把今天消息拍到上海去登报。又据闻，徐会长因为扑灭不了众人这股火似的热情，而又认为刘、杨二人这种言行，将来必免不了招出大祸，连累到教育会的负责人，于是，他当夜就向众人辞去会长名义，洁身而退，以冷眼来等待刘、杨诸人的失败。

禀见赵尔巽的代表当中，自然有刘士志先生、杨沧白先生。大家自可想象得到，那时交涉之困难，岂与今殊？我们曾经看见刘先生在那十几天里，脸色是非常沉郁，而态度，却每到南院（俗称总督衙门，即今督院街四川省政府所在地。）去过一次，就越是激越一点。同时谣言也流播出来：说那天的运动会里，有革命党在场鼓动煽惑，大有乘机刺杀四川全省官吏，因而有起事造反的趋向，希望大家不要受蒙蔽才好；或曰：巡警教练所的队伍之临时开来参加，是巡警道某某奉了总督密谕施行的。因为总督早得密告，说学生中有不少的乱党在内，深恐无知学子受其摇惑，在运动时难免轻举妄动，自干罪戾，特谕巡警参加，意在一面监视，一面保护。不料果然出了事，可见总督大人是有先见之明的；或曰：学界代表中就有不安本分，唯恐天下不乱的乱党，他们不惜鼓动学生，将无作有，而且每对总督大人说话，很不恭顺，其目无长上之态，随便什么人看见，都觉得不是真正读书守礼的君子。这样的分子，倘再容留他们去教导学生，岂特非国家之福，抑且是四川学界之耻。总督大人已经有话传出了，倘大家再不知趣的安静下来，还要做什么无理要求，那吗，多多少少总要严办几个人，才能把这场风潮压得下去的。

不消说，这些流言，都是有所指，而谁也明白指的是什么人。事实上，赵尔巽的态度，的确很横，他根本就不承认学生是巡警用刺刀戳伤的。他说，巡警向有纪律，不奉谕，是不敢妄动的。又说，四川学风，向来就太嚣张，这都由于办学诸君，没有忠君爱国宗旨，所以养成。又说，所贵乎为人师长者，就是要能管束学生，使其循规蹈矩，像这样动辄罢课要挟，可见心目中早无本部堂矣。又说，诸君之意，学生全无过失，过皆在官厅，此乱党之言也，诸君何能出诸口端？又说，诸君不论事之真伪，只是处处为学生说话，只是处处责备官厅，岂非诸君真欲附和奸人作乱耶？赵尔巽如此的横蛮，所以消息也就越坏，绅界、中学界中稍为胆小一点的，遂都消极起来，采取了教育会徐前会长的明哲保身的态度。而一直不肯退让，一直迈往直前，一直不受谣言威胁的，已是很少数，而刘、杨两先生则为之中坚。后来得力于廖学章①先生，从外国医生那里，取得了负责签名的证明书，证明受伤学生委系被刺刀戳伤，而并非如官厅之所倡言，是学生自己以小刀栽的轻伤。而后，赵尔巽才因了害怕外国人的张扬和批评，遂让了步，答应惩办凶手，撤换提调，切谕巡警道从严管束警察，不许再向学界生事。对于抚慰学生一层，坚执不许，认为过损官厅尊严，不免助长学生的骄风。

这事之后，刘先生虽隐然成为学界的柱石，但是却躲不过"秀出于林，风必摧之"的定律。官厅对于他，自然是侧目以

---

① 廖学章：广东（客家）人。前清时，留学日本习英语。回国后历任四川高等学堂，成都、华西、四川等大学外语系教授及系主任。——原编者注

视，一方面也怀疑他当真是乱党的头子；即同是学界里的同事们，也嫌他锋棱太甚，不但骂人不留余地，而且在许多事上还鲠直得像一条棒，不通商量。大约定有许多使刘先生不堪再容忍的事罢，所以当他把我们学堂的招牌力争更换之后，不久，已是再两个月就要放寒假的时候，我们忽然听闻刘先生已应了京师大学的史学教习的聘，很快的就要离开我们，到北京去啦。

我们那时不知道刘先生之所以不得不走的内情；我们那时都还是不通世故，不知情伪的孩子，也想不到要去探求那中间的曲折原因，以便设法解除；我们那时只是莫名其妙的感到一种很不愉快的心情；我们那时只是凭着我们直率的孩子举动，自动的，一批一批的，去挽留刘先生，希望他不走。而留得最诚恳的，反是甲乙两班学生，反是平日受训斥最多的学生，反是一般为管理人所最头痛，认为是桀骜不驯的学生。而刘先生哩，只是安慰我们，叫我们好好的遵守学堂规则，好好的读书操学问，将来到社会上去，好好的做一个有用的人，却绝口不言他为什么非走不可的理由。仅仅说，住一二年就回来的，本学期暂请陆绎之先生代理监督职务，陆先生是他佩服的朋友，学问人品都高，叫我们好好的听管教。我们那时也真没有想到像后世办法，举行一个什么欢送会，大家在会场上说些违背良心的话，或发点牢骚之类，热闹热闹。

刘先生一直到走，差不多在两年的监督任内，并没有挂牌斥退过学生——自行退学的当然有——他的理论是，人性本恶，而教师之责，就在如何使其去恶迁善。如你认他果恶，而又不能教之善，是教师之过，而不能诿过于他。况乎学堂本为教善之地，学堂不能容他，更叫他到何处去受教？再如他本不恶，因到学堂而习染为恶，其过更在教者。没有良心，理应碰头自责，以谢他之父兄，更何能诬为害马，以斥退了之？

刘先生又常能"观过知人"①。他的理论，以为干犯学规的青年学生，正如泛驾之马，其所以泛驾②，盖由精力超群。苟能羁勒有道，必致千里。故对青年学生之动辄犯规，他并不视为稀奇，他只处处提醒你，不要你重犯，不许你故犯。他希望你勉循规矩，出于自觉，而讨厌的是面从心违，尤其讨厌的是谬为恭顺，和假弸老成。

因此，刘先生才每每于相当时候，必将一般顽劣学生叫到身边，切实告以为人之道之后，必蔼然曰："凡人未违于道之先，孰能无过？要在自己知道是过，自己能改。圣人之过，如日月之食，其过也人皆见之，其改也人稍仰之。我望你们在这一端上，人人学圣人。"于是凡记了过的，都在这一篇训诰之下，宣告取消，而大家也知道下次是不容再犯了。所以，在刘先生当监督的任内，我们学堂的学风，敢说是良好的，没有故

---

① 《论语》本为知仁，朱晦庵解为仁义之仁。我以为与殷有三仁之仁，和"井有仁焉"同解，即仁者人也。古字多通用，不若直写作人字为便。——作者注

② 泛驾：不受驾驭。《汉书·武帝纪》："夫泛驾之马，跅弛（放荡不羁）之士，亦在御之而已。"颜师古注："泛，覆也……覆驾者，言马有逸气，而不循轨辙也。"——原编者注

意与管理人为过难，没有轰走过教习，没有聚众向监督开过玩笑。但是在刘先生去后的两年内，则不然了。平日最善良的学生，也会刁顽起来，平日凡是不在乎的学生，那更满不在乎了。第一坏在陆绛之之固执成见，以为管教之道，在乎严厉，严厉之方，又在乎立威示范。于是在他代理之初，便因一点小过失，斥退了六个学生，胡助便是其一。因为罚不当罪，反为学生所轻视；又因是非不明，便是纯谨的学生也不能不学狡猾了。然而陆先生毕竟还是正派人，还懂得一些办学道理，也还骨鲠无私。及至宣统二年，都永和来接任之后，才完成了把我们良好的学风彻底破坏到踪影全无。由今思之，丝毫不解办学为何如事的都永和，何以会为周紫庭赏识，而聘为我们学堂的监督？或者以都永和之为人，颇像一个佐杂小吏，而能善于巴结上司乎？总之，都永和不但把分设中学弄得一团糟，而且还把分设中学的生命必诚必敬的送了终。

这里，我只好谈一件很小的事为证。当我们要给刘先生开追悼会时，都永和不准我们在学堂里办，说是于体制不合——他之动辄闹京腔，打官话，引用些不通的文句，以见笑于学生的事，几个插班学生如曾琦（慕韩），如涂传爵，都是在刘先生时代来插入丙班的，所以他们尚知道刘先生的一鳞一爪；如郭开真（沫若），如张其济（泽安），则都是都永和时代来插入丙班的，已经不知道刘先生——都可证实。而且定还记得他那喇嘛绰号之由来——要我们到隔壁梓橦宫去办。他起初态度很顽强，还训斥我们为不知礼。继后，我们请了全堂教习去与之理论（陆绎之先生竟自开口骂起他来），他才像打败的牛一样，屈服了。但临到行礼时，都永和又妄作主张，只须向灵位三揖，而免去跪拜。他的理由是，以功名而论，刘先生是举人，他是廪生，相去只有一间；以地位而论，刘先生是卸任监督，他是现任监督，似乎还高一篾片；以礼制论，已有上谕免去跪拜，而三揖已为敬礼。陆绎之先生很生气的道："各行其是吧！"遂迈步上前，行了三跪九叩首的大礼。一般教习先生，都毫无顾忌的效了陆先生的做法。都永和也贯彻了他的主张，作了三揖，只是把他所聘任的两个监学难坏了。两个都是惯写别字的老秀才——可惜张森楷（石亲）先生早死了，不然，他很可以告诉你们，他曾亲眼看见这两个秀才在监学室里，要写一张条子，叫泥工修葺房屋，写到"葺"字，两人商量了一会，还是写成"茸"字——站在旁边，不知何从。我亲眼看见他两个交头接耳一会之后，也不跪拜，也不作揖，乘人不备，一溜而走，自以不得罪活人为智。

像如此的监督，如此的管理人，以之为刘先生之继，诚然害了学堂，害了学生，却也害了都永和本人。"人之患在好为人师"，不其然欤？

刘先生的私生活，也值得一述。他当我们中学监督时，并未将家眷携来，身边仅随侍着一个儿子，即在乙班读书的刘尔纯。监督室恰在学堂中部两间形同过厅的房内，一间是卧房，又是书斋，一间是客室，也是召集学生说话之所。刘先生在学堂的时候极多，遇有公事出门，也照例坐轿。他是举人，有顶戴的，但我们从未看见他穿过公服，只有一件青缎马褂。平常的衣履，并不华丽，但也不像名士派之不修边幅，大抵朴素、整洁，款式不入时，也不故作古老。在学堂时，除了自已读书和教课外，教务、监学办事室和教习休息室二处，是常到的。巡视讲堂，巡视自习室，巡视寝室，没有一定的时间。学生有疾病，随时都在问询医药。厨房厕所必求清洁，但不考求与当时生活条件过于凿枘①的卫生。他不另自开饭，（这是当时各学堂所无。后来都永和继任，首先立异的，便是监督的饭另开。起初只是菜蔬不同而已，其后还在大厨房之外，另设监督的小厨房。只不像余舒——苍一，又号沙园——任潼川府中学监督之特设监督专用厕所而已。据说，都是官派。）日常三餐，全在学生大食堂上同吃。学生吃什么，他吃什么。（我们中学时代的伙食，的确远胜于后世，而我们中学更较考究。桌上有白桌布，每人有白餐巾一方，每一桌只坐六人，上左右三方各二人，下方空缺，则各置锡茶壶一把，干净小饭甑一只。早饭是干饭，四素菜，一汤。午饭自然是干饭，三荤菜，一素菜，一荤汤。晚饭也是干饭，三素菜，一荤菜，一荤汤。不许添私菜，其实也无须乎私菜。但在都永和时代就不行了，菜坏了，也少了，也容许添私菜了。在打牙祭时，甚至可以饮酒，甚至可以饮酒

① 凿枘：亦作枘凿，即方枘圆凿的简语，比喻不相容，或不相配合，《楚辞·九辩》："圆凿而方枘兮，吾固知其鉏铻而难入。"凿，榫眼；枘，榫头。——原编者注

搐哑拳，而学生并不叫都永和的好。）菜蔬不求精致、肥甘，但要作得有滋味，干净。设若菜里饭里吃出了臭味，或猪毛头发之类，不待学生申诉，他先就吵闹起来。厨子挨骂之后，还要罚他每桌添菜一碗。所以当时若干学堂都有闹食堂的风潮，而我们中学独无。尤其是我们中学规矩，吃饭铃子响后，学生须排了班，鱼贯而入食堂，一齐就定位站着，必须监督、监学坐下，才能坐下举箸。记得有一次，王光祈（润玙）因为在自习室收拾书籍，来不及排班，便从走廊的短栏处跳入行列。被一个监学拉出来道："那不行，不许这样苟且。"结果，罚他殿后，但并未记过。

刘先生死后，一直到如今，还未听见有人给他作过小传和行状。从前我们太不留心了，连他编的讲义，都未曾保留一份。如今要找他的著作，简直万难。民国三十一年我在重庆遇见杨沧白先生，谈到这点；杨先生也浩谈平生最抱歉的事，就是刘先生的诗文稿，原交他代管，都在这次逃亡中损失罄尽，今所余者，仅为杨先生所译雅作的一篇序文而已。又因刘尔纯世弟归隐故乡多年，甚至连刘先生的身世和家庭情形，以及有几个世兄弟，几个世姊妹，都不得而知。细想起来，全是我们之过。我们少数存留在成都的同学，也曾聚会过几次，就是顶热心而记忆力顶强的洪祥骝（开甫）谈起刘先生的一切来，也未能弥补我们的缺憾。

刘先生已矣，而我们中学堂的地址犹存。今为私立成公中学的一部分。四十年的风雨剥蚀，连房舍都不像样了！而成公中学的老训育罗为礼（秉仁）犹是住丙班时的模样，只是胖了，有了胡子。

刘先生讳行道，字士志，清四川绥定府达县举人，清宣统二年夏病故北京，生卒年月，皆不能详。

一九四六年七月三日敬述。时正燠热之后，大雨如注。

### 附　杨沧白先生七律一首成都送士志入京（己酉）

冠盖京华憔悴行，忽将血泪向时倾。

一生知己惟刘琰，何日还山了向平？

细雨骑驴知剑外，秋风归雁忆辽城；

会当各返鹤猿乐，白发相看无世情。

### 序后赘言

我要谢谢王介平①君，得亏他几次婉转催我，要我实践为他的《花与果》作序的宿诺，我才无可奈何的，乘数日阴雨之暇，写成了这篇回忆。如其没有这合适的机会，就连这一点小东西也无法着笔，真真无

---

① 王介平：20世纪20年代中期，因投稿给作者主编的《新川报副刊》，深得作者奖掖、资助，考入成都大学文预科，并受业于作者。清华大学毕业后，在大、中学校教书。1949年后，在四川大学任教。——原编者注

以报刘先生的恩意了！

王君为人孤介骨鲠，为我所喜。平生研究教育，从事教育，并将终身倚之，这种锲而不舍的精神，又为我所佩服。故在去年初次阅看他《花与果》稿子时，就自动许他写一篇序，谈谈我们的现代教育。但是后来一想，我不是教育专家，而且脱离教书生活于今已十三年，纵然可以打胡乱说，不但不会中肯，还一定会贻笑方家，顺带连累了《花与果》的前途。越想越难着笔，几几乎要曳白①了。不知如何，忽然想到《花与果》是为一般中等女学生"说法"之作也，我何不将我们中学生活，回忆一段，以为读者的借鉴？虽然我不是女性。反至提笔一写，自然而然就专写了刘先生，并且不能自休，一来就是一万五六千字，作为一篇序看，不免是一顶蒙头盖脸的大草帽。

虽然不像序，但不能说和正文的意思没有丝毫关合，只要关合得拢，就真不像序也罢。文章既是这样写出了，只好这样送出去。用与不用，以及别人的议论如何，那我可不再管。

原载中华书局版《花与果》及 1946 年《风土什志》一卷六期

---

① 曳白：意指白纸上只字未写，或考试交白卷；或考卷跳了页。《新唐书·苗晋卿传》：张奭"持纸终日，笔不下，人谓之曳白"。四川方言的扯淡、说白话也谓"扯曳白"，或"撒曳白"。——原编者注

# 唉！讲演

一天，一位朋友兴兴头头的走来。我刚刚站起来让座，他早狂笑着道："好机会，今天又无意的听了一回街头讲演！"

原来我们成都可不像从前了。我回家的几个月中，觉得凡五四运动以后，无论书上口头所提倡的新文化事业，虽未全体在我们这九里三分的古城中实现，但是因努力之后，而实现出来的却也不少。

我们只拿讲演一项来说。

聪明有为而又好急功的少年们说道："我们中国的政治社会其所以糟到这步田地，都是由于人民毫无知识，全不了解他们自己的责任所致。我们且不必说大者远者，如张勋叛国时，北京市民居然高悬其黄龙旗，其后段祺瑞入京，黄龙旗又变成五色旗了。这种无知识的盲从举动，十足表现出无教育的奴隶根性来。

"即以目前近事而论，要改良市政，当然得先从市街入手，你看成都市街，如此的湫隘，如此的污秽，还配说是西南大省的省会吗？然而人民不但苟且偷安，毫无把它改良的意思，如今何幸有我们的大帅①提倡于上，只不过叫大家把房子拆让出几尺来，再出几文修街费，并不劳他们一点儿神，委任许多有学问的人们来代他们经营，这是何等好的事！在别省人民馨香顶礼求之不得的，他们竟敢于口出怨言，说什么'兵灾连年，金融枯竭，骤然兴革，等于扰民'的屁话；还有一般假充读书明理的人，尤其可恶！他们首先不懂得市政为何物，并且不懂得改造社会为何事，又不曾研究过政治学、社会学、经济学等，却偏要妄发议论，说'省会非商埠可比，交通不便，人民经济力等于死水，城内街道再整顿，也无益于民生'。

"这番话，从表面上看来，似乎很有道理，其实全无根据，只好算是惑众的妖言，就在文明社会中，也得拿去砍头示众的。总而言之，人民是难与图始的；其所以难与图始者，就因为教育不普及，大家泥于守旧，略无新鲜脑经的缘故。

"不过说到教育，又有研究之处了。从当代各国新教育家、新社会学家等的学说看来，学校教育，囿于讲坛式，往往和现代人生不生关系；假若由实用上着眼，学校教育确乎不及在学校外的讲演有力。并且讲演可以不拘地域，不拘形式，又没有编辑抄写印刷之劳，而经费复少花得多。我们相信，假若讲演收了效，成都的市政，自是轻而易举，就是共和基础敢说也要

---

① 即四川军阀杨森。作者对其推行的"新政"对民间的苛扰，屡予抨击。——原编者注

格外坚固些……"

因有上面这段议论，于是乎那位讲新文化的大帅对于这讲演一事遂也特别注意，特别提倡。好在他手底下的新人物比我家檐阶底下的蚂蚁还多，他只须吩咐一声做"什么"，差不多立时立刻这"什么"就似是而非的兴办起来。大帅本是万事皆通的外行，只须面子上做得好看，倒也不管里子如何，只是点头说"对呀！对呀！"而大家便也得意忘形的恭颂新文化成功。

所以不到两个礼拜，各式各样的讲演团体都如雨后春笋般纷纷成立了。本地报纸上天天俱有这项消息披露：宣言啦，简章啦，讲演题目啦，讲演场的盛况啦，各伟人的讲演词啦……许许多多的伟人，在他们未伟之前，我或许同他们碰过头，可怜他们那时连三句寻常应酬话，尚须红着脸咕咕呐呐的半天才说得出口的，并且除却吃喝睡觉以外，顶多只能哼哼木刻的唱本的，现在都聪明得了不得，都有了经天纬地的大学问，都把新名词背得上口。不过他们到底是不求甚解的人们，往往标出一个顶大顶好听的题目，开口一说，初听起来还像话，后来就不像得很了。这也不能再执"《春秋》责备贤者之义"来批评他们的不对，须知道"我老子姓张，你也姓张，我老子与你联了宗罢"的祝文，又何尝不算是张献忠先生的妙文哩！

偏偏我那朋友不明白这种道理，每每听了讲演之后，总要求全责备的到处向人嘲笑；有时高兴起来，还要做戏般把那讲演家的声音态度，淋漓尽致的模仿一会。比如：这一天，他笑饱之后，就跳起来，站在我书案上指手画脚的喊道："你们都应该平心静气想一想，没有我们的大帅，你们见得着新文化的面吗？……所以我敢说没有大帅，就没有新文化！就没有市政！就没有一切！……你们都应该诚心诚意的服从、赞助大帅！来来来，我们大喊三声——大帅万岁！"

我那朋友年纪比我小几岁，他以为这样的讲演就有趣了，其实他何尝听见过真正有趣味的讲演！这天因为他怎的一胡闹，倒把我脑海里的一波掀了起来：

在前八年的光景，春夏之交，我不知为着什么事情，须出南门到青羊场去走一次。

青羊场在道士发祥地的青羊宫前面，虽是距南门城洞有三四里，其实站在西南隅城墙上，就望得见青羊宫和它间壁二仙庵中的峨峨殿宇，以及青羊场上鳞鳞的屋瓦。场街只一条，人家并不多，除二、五、八场期外，平常真清静极了。

我去的那天，固然正逢赶场之期，但已在午后，大部分的乡人都散归了。只不过一般卖杂粮的尚在街的两侧摆了许多箩筐；布店、鞋店、洋货店等还开着门在交易；铁匠店的砧声锤声打得一片响；卖零碎饮食的沿街大叫。顶热闹的是茶铺和酒馆。

乡人们散处田间，又不在农隙之际，彼此会面谈天，商量事情，只有借赶场的机会。所以场上的茶馆，就是他们叙亲情、联友谊、讲生意、传播新闻的总汇。乡人们都不惯于文雅，态度是很粗鲁的，举动是很直率的，他们谈话时都有一种特别的语调：副词同感叹词格外多，并且喜欢用反复的语句和俗谚以及歇后语等，而每一句话的前头和后头又惯于装饰一种詈词。这詈词不必与本文相合，也不必是用来詈人或詈自己；詈辞的意思本都极其秽亵，稍为讲究一点的人，定叹为"缙绅先生难言之"的，（其实缙绅先生之惯用辞词，也并不下于乡人们，不但家门以内常闻之，就是应酬场中也成了惯用语。）然而用久了，本意全失，竟自成为一种通常的辅语。乡人们因为在田野间遥呼远应的久了，声带早经练得很宽，耳膜也已练得很厚，纵是对面说话，也定然嘶声大喊，同在五里以外相语的一般。因此，每家茶馆里的闹声，简直比傍晚时闹林的乌鸦还来得利害。

乡人们不比城内人，寻乐的机会不多，也只有在赶场时，把东西卖了，算一算，还不会蚀本，于是将应需的买得后，便相约到酒馆中去，量着荷包喝几盅烧酒。下酒物或许有点咸肉、醃鸡，普通只是花生、胡豆、豆腐干。喝不上三盅，连颈项皮都泛出紫色。这时节，谈谈天气，或是预测今年的收成如何；词宽的，慨叹一会今不如古，但是心里总很快活，把平日什么辛苦都忘记得干干净净的。

我那天也在茶馆里喝了一会茶，心里极想同他们谈谈，不过总难于深入，除了最平常的话外，稍为谈深一点，我的话中不知不觉，总要带上几个并不新奇的专名词。只见他们张着大眼，哆着大口，就仿佛我们小时候听老师按本宣科讲"譬如北辰，众星拱之"一段天文似的。我知道不对，只好掉过来问他们的话，可还是一样，他们说深一点，我也要不免张眼哆口，不知所云了。

及至我出了茶馆，向场口上走来。因街上早已大为清静了，远远的就看见青羊宫山门之外，聚有十来个乡下人，还有好几个小孩子，都仰面对着中间一个站在方桌上的斯文人。那斯文人穿着蓝竹布衫，上罩旧的青缎马褂，鼻上架着眼镜，头上戴的是黄色草帽；他手上执着一叠纸，嘴皮一张一翕，似乎在讲演什么东西。我被好奇心驱使着，不由就趋行上前，走到临近，方察觉这斯文人原来是很近视的，而且是很斯文的。他的声音很小，口腔是保宁①一带的人。川北口音本不算难听，不过我相信叫这般老住乡下的人们来听，却不见得很容易。

此刻他正马着面孔，极其老实的，把手上的纸拿在鼻头上磨了磨，把眼一闭，念道："蟋蟀……害虫！……有损于农作物之害虫也！……躯小……"他尽这样念了下去，使我恍如从前在中学校上动物课，听教习给我们念课本时一样。

我倒懂得他所念的，但我仔细把听众们一看，只见他们都呆呆的大张着口仍把这斯文人瞪着，似乎他们的耳神经都失了作用，专靠那张大口来吞他的话一样。小孩子们比较活动一点，有时彼此相向一笑，或许他们也懂了。

约莫五分钟，那斯文人已把一叠纸念完，拿去折起插在衣袋里，这才打着他那社会中的通常用语道："今天讲的是害虫

_____

① 保宁：元、明、清代府治，即今四川北部阆中，以产醋闻名。——原编者注

类，你们若能留心把这些害虫捕捉或扑灭干净，农作物自然就会免受损失的。但是，虫类中也还有益虫，下一次我再来讲罢！"

说完，他就跳下方桌去，于是我才看清楚他背后山门上还挂有一幅布招牌，写着"通俗讲演所派出员讲演处"。

听讲演的乡人们也散了，走时，有几个人竟彼此问道："这先生说的圣谕①，你懂得么？"

"你骂他做舅子的才懂！他满口虫呀虫的，怕不是那卖臭虫药的走方郎中吗？"

那一霎时的情节，我历历在目，所以我说照这样的讲演，才真正有趣啦！

一九二五年四月脱稿

---

① 旧时，晚间，在街头，高踞方桌旁，摆上香烛，和一块"圣谕"木牌，向人宣讲旧道德、旧礼教的劝善者，也称"说善书"。——原编者注

# 可恶的话

## 其一

我吗？说老实话！我在你们贵国的四川省住了三十年了。哈哈！说不定比你们的岁数还要多些哩！

如其我把衣服换过：照你们一样，穿一件蓝洋布长衫，套一件青呢马褂，再加上一双薄底鞋。行动时，把额头伸在前面，眼睛向着地下，两只手前一挪后一挪，或是对抄在袖管里，并且一面走一面把脑袋左边一扭，右边一扭；不然就紧走几步，缓走几步，或是麻木不仁的站在街当中，不管车来马往，老是呆呆的死瞪着一家铺店，你瞧，难道不算是你们道地的中国人吗？

啊，不幸！我的鼻子到底要比你们高些，额头到底要比你们宽广些，皮色到底要比你们白些，虽然服食过你们这地方三十年的水土，晒过三十年的太阳，这些不同的地方，终究改不了！

尤其使我不能混在你们丛中，冒充得去的，更是我这一副肩膊，和我这一双手，你看……

说到这上面，令我想起了已往的一件故事，我可以告诉你：

那是光绪二十四年罢？红灯教还未起事的时候。不晓得怎么样的，街市上忽然起了一个谣言：便说天主教是吃小孩子的，你们不信，你们只管到教堂去看，玻璃瓶子里拿药水养着的不是小孩子的眼睛和脑髓吗？……话本不错，我们配药室里原是有这些东西的，如今就拿出来放在街上也不会惹人的疑心：会说我们吃人，然而在二十几年前那可了不得。第一怀恨我们的就是一般念书的人，他们是孔夫子的教徒，对于我们外教人自然是嗔恨的。而这般人在你们社会中，就如天主教之在中世纪欧罗巴社会中一样，无论一言一语，一举一动，都是普通人看做指路碑的，所以在那时只要念书人喊一声打教堂，一般就是得过教堂好处的也都愿出头来打冲锋……不过也有些纯良的教徒，一心卫护我们，只要外面有点儿风声，便要来告诉我们，或是替我们设法躲避。因此，那一天，一般打教堂的人才在怂恿的时候，我们早已晓得了。于是乎我们就改装起来，因为要躲避这场祸灾。

那时所穿的衣服也与你们现在的时装差不多：出手也有这么长，袖口也有这么大，腰身也有这么宽，只是没有领，在那时也是很时髦的时装；我还特别套一双枣儿红的摹本套袴，穿一双厚毡底的夫子鞋……你不懂得这名字吗？其实就是云头鞋，有寸多厚的底子，鞋帮又极浅，穿在脚上很不好走路，因为是斯文人穿的。——我这么一打扮，再加上一条假发辫，戴上一顶半新不旧的平顶瓜皮缎帽，帽上一枝荔枝大的红丝帽结，我自己觉得无论走到何处，定可以冒充一个道地中国人了。谁晓得我究竟把不同的地方泯灭不了！

我先打扮妥当，同着三个教徒先就从后门溜出。是时附近各街上早已布满了的人，自然也有不管闲事专门来看热闹的。我把头低着，把大衣袖将口鼻掩住，弓着背，做得很斯文的业已混过了三四条街了。不料后面一片声喊起来："那走过的不是洋鬼子吗？你看他那么宽的肩膊，你看他走路时不是直挺挺的吗……赶快抓住！洋鬼子不会跑，他是没有脚后跟的！……"哈哈！我们没有脚后跟，你说啦……我当时禁不住就飞跑起来，意思本要表示我是有脚后跟的，可是，这却糟了！……幸而遇见制台衙门的亲兵队方把我救护出来，不过瓜皮缎帽，假发辫，和夫子鞋却做了那般暴徒的胜利品了。

从这时起，就令我长了一番见识：便是见了人总要看一看他的肩膊。真奇怪，你们中国人的肩膊何以都是那样又窄又弓的？念书的人，从幼至老，一天到晚伏在案上读"子曰学而……"向不晓得运动，那不说了；就是那般称为劳力的人，一个二个也总是那样竹竿似的：可怜横胸量去，连上两只膀膊，一总量不到一尺三寸。——我自然不能说你们全中国的人都是这样窄膀膊狭肩头，我也曾看见过一些例外的人：前几年有两个河南人到我这里来医疮，他们的身材并不算高大，可是他们那一副阔肩膊真可以比得上普鲁士人的；不过像这样的好身材实在太少太少……

# 其二

说到手也一样。你看，像你们这些手，我敢说就是在欧美一般十三四岁的孩子们当中，也难得寻出来的。我们那里的人对于女子们的手，虽也讲究的是"纤纤"，但只是比较的"纤纤"。比起我们那里的男子来，诚然要小些，要细些，要嫩些，要美观些——这自然说的是一般不做事的太太小姐们的手，若是寻常做事谋生的苦女人们，那却没有很大的差异的——然而和你们的贵手比起来，她们又算不得"纤纤"，或许中指头也有你们的大指头粗哩。

至于男子们的手，——我的不行，虽大而不粗——笼统点说：一个可以改你们的两个；设个比喻说：像一柄小蒲扇；引个古典说：算得是一张"巨灵之掌"①；分析来说：是一个小仙人掌上栽了五根小红萝卜。这并不是夸张的话，实在情形确乎如此。就是文人学士的手也是肥而且大，厚而且粗的……固然与体格也有关系；身体魁梧的手大，其实，就是与你们一样高大的人，他们的手也比在那边当华工的一般山东朋友的手大得多，有力得多。

农人的手么？却也不行。大的只管有，但是骨节不壮；单

---

① 即巨灵神掌，高乘武功，计有八十一式，相传乃武学中的巅峰之作。——编者注

看还下得去，比较起来就不像样了。

这自然是限于遗传的原故。不过我想中国人以前体格，不见得比不上欧洲人的雄伟强壮，何以如今会这样，这须要由你们自己去研究，我只是知道了就完事。

## 其三

你为什么今天走来时不向我道个日安？

在我个人想来，总觉得彼此见面时，先互道一个日安，比较的有礼貌些。假如你们不是号称礼教之邦的中国人，我也不必说这番话了。你们在谈话之前诚然也要问一声"您好吗？"可是，这在世界人类礼数中都是有的，唯有道日安一节，似乎欧洲人确比其他人类的礼节要周密些；因为他道了日安，其下仍有一句问好的话。

我听见我们那位举人先生常说，中国古人每天相见必问无恙，就是问好的意思。据考据家说，恙是一种虫名，最能于不知不觉间害人，中国的古人很害怕它，所以每天见面，必祝颂你不曾遇见这种虫。不管这话对不对，总之算是彼此见面的一种礼节。在我们欧洲人问好的意思，虽问的是行动如何，但话句中的涵义，原也一样的。所怪的就是你们中国讲礼讲教了几千年，为什么两人见面之下，除了问好，竟不曾制出一个日安来，——虽然在你们信函上倒也常见一些什么"晨安，午安，……"，可是口头却没有一句通俗打招呼的冒头语。

问好这礼节，虽是比较普通，然而在家庭中间，在天天见面的至好朋友中间，多半是删了不用的。那吗，在未交言之先，彼此须得打个招呼的用语，在你们讲礼讲教的中国，除了一个"喂"字外，实在寻不出较妥的字眼了。有好些地方的人还最别致，他们的招呼用语，却是一句"你吃了饭不曾？"……

是的呀，就是你们这里也一样。……"你吃了饭不曾？……你吃了饭不曾？"哈哈！说起来这未免太讲究实际了！

吃饭本是人生一件大问题，所有人类中的恶行，国际间的竞争，都是从求生谋食上酿出来的，把吃饭一件事特别看重，用来做相问的话头，原也是情理间的事，我不能就非议它不对。比如设想我们现处在饥馑交加的年岁中，吃一顿饭真不容易，那我们一见面就问"你吃了饭不曾？"岂不是十分拍合的一件事？不过，用这句话的人，境地与用意全不是这样，他用它时，无非是拿来做打招呼的冒头语的，所以我往常想起来，总有点莫名其妙，你们是研究风俗史的，能把这句话的由来告诉我么？……

原载《文学周报》1926 年 216 期

# 嘉游杂忆

## 大佛的脸

最近世的中国人所干出的事，已经很少不是故意在惹人发笑的了，比如袁世凯，要做皇帝就做皇帝好了，为什么要干着那瞒不着人的选举？又比如张宗昌到底是什么东西，他也讲起礼义廉耻，中国之罗盘来？

再加上我们四川一般"蛾子①"般暴发军人的举动，三十年后的青年，有时看到这页历史，真不知如何的难过！

我不管，我还要再说一个小故事：这就是嘉定大佛的脸。

嘉定②的大佛是就山岩凿成的，正当导江、沫江与岷江相会之处。据书上说是唐开元中海通和尚凿的，高三百六十尺，

① 蛾子：指贼，出自《后汉书·皇甫嵩传》，据注释："蛾即蚁字也，喻贼众多，故以为名。"——原编者注
② 嘉定：府名，即今四川乐山市。设府治始于宋，元改为路，明、清恢复府治，辖乐山、峨眉、夹江、洪雅、犍为、荣县、威远七县。20世纪30年代初始改称现名。——原编者注

顶围十丈，目广二丈，虽然以现用的裁尺去量，或许要小些，然而到底是一件大工程。书上又说：为楼十三层以覆之，名曰天宁阁，明末兵燹后被焚毁，由是这尊石佛便露坐了快三百年。

我十岁时曾由它足下走过一次，是下水；十六岁时又走过一次，是上水。那时看得最有趣的，就是大佛的脸：广二丈的目是很明显的，目上层生了一列野草，俨然就是长眉，两颐甚红，船老板说是还愿的人用土红涂刷成的，究不知道是不是，总而言之，天然的痕迹多，看起来总觉有趣。

不幸，前年十月重到嘉定，再见石佛，令我大骇一跳，石佛的头已没见了，不是没见，是在它的本来石脸之外，被人给它加了一个面套，它的本来面目，也如当今好多世俗人一样，藏了起来了。

据说这个面套，又是什么陈师长①的功德，花了好几千块钱，费了很大的事，才把若干的石条用石灰给它敷上，外面又通用调了红色的石灰抹了一层，鼻子自然没有，而眼睛眉毛与口，也只好劳烦匠人先生的大笔。

我不但为之大骇，而且还为之思索了许久许久，一直想不出做这面套的用意；若谓之功德，实在亵渎了菩萨，若谓之美观，实在是恶化了风景。

而且，在前年，因杨森的炮火，曾把大佛面套的左眼打了一个窟窿，我以为从此可以被风雨把这讨厌的面套给它撕去了

① 指川军第八师师长陈洪范，号福五，此人信神信佛。——原编者注

罢？不想今年正月再去看时，这窟窿却又补修好了，不知是什么善人的力量，据说也花了好些钱……

依我的鄙见，大家既肯花钱花米干这种不急之务，倒不如把再上去的东坡读书楼培修培修；此地风景既佳，也算名贤遗迹，一任军队残破之后，再也无人过问，更过几年，也是万景楼的后尘了。

然而，大家宁可去造大佛的丑面套，他们的趣味如此，怎么说哩！

## 题　壁

自从秦始皇在泰山勒石①之后，凡中国到处的庙宇、客店的墙壁就遭了殃了。

> 诗曰：许久不见诗人面，不觉诗人丈二长；若非诗人长丈二，如何放屁上高墙！

> 又曰：如此放大屁，因何墙不倒？那边也有诗，所以抵住了。

不管是人屁是狗屁，到底还是诗。如今世风日下，我于由

───────────

① 秦始皇统一六国，巡行到泰山、琅玡等七地，刻石记功，赞颂统一功业。后秦二世巡行时，又在上面加刻诏书和从臣姓名。相传都由李斯书写。——原编者注

成都到嘉定的路上，一落客店，必先举烛以照墙壁，除了"张二、王三某日宿此"，或"东房的婆娘是……"外，唯有几首"身在路上心在家"一类的旧作，要找一二篇可以解颐的屁，实在不如在东大路①客店中的方便。

在嘉定时，我以为此地既有山水之胜，题壁的东西必多，所以游凌云、游乌尤时，最注意的就是白粉壁墙。

粉墙上固然不干净，只是太退化，太令人失望：大抵都是土红白墨涂着"×占魁到此一游"；唯残破的东坡楼的楼梯边，或石碑上，倒还题了几首屁诗，可惜还不曾记下，而现在最记得的，只有一首，一字不改，照样的写在下面：

> 保国洋人威远军，不未（为）己事不未明（为名），单（丹）心保国刀兵洞（动），保定江山得太平。

虽未署名，但细玩诗意，一定是个爱国军人，感慨时事的即兴之作，虽是别字连篇，可也不亚于吴佩孚的大作。

于此，吾又有慨焉：便是现在的文风衰颓，虽曾经礼部尚书章士钊极力提倡复古作文，然而"猫儿报"的首篇，总往往是段祺瑞的内感冒外感冒，足见武人不但能乱国，而且还是文章魁首，即以嘉定名胜处的题壁而论，好几首可传之作，也大都出于武人之手。这大概是气运如此，即题壁之风不盛，我想

---

① 从前，由成都到重庆的石板大道，通称东大路。——原编者注

也绝不由于玉皇阁之一篇告示。玉皇阁建于龙泓寺①半山上，贴了一篇告示，亦复"可爱"，照录于后：

> 玉皇神像庙宇，现以（已）培修光华，凡各界诸公有游览者，必须保护，方为获福也。后有无知者再来毁坏门壁，乱写乱涂等弊，被人拿获交与住持、善士，却（绝）不姑宽！

## 名实两致的钱钞

予生也晚，尚未赶上用咸丰、同治大当十钱的盛世。直到辛亥以后，才尝了一点军用票折合的滋味。

军用票的罪恶太大，当它盛行时，凡人所喜欢的硬洋钱大都被它赶出市面，赶到粮户们的地窖里去藏着；虽以胡都督之淫威，终不能把它的身份抬来与硬洋钱一样，从此以后，大家才一听见政府有发行纸币的消息，遂想起了军用票的故事……

弄得好几个人都因打算发钞票，失了民间的信仰，自然而然的吃了"倒下"的大亏。

"前车之覆，后车之鉴"，于是后来作恶的人便新翻花样，晓得你们不爱纸，而爱硬货，因就从硬货上作弊：货还是硬的，不过货面的价值越大，货的本身却越薄越小，越是不堪赏鉴。

---

① 龙泓寺又名龙安寺，在乐山对岸（岷江）东山，据说是唐代古庙。——原编者注

况乎，作弊是公许的，今非昔比，坐轿的人照例是抬轿的弱；既然你可以无法无天的作弊，我又有何不可！况且，我的力量比你大，于是造币厂、铜元局就乡村化了起来。

不过，民间也自然有一种调剂的方法：这方法就是行市。你们的手足做得快，我们的方法也来得密，因此，一块洋钱在十六年前换一千文的，就被涨到八千以上！表面上是涨，骨子里却还跌了价。其故，就在货币的真价值上；十六年前的一千文，实实在在有一千枚小铜钱的价值；于今的八千几，实在只当了八百多枚的小铜钱，加以物产价值的增高，愈使货币的价值低落，作恶的人所得几何？徒然把平衡的生活程度弄参差了。

现在，各地有各地的币制，比如成都，大抵以鹅眼钱两枚作现市币价十枚，大青铜钱一枚又抵鹅眼钱两枚。至于嘉定比较更为复杂，除上述通行的两种制度外，还有把原有当五十的青铜元，作为当七十，把原有当二十的青铜元作为当三十。但这两种铜元是限于青铜而系双旗花纹比较粗劣的，若夫像以前紫铜而系龙纹的当十当二十两种铜元，价值又不相同。总之，民间的折合都有一种不成文法的公约，且都合于经济学的原理，有心人都应该随时记载下来，备作将来的史料的。

说到史料，我又想起了，像这样的折合法，也是"古已有之"的。似乎是六朝时的梁武帝罢，曾重铸一种五铢钱，当时很通行，后来罢去铜钱，改铸铁钱，于是情形一变。也如现在四川的光景一样：造币厂、铜元局都乡村化了，不过那时名之私铸。私铸一多，那折合的办法就应运而生，在初，一百枚铁钱值铜钱七十枚，其后跌到值铜钱三十五枚。

我想，再照现在的办法干下去，一定可以弄到一枚大青铜钱值现行币五十文或一百文的。那吗，青羊宫席棚下的一碗茶，势非卖到二千文不可，而随手买花生十枚，也得要费去二三百文，�款盛哉，斯真可谓说大话用小钱矣！

原载 1927 年 3 月《新川报副刊》二二三至二二五期

## 《乱谈》三则

### 此之谓武力民众化

杨森先生别无它长，就是喜欢闹点矛盾笑话，一发言，一动作，无一不是新新《笑林广记》上的资料，比如去年乘机溜到宜昌去时，同一天竟会发出两封电报：向武昌①说是"恭就军职"，向郑州②说是"身入敌境"。你们想，这除了他先生还谁有这宗本事？只不知这本领是哪一位代书③传给他的？或不是傅振烈罢?!

最近，杨森先生除了痛喊先总理不算，还闹起武力民众化来，不过他的解释，又不平常，仍然是新新《笑林广记》上起

---

① 1927年北伐军攻至华中，在武昌成立了革命的政府，四川军阀，纷纷投机改换旗号。杨森打出的旗帜是：国民革命军二十军军长。——原编者注
② 北洋军阀吴佩孚当时盘踞在郑州。杨森与吴早有勾结，对吴一直是五体投地。——原编者注
③ 代书：即代笔，这里指秘书所作。——原编者注

兴事。

他说："本军地狭额多，筹办月捐，实属万不得已之举，矧此军事时期，非武力为民众化，不能救国保民……"我不知这又是哪位代书替他拟的稿子，或仍不是傅振烈罢?!

## 饥兵政策

吃饭所以求生，打仗所以求死，生死不相容，所以要打仗就不必吃饭。这是一个逻辑。

《官场现形记》上某道台的主意也不错：兵不要吃饭，上了阵自会向敌人扑去，并引他家喂猫的方法为证，说是猫吃饱了就不捉老鼠。

吾川的杨森深通此理，他治军的方法就是两稀一干，募兵的策略就是寓赈于军，因此才能在一年之中，从一个师扩充到全国第二的兵力。便是其他的军官也都深识此妙，所以他们的钱只管百万千万，而兵则未见能饱，他们或不一定打算中饱肥己，可以说，他们是借此在练兵。

## 如此中国就太平了

到征兵考验时，一百个青年中只有一两个不曾受过国民教育，目不识丁的；只有三四个不曾受过高小教育，能识字而不能写的；只有十来个不曾受过中等教育，写得出而不漂亮的。

虽不人人穿花缎衣服，但田间的农工起码也穿的是漂亮的白布汗衣，并无补缀的痕迹。

上百人的村子中，便有一所电动机械工厂。

上千人的城市里，便有一所极完备的公共实验室，和一所很下得去的图书馆。

天空中看不见电线，但随时随地都可与五千里以外的朋友讲话，或听音乐，听讲演。

由成都到北京坐四天的电动车，还嫌慢了，有事的多半改乘六七小时便到的飞艇。

长江里的轮船通改了样子，除极笨的货船外，便是极轻便的游船，随时有新式滑艇的比赛，比赛的路线大抵从一百里起码。

曾经当过师长、旅长的人，退伍之后，仍旧干他们的本行：剪发的去剪发，挖田的去挖田；或重新到大学里去当勤苦的学生。

广东、福建的人能说国语。

游遍全国不带被盖卷、洗脸盆等物。

春秋佳日，到处的公园或公共场所中都有五十人以上的乐队在那里演奏，而音乐的感兴力，可以使几里外的鸟儿都能与之和鸣。听音乐的人，从六七岁的男女到七八十岁的男女，都静立或静坐在四处领略，连经几小时，除采声外，听不见一点鄙骂。

游戏的团体，几乎遍地都是；到处都听得见优美的情歌，老年人听了绝不以为不然。

大城的报纸发行额大都在一百万份以上；上海、广州在昨夜出的妒杀案,至迟在成都今日的午报上就有四栏的记事,通用五号兼七号字印;而出事时所摄的照片,也极清晰的附印好几张。

世界科学年鉴上,年年都有很多的中国人名:如诺贝尔等光荣的奖金,大约隔两届总必落在中国人的头上。

政治上的讨论,露天讨论的力量比屋里讨论的力量大;而且,除了事务员与职员外,就是二十岁的小妈妈也要抱着她小宝宝来参与的。

**原编者附记**:选载于《新川报副刊·乱谈》栏目,其中《此之谓武力民众化》载于 1927 年 3 月 20 日第二一九期;《饥兵政策》载于同年 3 月 21 日第二二〇期;《如此中国就太平了》载于同年 3 月 30 日第二二九期。由于《新川报》今已散失不全,兼以作者所用笔名较多,很难尽收。

## 热闹中的记言

一、热是真热。即以着笔之今日而言，在上午八点钟，平常家用之寒暑表上，水银已上升到八十六度。闹哩，亦真闹。有嗡嗡之声，有丁丁之声，有镗镗之声，有轰隆之声，乃至于诸般不能用文字写出之声，更不必说从各各高等动物之诸窍中，有意识无意识而发出者。记言云者，说过的话，将其痕迹留下之谓也。原夫话痕之可留者，据说，不必一定是圣经贤传，也不必一定是名人言录、道学先生语录，乃至堂堂正正墙上，用"国色"或苟简一点用白石灰、土红等所大书的"起来"、"打倒"，一直到尿坑之侧，以瓦片画出的"乱屙尿是归而"等，只要合了时会，或经什么人赏识了，都可留的，且据说，都有留的价值。

二、说话本来很难。无论怎样说法，难免无可诋之漏洞，何况再经一度之翻译。韩柳欧苏八大家，我们何尝不可骂之为狗屁不通；人人所恭维了不得的莎士比亚，而福禄特尔①便曾批评之为"狂人醉语"。

三、不过中国老话说的"天子无戏言"。大凡位越高、权越重的角色，哪怕便是一个道地的浑小子，似乎说过的话，便也如灼过火印的一般，是作算的，作算便有至理存焉。

四、然而亦有不然者。即如当今之世，名言伙颐②，乃至说一句话，赌一个咒，似乎灼过火印者矣。假如你真个信了，那你起码也是一个道地的浑小子。如今是砭砭然的小人（这小人的涵义是细民），才讲究言哩必信，行哩必果，你懂得吗？

五、所以我们现在但看一个人的话痕，是为艺术而吹吹的吗？抑或是要顾着行的？假如张家狗娃子非常诚恳的向着李家火娃子讲交情，一说一个笑，"你哥子，我兄弟，你不吃，我怄气。"而乘势便踢他一脚，将他油糕夺去，复又从而安慰火娃子曰："咱们要好弟兄，打打夺夺见得什么！别哭，哭了，就生分了。"如此者，张家狗娃子便是名人，而位必高，权必重，其话痕中便有至理存焉。

六、阿Q打不过人，结实挨了之后，心头以为我总打赢了

① 今译伏尔泰（Voltare 1694—1778）：法国启蒙思想家、作家、哲学家。著有文集凡七十二卷，名篇有《哲学通信》，悲剧《查依尔》，哲理小说《查第格》《老实人》《天真汉》，史诗《亨利亚德》，长诗《奥尔良少女》等。——原编者注

② 伙颐：惊讶或惊羡词。《史记·陈涉世家》："客曰：'伙颐！涉之为王沉沉者。'"司马贞索隐引服虔曰："楚人谓多为伙。又言颐者，助声之词也。"——原编者注

你。这还不算，要是我处此境，尚必说几句硬话曰："你小子打得好！是角色便待着，待我回去了再来！"则无论你待与不待，你都输了：待，是你服从了我的吩咐；不待，你胆怯逃走了，虽然我挨了，而你在论理上都输定了。此之谓"长期抵抗"。假使其间而无至理，我们的伟人名人何至挂在口上？而我亦何至窃取而论之？

七、孟老爹之后的荀老爹说过一句话："乱世之文匮而采"。乱世之至理忒多，而乱世之至理又十九是弯弯的。上海法学名流吴大才子，绞脑汁，挖肾脏，草拟宪法半载，而正名曰："中华民国三民主义共和国"。其中之理或有而未至，或至而无大理，故舆论界乃得而批评之。今得孙科先生出而证明其对，则吴大才子又安得而不对哉！有此一例，其他都可代表矣。

八、谈理之言，且须弯弯而要说得好，更不必说"琐语呓言"了，故其卒也，鲜不为"狂人醉语"。况在又热又闹之中而记言，则所记话痕，是什么价值，从可想矣。以上八条，权作序例，大家愿闻，且待我慢慢的胡说八道。

一九三三年七月十二日

# 危城追忆

## 序

据父老之言，再据典籍所载，号称西部大都会的成都，实实从张献忠老爹把它残破毁灭之后，隔了数十年，到有清康熙时代，把它缩小重建以来，虽然二百多年，并不是怎么一个太平年成；光是四川，从白莲教作乱，从王三槐造反，中间还经过声势很大的石达开的西进，蓝大顺、李短褡褡的北上，以迄于余蛮子之扶清灭洋，红灯教之吞符念咒，几何不是一个刀兵世界！然而成都的城墙，却从未染过人血，成都的空气，却从未混入过硝烟药味。这不能不说是它的"八字"生得太好了。

星相家有言：一个人从没有行一辈子红运，过一辈子顺境的，百年之间，总不免有几年的蹭蹬①日子。成都城，如其把它人格化了来说，则辛亥年（公元一九一一年）十月十八日兵

---

① 蹭蹬：比喻失意潦倒、遭遇挫折。陆游《楼上醉书》诗："岂知蹭蹬不称意，八年梁益雕朱颜。"——原编者注

变，可以算是它蹭蹬运的开始了。

别的城也有被围攻过，也有在城里巷战过。这大抵是甲乙两队人马，一方面据城而守，一方面捫城以攻。如其攻者占了胜者，而守者犹不甘退让，这便弄到了巷战，但这形势绝不能久，而全个城池终究只落在胜的一方面的手中，这表演法，在成都也是有过的，似乎太过于平常了，所以它还孕育出三次特殊的表演，为它城从没有听闻过的。

三次的表演都是这样：甲乙两队人马全塞在城墙以内，各霸住一两道城门，各霸住若干条街道，有时还把城门关了，把全城人民关在城内参观、参听他们厉害的杀法，直到有一方自行退出城去为止。

一、二两次的表演俱在民国六年（公元一九一七年）。第一次的主要演员是罗佩金与刘存厚；第二次的主要演员是戴戡与刘存厚。两次表演，我都躬逢其盛。那时已经认为如此争城以战，实在蠢极了，战争的得失利钝，哪里只在半座成都的放弃与占领！并且认为人类是聪明的，而我们四川人更聪明，我们四川的军人们更更聪明，聪明人不会干蠢事，至低限度也不会再干蠢事。然而谁知道成都城的蹭蹬运到底还没有走完哩。事隔一十五年，到民国二十一年（公元一九三二年），而我们更更聪明的人们居然又干了一次蠢事，这便是第三次，这便是我此刻所追忆的，或者是末了的那一次——实在不敢肯定说：就是末了一次，我们更更聪明的人们还多哩！

这第三次的演员，是那时所称的国民革命军第二十四军与国民革命军第二十九军，都是四川土生土长的队伍。事隔四年，许多演员的姓名行号都记不清楚了，虽然又曾躬逢其盛，只恍惚记得两位军长的姓名，一位叫刘文辉，一位叫田颂尧罢？

姓名尚且恍惚，还能说到他们为什么要来如此一次表演的渊源？那自然不能了！何况那是国家大事，将来自有直笔的史家会代写出的。如其是值不得史家劳神的大事，那更用不着去说它了。然而，事隔四年，前尘如梦，我又为什么要追忆呢？这可难说了。只能说，我于今年今月的一天，忽然走上城墙，以望乡景，看见城墙上横了一道土埂，恰有人说，这就是那年二十四军与二十九军火并时的战垒——或者不是的，因为民国二十四年（公元一九三五年）共产党的队伍距离很近时，成都城墙曾由城工委员会大加整顿过一次，凡以前一般胆大的军爷偷拆了的垛子，即文言所谓雉堞，也一律恢复起来，并建了好些堡垒，则三年前的战垒，如何还能存在？不过大家既如是说，姑且作为是真的，也没有什么了不起的关系——无意之间遂联想起那回争战时，许多极其有趣的小事情，有些是亲身的遭遇，有些是朋友们的遭逢。眼看着今日的景致，回想到当日的情形，真忍不住要大叹一声："更更聪明的人，原来才是专干蠢事的！"

既发生了这点感慨，而那些有趣的小事情像电影似的，一闪一闪，闪在脑际；幸而亲身经历了三次关着城门打仗的盛事，犹然是好脚好手的一个完人，于是就悠悠然提起笔来，把它们一段一段的写出了。

一九三六年十一月五日

## 为的公馆

无论什么人来推测这九里三分的成都，实在不会再有对垒的事体了。举凡大炮、机关枪、百克门①、手榴弹、迫击炮、步枪、手枪，这一切曾在城内大街小巷，以及在皇城煤山，在北门大桥，在各民居的屋顶，发过威风，吃过人肉的东西，已全般移到威远、荣县一带去了。

"大概不会再有什么冲突了罢?"虽然听见二十九军大队人马，浩浩荡荡从川北一带开来，已经到达四十里之遥的新都；虽然看见二十四军留守在成都南门一只角上的少数队伍，仍然雄赳赳气昂昂在街市上闯来闯去；虽然看见二十四军的留守师长康清，因为要保护他那坐落在西丁字街的第二个公馆，仍然把他的效忠的队伍，分配在青石桥，在烟袋巷，在三桥，在红照壁，在磨子街，重新把街沿石条撬来，砌成二尺来厚，人许高的战垒，做得杀气腾腾的模样。

"康久明这家伙，到底也是中级军官学堂出身，到底也做到师长，到底也有过战事经验，总不会蠢到想以他这点点子队伍来抵抗大队的二十九军罢?"

"依我们的想法，必不会蠢到如此地步。"

"何况他公馆又不止西丁字街的一院。九龙巷内那么华丽的一大院，尚且不这样保护哩。"

---

① 百克门：一种轻机关枪的音译。——原编者注

"自然啰！实在无特别保护的必要。我们四川军人就只这点还聪明，内战只管内战，胜负只管有胜负，而彼此的私产，却有个默契，是不准妄动的，因此，大家也才心安理得的关起门来打。"

"何况他的细软早已搬空，眷属也早安顿好了。光为一院空房子，也不犯着叫自己的兵士流血，叫百姓们再受惊恐啦！"

"是极，是极！从各方面想来，康久明总不会比我们还不聪明，这点点留守队伍，一定在二十九军进城之前，便会撤退的，巷战的举动，一定不会再有了！"

大家全在这样着想。所以我也于吃了早饭之后——大约是民国二十一年（公元一九三二年）十二月下半个月的一天——将近中午，很逍遥的从指挥街的佃居的地方走出，沿磨子街、红照壁、三桥这些阵地，随同一般叫卖小贩，和一般或者是出来闲游的斯文人，越过七八处战垒——只管杀气腾腾，而若干穿着褴褛的兵士只管持着步枪，悬着手榴弹，注意的向战垒外面窥探着，幸而还容许我们这般所谓普通人，从战垒中间来往，也不受什么检查——一直到西御街，居然坐上一辆人力车，萧萧闲闲的被拉到奎星楼一位老先生家来，赴他的宴会。

老先生为什么会选在这一天请客？那我不能代答，或者也事出偶然。只是谈到一点过钟，来客仍只我和珍两个，绝不见第三人来到。

珍有点慨然了："中国人的时间，真是太不值价！每每是约好了十二点钟，到齐总在两点过钟。依照时间这个观念，大家好像从来便没有过！"

于是一篇应时的亡国论，不由就在主客三人的口中滚了出来，将竭的语源因又重新汹涌了一会，而谈资便又落到当前的内战上。

"你们赶快躲避！外面军队打门打户的拉人来了！"中年的贤主妇如此惊惶的飞跑上楼来报了这一个凶信。

老先生在二十一年前果然被拉去过，几乎命丧黄泉，当然顶紧张了，跳起来连连问他太太："为啥子事，拉人？……"

"不晓得！不晓得！只听见打门，说是二十四军来拉人，要'开红山'① 了呀！……我们女人家不要紧，拼着一条命！……你们赶快躲出后门去！……快！……快……"

自然不能再由我们有思索、有讨论的余地了，尾随着惊惶失措的贤主妇，下楼穿室，一直奔出后门，来到比较更为清静的吉祥街上。

我的呢帽和钱包幸而还在手上。

吉祥街清静到听不见一点人声。天空也是静穆的。灰色的云幕有些地方裂出了一些缝，看得见蔚蓝的天色。日光也这样一闪一闪的漏下来看人。长青树也巍然不动的，挺立在街的两畔。自然现象如此，何曾像是要拉人，要"开红山"的光景！

然而老先生还是那么彷徨四顾的道："是一回啥子事？……

---

① 开红山：原系袍哥的隐语，意指杀人、械斗（含乱砍乱杀意）之类的流血事件，后来在四川成为老百姓的通行俚语。——原编者注

我们往哪里去呢？"

　　珍比较镇静，却是也说不出是一回什么事，也不敢主张往哪里去。他也住在奎星楼的，不过在东头，我想他急于回去看看他家情形的成分，怕要多些罢？

　　我则主张向东头走，且到长顺街去探看一下是个什么样儿。我根本就不信二十四军在这时候会再进城。如其是开了红山，至少也听得见一点男哭女号，或者枪声啦！当今之世的丘八太爷们，断没有手持钢刀，连砍数十百人的蛮气力的。

　　大家只好迟迟疑疑的向东头走来。十数步之远，一个粗小子，担了担冷水，踏脚摆手的迎面走来。

　　"小孩子，那头没有啥子事情吗？"老先生急忙的这样问了句。

　　"没有！军队过了，扎口子的兵都撤了。"

　　我直觉的就感到定是二十九军进了城，所谓打门打户来拉人者，一定是照规矩的事前清查二十四军之误会也。

　　老先生和珍也深以我的推测为然，于是放大胆子走到东口。果然整队的二十九军的队伍正从长顺街经过，两畔关了门的铺户，又都把铺门打开，人们仍那样看城隍出驾似的，挤在阶沿上看过队伍的热闹。

　　我们仍然转到奎星楼街。珍的太太同着她的女儿们也站在大门外，笑嘻嘻述说起初二十九军的前哨，如何打门打户来搜索二十四军的情形。大家谈到老先生太太的那种误会，连老先生也笑了。

老先生还要邀约我们再去他府上，享受厨子已经预备好的盛筵："今天的客，恐怕就只你们两位了！……"

我于他走后，心中忽然一动："二十九军这一进城，必然要乘着胜势，将数年以来，便隐然划归二十四军势力范围之内的南门，加以占领的。如果康久明真个不蠢，真个有如我们所料，那么，是太平无事了。但是，当军人的，每每是天上星宿临凡，他们的心思行动，向不是我们凡人所能料定，你们认定不会如此的，他们却必然如此。这种例子太多了，我安得不跟在军队后面，走回指挥街去看看呢！"

跟着军队，果就走得通吗？没把握！有没有危险？没把握！回去看看，又怎么样？也说不出。只是说走就走，起初还只是试试看。

当我走到长顺街，大概在前面走的军队已是末后的一队。与队伍相距十数步的后面，全是一般大概只为看热闹的群众。他们已经尝够了巷战的滋味，他们已把用性命相搏斗的战事看成了儿戏，他们并不知道以人杀人的事情含有什么重要性！即如我个人，纵然跟随在作战的队伍后面走着，而心里老是那么坦然。

渐渐走到将军衙门的后墙——就是二十四军的军部，此次巷战中占着最重要的地位——忽然听见噼里啪啦一阵步枪声，从将军衙门里面打起来。街上的人全说："将军衙门夺占了，这放的是威武炮。早晓得今天这样容容易易的就到了手，个多月前，何苦拼着死那们多人，还把百姓们的房子打烂了多少呀！"

枪声一响，跟随看热闹的人便散去了一半。在前头走便步的队伍，也开着跑步奔了去。

我无意的同着一个大汉子向东一拐，便走进仁厚街。

这与奎星楼、吉祥街一样，原是一些小胡同，顶多只街口上有一两家裁缝铺，其余全是住家的。太平时节，将大门打开，不太平时节，将大门关上，行人老是那么稀稀的几个，光是从街面上，你是看不出什么来的，除非街口上有兵把守，叫"不准通过！"

幸而一直走到东城根街，都没有叫"不准通过"的地方，而东城根街亦复同长顺街一样，有许多人来往。

我也和以前的轿夫、当前的车夫一样了，只要有一"步儿"可省，绝不肯去走那直角形的平坦而宽的马路，一定要打从那弯弯曲曲，又窄又小的八寺巷钻出去，再打从西鹅市巷抄到贡院街来的。

另外一种理由是西南角也有一阵时密时疏的枪声，明明表示着二十四军曾经驻过大军的西较场，曾经训练过下级干部的什么地方，已被二十九军占去。说不定和残余的二十四军正在起冲突。战地上当然走不通，即接近战地如陕西街、汪家拐等街口，自然也走不通，并且也危险，冷炮子是没有眼睛的。

贡院街上，人已不多。一般卖牛肉的回教徒——要不是他们自己声明出来，你是绝对认识不出的。顶可惜是他们的洁癖，已经损失了，我们每每打从他们那里走过时，总不免要把鼻子捏着——都挤坐在铺门里面，探头探脑的在窥看。朝南走下去，便是三桥，也就是我来时的路。应该如此走的。但是才走到东西两御街交口处，业已看见当中那道宽桥上，已临时堆砌起了一道土垒，有半人高，好多兵士都跪伏在土垒后面，执着枪，瞄准似的在放，只是不很密，偶尔的一两枪。

我这时可就作难了。回头吗，业已走到此地，再前，只短短两条街，便到我们家了。但三桥不能走，余下可走的路，却又不晓得情形如何。

同行的大汉子是回文庙前街的，此时在街口上徘徊的，也只我们二个。彼此一商量，走罢！且把东御街走完，又看如何！

东御街也算一条大街，是成都卖铜器的集中的地方。此刻比贡院街还为寂寞无人，各家铺子全紧紧的关着，半扇门也没有打开的。前后一望，沿着右边檐阶走的，仅仅我们两个外表很是消闲的人。

我们正不约而同的放开脚步，小跑似的向东头走着时，忽然迎面来了一大队兵。虽然前面的旗子是卷着看不出是何军何队，然而可以相信是二十九军。不然，他们一定不会整着队伍，安安闲闲的前进了。我们也不约而同的把脚步放缓下来，免得引起他们的疑心。

然而这一营人——足有一营，说不定还不止此数哩——走过时，到底很有些兵，诧异的把我们看了几眼。而队伍中间，又确乎背翦了好几个穿长衣穿短衣的所谓普通人，这一定是嫌疑犯了。

在这种机会中，要博得一个嫌疑犯的头衔，那是太容易的事，比如我们这两个就很像。而何以独免呢？除了说运气外，我想，我那顶呢帽顶有关系了。它将我那不好看的头发一掩，再配上马褂，公然是一个绅士模样打扮；而那位大汉子的气派也好，所以才免去领队几位官长的猜疑，只随便瞧了我们一眼就过去了，弟兄伙自然不好动手。

但是东御街一走完，朝南一拐的盐市口和西东大街口，仍然是人来人往的，虽则铺子还是关着在，也和少城的长顺街一样。

我们越发胆壮了，因为朝南一过锦江桥，来到粪草湖街，人越发多了，并且都朝着南头在走。

哈，糟糕！刚刚到得南头，便被阻住了。

粪草湖再南，便是烟袋巷。康清的兵士所筑的临时战垒，就在烟袋巷的南口。据群众在粪草湖南头的一般人说，二十九军的大队刚才开过去。

不错，在烟袋巷斜斜弯着的地方，还看得见后卫的兵士，持着枪，前后顾盼着，并一面向正畔的群众挥着手喊道："不准过来！……前面正在作战！"

这不必要他通知，只听那猛然而起的繁密的枪声，自然晓得康清的兵士果真没有撤退，他们果真不惜牺牲来抵抗加十倍的二十九军，以保护他们师长的一院空落落的公馆。

正在作战，自然走不通了，然而聚集在这一畔的观众们——尤其是一般兴高采烈的小孩们——却喧噪着，很想跑过去亲眼看看打仗到底是一个什么情形。他们已被二十年的内战训练成一种好斗的天性了！

大约有十多分钟，枪声还零零落落的在震响时，人们的情绪忽的紧张起来，一齐喊道："打伤了一个！……"

沿着烟袋巷西边檐阶上，急急忙忙走来一个旗下①老妇人，右手挽了只竹篮，左手举着，似乎手腕已经打断，血水把那软垂着的手掌和五指全染得像一个生剥的老鼠，鲜血点点滴滴的朝下淌。

她一路哼着："痛死了！……痛死了！"人们全围绕着她，说不出话来。

恰巧一辆人力车从转轮藏街拉来，我遂说道："你赶快坐车到平安桥法国医院去！"

我代她付了一千文的车钱，几个热心观众便扶她上车。我们只能做到这步。她的生与死，只好让她的命运去安排了。这是保护公馆之战的第一个不值价的牺牲者！

枪声更稀了，但烟袋巷转弯地方的后卫，犹然阻着人们不许过去。大汉子便说："文庙前街一定通不过的，我转去了。"

我哩，却不。指挥街恰在烟袋巷之南，算来只隔短短一条街了，而且很相信康清的兵士一定抵挡不住，二十九军一定要追到南门，则烟袋巷与指挥街之间，决无把守之必要。我于是遂决定再等半点钟。

---

① 从前一般对满族人的称呼。清代被编入"八旗"的人也称旗人，或旗下的人。——原编者注

果然不到一刻钟，前面的后卫兵士忽然提着枪走了。

既然没有人阻挡，于是有三个人便大摇大摆的直向烟袋巷走去。我自然是其中的一个，而且是领头的。

把那斜弯地方一走过，就对直看见前头情形：临时战垒已拆毁了一半，兵是很多的，一辆大汽车正由若干兵士推着，从西丁字街向磨子街走去。

三个背着枪的兵正迎面从街心走来，一路喧哗着谈论他们适才的胜利。中间一个兵的手上，格外提了一支步枪，一带子弹，不消说，是他们的战利品了。

我第一个先走到战垒前，也第一个先看见一具死尸，倒栽在战垒后面。我虽然身经了三次巷战，听过无数的枪炮声，而在二十年中，看见战死的尸身，这总算第一次。但是，我一点不动感情，觉得这也是寻常的死。我极力寻找我的不忍，和应该有的惊惧，然而不知在什么时候失落了。

我急忙走过街口，唉，公然回到了指挥街！街口上又是三具死尸，有一个是仆着在，一只穿草鞋的脚挂在阶沿石上，似乎还在掣动，他的生命，还不曾全停呵！

一间极小的铺子前，又倒栽着一个死兵，血流了一地，那个相熟的老板娘，正大怒的挺立在阶沿上，一面绾她的发髻，一面冲着死兵大骂，说那死兵由战垒上逃下来，拼命打她的铺门，把门打烂，刚躲进去，到底着追兵赶到，拉出铺门便打死了。

她骂得淋漓尽致，自然少不了每句都要带一些与性关连的

"国骂"。于是过往的兵，和刚从铺门内走出的人们，全笑了。笑她，自然也笑那死兵。

为保护一个空落落的公馆，据我们目睹的，打伤了一个平民，打死了十个兵——一个在烟袋巷口，三个在指挥街，三个在磨子街，一个在西丁字街，两个在红照壁，全是二十四军的兵，只一个尚拖有发辫的，是他们新拉去充数的——而公馆终于没有保护住。然而也只不值钱的东西，和一部破汽车损失了，公馆到底还是他的。我实在不能批评这种举动的对不对，我只叹息我们的智慧太低了，简直没把握去测度别人的心意！

## 战地在屋顶上

住在少城小通巷的曾先生，据说，做梦也没有想到他的房子会划为前线，而且是机关枪阵地。

栅子街、娘娘庙街，以及西头的城墙，东头的城根街，中间的长顺街，已经知道都是战区。稍为胆小和谨慎的人们，在战事爆发的前两三天，都已搬走了，搬往北城东城，甚至城外去了。而曾先生哩，除了相信死生有命，并感觉既是几万人全塞在九里三分的城里拼死活，而彼此还用的是较新式的武器：手榴弹啦，没准头的迫击炮啦，则其他街道，也未必安静，何况可以藏身的亲戚朋友的地方，难免不已被更切近的人早挤得水泄不通，自己一家四口再挤将前去，不是更与人以不便了？

曾先生平生学问，是讲究的"近人情"，加以栅子街、长顺街等处，确是已经不准通行，而长顺街竟已挖了三道战壕，砌了三道战垒了。

他感叹了一声道："龟儿子东西！你们打仗还打仗，也等我多买两斗米，放在家里！"这在他，已是过分要求的说法。

然而他犹然本着民国六年（公元一九一七年）两次城里打仗的经验，只以为把大门关好，找一个僻静点的房间，将被褥等铺在地上，枪炮声一响，便静静的躺下去，等子弹消耗到差不多了，两方都待休息时，再起来走走，把筋脉活动活动，并且估量自己的房子，似乎正在弹道之下，"无情的炮弹，或者不会在天空经过时，忽然踩虚了脚，落将下来罢？"

所以他同着他的那位有病的太太，和一个十二岁的女儿，一个七八岁的男孩，在堂屋里吃着午饭时，还只焦虑没有把米买够。"左近又没有很熟的人家，万一米吃完了，仗还没有打完，这却怎么办呢？向哪里去通融呢？"

就这时候，他的后院里猛然有了许多人声："这里就对！把机关枪拿来！"

还不等他听明白，接连就听见房顶上瓦片被踏碎的声音，响得很是厉害，而破碎的瓦片，恰也似雨点一样，直向头上打来。

成都——也可以说四川大部分的地方——是历来没有大风大雪的，每年只阴历二月半间有一阵候风，顶多三天，并不厉害。所以成都的房子，大抵都不很矮，而屋顶也不大考校。除非是百年前的建筑，主人们还有那长治久安的心情，把个屋顶弄得结实些，厚厚的瓦桷之下，钉着木板，而又重又大的瓦片，几乎是立着堆在上面，预备百年之内，子孙三世，都无须乎叫泥水匠人来检漏。但这种建筑，已是过去了，只有民国时代，一般较笨较老实的教会中的洋鬼子，他们修起教堂、医院和学校来，才那样不惜工本的，把我们不屑于再要的老方法采了去；而且还变本加厉，模仿到北京的宫殿方式：檐角高翘，筒瓦隆起。我们近代的成都人，才不这样蠢！我们知道世乱荒荒，人寿几何，我们来不及百年大计，我们只需要马马虎虎的享受，我们有经济的打算，会以少数的金钱做出一件像样的东西。所以自从光绪末年以来，我们大多数的房子，都只安排着二十年的寿命，主要柱头有品碗粗，已觉得不免奢侈，而屋顶那能再重？所以合法的屋顶，只是在稀得不可再稀的瓦桷上，薄薄铺上一层近代化的瓦片。好在没有大风，不致把它揭走，也没有大雪，不致把它压碎，讨厌的是猫儿脚步走重了，总不免要时常招呼泥水匠人来检漏。

曾先生只管是自己造的房子，他之为人只管不完全近代化，不过既有了"吾从众"的圣人脾气，又扼于金钱的不够，自然学不起洋鬼子，他那屋顶，到底也只能盖到那么厚。

其实哩，屋顶再厚，而它的功能，到底只在于遮避风雨太阳，而断乎不是坚实的土地，一旦跑上二十来个只知暴殄天物的兵士，还安上一挺重机关枪，以及子弹匣子，以及别的武器等，这终于会把它弄一个稀烂的。

机关枪阵地摆在屋顶上，陆军变成了空军，我们的曾先生，那时真没有话说，全家四口只好惨默的躲在房间里。

三间屋顶虽然全被踏坏，但战事还没有动手。阵地上的战士，到底是一脉相传的黄帝子孙，或者也是孔教徒罢？有一个战士因才从瓦楞中间，向阵地下的主人说道："老板，你这房间不是安全地方，一打起来，是很危险的，你得另外找个地方。"

　　刚才是那么声势汹汹到连话都不准说，小孩子骇得要哭了，还那么"不准做声气！老子要枪毙你的！"现在忽然听见了这片仁慈的关照的言语，我们曾先生才觉得有了一线生的希望了。连忙和悦以极的，就请义士指点迷途，因为他高瞻远瞩，比较明了些。

　　"我看，你那灶屋子挂在角上，又有土墙挡着，那里倒安全得多。"

　　我们的曾先生敢不疾疾如律令的，立刻就挟着棉被枕头毯子等，搬到那又窄又小，而又不很干净的灶屋子里去？却是也得亏他这样做了，在半小时后，那凶猛的战争一开始，阵地上重机关枪哒哒哒一工作，对方——自然也是在隔多许远的人家屋顶上。这大概是新发明的巷战方法罢？想来确也有理，要是只在几条大街小巷的平地上冲锋陷阵，一则太呆板了，再则子弹的消耗量也不大够，对于战地平民又太不发生利害关系了，如其有一方不是土生土长的队伍，比如民国六年（公元一九一七年）的滇军、黔军，他们之于成都，既无亲戚朋友，又没有地产房屋、园亭住宅，自然尽可不必爱惜，放上一把烈火，把战场烧出来——便也在看不见的，被竹木屋顶隐蔽着的地方，加量的还敬了些子弹过来，自然，在这样的射击之下，真正得照一个美国专家所言：要消耗一吨的子弹，才能打死一个人。所以，如此打了一整夜。阵地上的战士们是没有滴一点血，但是，如其曾先生一家四口不躲开的话，却够他惊恐了，他房间里的东西，确乎被打碎了不少。

前几天的战争果是异常激烈，不论昼夜，步枪、机关枪、迫击炮老是那么不断的打过去，打过来。夜里，两方冲锋时，还要加上一片几乎不像人声的呐喊。

曾先生的房子是前线，是机关枪阵地，所以他伏在灶下，只听见他书房里不时总要发出一些东西被打破的清脆声，倒是阵地上，似乎还不大有子弹去照顾。

几天激烈的战争过去了，白天已不大听见密放，似乎相处久了的缘故罢？阵地上的战士，在休息时，也公然肯"下顾"老板，说几句不相干的话，报告点两方已有停战议和，"仍为兄弟如初"的消息。这可使我们的曾先生大舒一口气了罢？然而不然，我们的曾先生的眉头反而更皱紧了。

什么缘故呢？这很容易明白，曾先生在前所焦虑的事情证实了，"不曾多买两斗米放在家里，等他们打仗，现在颗粒俱无了！"

这怎么办呢？不吃饭如何得行？参听战争的事情诚然甚大，然而枵腹终难成功呀！于是曾先生思之思之，不得不毅然决然，挺身走出灶屋子，"仰告"阵地上战士们：他要带着老婆儿女，趁这不"响"的时节，要逃出去而兼求食了。

说来你们或者不信，阵地上舍死忘生的战士们会这样的奉劝曾先生："老板，我们倒劝你不要冒险啦！小通巷走得通，栅子街走不通，栅子街走得通，长顺街也一定走不通的，都是战地，除了我们弟兄伙，普通人无论如何是不准通过的，怕你们是侦探。……没饭吃不打紧的，我们这里送得有多，你们斯文人，还搭两个小娃儿，算啥子，在我们这里舀些去就完啦！"

如其不在这个非常时节，以我们谦逊为怀，而又不苟取的曾先生，他是绝不接受这样的恩惠。他后来向我说，那时，他真一点也没有想到为什么使他至于如此境地的原因，只是对于那几个把他好好的房子弄成一种半毁模样的"推食以食之"的兵，发出了一种充分的谢忱。他认为人性到底是善的，但是一定要使你的良好环境，被破坏到不及他，而能感受他的恩惠时，这善才表暴得出。

又经过了几天，又经过了两三次凶猛的冲锋，战地上的兵士虽更换了几次，据说，一般的兵士，对于我们的曾先生，仍那样的关切。而曾先生便也在这感激之忱的情况下，以极少的腌菜，下着那冷硬粗糙的"战饭"，一直到二十九军实在支持不住，被迫退出成都为止。

战事停止那天清晨，一般战士快快乐乐从战地上把重机关枪，以及其他种种，搬运下房子来时，都高声喊着曾先生道："老板，把你打扰了，请你出来检点你的东西好了。我们走了后，难免没有烂人进来趁浑水捞鱼，你把大门关好啦！"

格外一个中年的兵士更走近曾先生的身边，悄悄告诉他道："老板，你这回运气真好，得亏你胆子大，老守在家里，没有逃走，不然，你的东西早已跟着别人跑光了。你记着，以后再有这种事，还是不要跑的好。军队中有几个是好人？只要没有主人家，就是一床烂棉絮，也不是你的了。"

这一番真诚的吐露，自然更使曾先生感激到几乎下泪，眼见他们走了，三间上房的瓦片尚残存在瓦椽上的，不到原有的二十分之一，而书房以及其他地方，被子弹打毁的更其数不清。令他稍感安慰的，幸而打了这么几天，一直没有看见一滴血。

## 抓　兵

军事专家很庄严的张牙舞爪说道："你们晓得不？战事一开始，不但要消耗大量的子弹，还要消耗相当的战士。所以在作战之初，就得把后备兵、续备兵下令召集，以便前线的战士死伤一批，跟即补充一批。"

军事家又把眼睛几眨，用着一种在讲台上的口吻说道："你们晓得不？世界文明各国，即如日本，都是行的征兵制，全国人民皆有当兵的义务。故在外国，你们晓得不？战士的补充，在乎召集，有当兵义务的，一奉到召集令，就自行赶到营房去。我们中国，……你们晓得不？以前也是行的征兵制，故所以有三丁抽一，五丁抽二的说法。从明朝以来，才改行了募兵制，募兵就是招兵，当兵的不是义务，而是一种职业。这于是乎，一打起仗来，战士的补充，便只好插起旗子来招募了。"

军事专家末了才答复到所询问的话道："所以在这次剧烈战争后，兵士死伤得不少，要补充，照规矩是该像往常一样，在四城门插起旗子来招募的。不过，你们晓得不？近几年来，当兵忒没有一点好处了，自从杨惠公①发明饥兵主义以来，各军对于兵士，虽不像惠公那样认真到全般素食，和两稀一干，……你们晓得不？惠公的兵士，自入伍到打仗，是没有吃过一回肉的，而且一早一晚是稀饭，只晌午一顿是干饭。……然而饷银到底七折八扣的拿不够，并且半年八个月的拖欠。至于操练，近来又很认真，虽说军纪都不大好，兵士的行动大可自由，你们晓得不？这也只是老兵的权利，才入伍的新兵，那是连营门都不准出的，一放出来，就怕他开小差。本来，又苦又拿不到钱的事，谁肯尽干哩，不得已，只好开小差了。已入伍的尚想开小差，再招兵，谁还肯去应招呢？所以，在此次战事开始以前，招兵已不是容易的事，许多人宁肯讨口叫化，乃至饿死，也不愿去当兵。而军队调动时，顶当心的，就是防备兵士在路上开小差。在如此情况之下，要望招兵来补充缺额，当然无望。故所以在几年之前，……大概也是惠公发明的罢？不然，也是顶聪明的人发明的。……就发明了拉人去当兵的良好办法。……着呀！不错！诚如阁下所言，古已有之。是极，是极，杜工部的《兵车行》《石壕吏》，白居易的《新丰折背翁》……不过，你们晓得不？以前拉人当兵，只在拉人当兵，故所以拉还有个范围：身强体壮的，下苦力的，在街上闲逛而无职业的，衣履不周的。后来日久弊生，拉人并不在乎当兵，

---

① 指当时二十军军长杨森，字子惠，系四川军阀。——原编者注

而只在取财，于是乎才有了你阁下所遇见的那些事……"

我阁下所遇见的，自然是一些拉兵的事了，各位姑且听我道来：

当二十九军几场恶战之后，感觉自己力量实在不如二十四军之强而大，而二十一军①又不能在东道的战场上急切得手，于是只好退走，只好借着二十八军②友谊掩护的力量，安全的向北道退走。这于是九里三分的成都，除了少数的中立的二十八军占了少数的势力外，全般的势力都归到二十四军的手上。

罢战之初，城内只管还是那么不大有秩序的样子，战胜的军士只管更其骄傲得像大鸡公样，横着枪杆在街上直撞，把一对犹然凶猛得像老虎的眼睛撑在额脑上看人。但是战壕毕竟让市民填平，战垒也毕竟让市民拆去，许多不准人走的战街，现在都复了原，准人随便走了。

人，到底是动物之一，你强勉的把他的行动限制几天之后，一旦得了自由，他自然是要尽其力量，满街的蠕动。有非蠕动而不能谋生的，即不为谋生，只要他不是鲁宾孙③，他终于要去看看有关系的亲戚朋友，一以慰问别人，一以表示自己也是

---

①② 二十一军军长为刘湘，二十八军军长为邓锡侯。邓军和刘文辉（二十四军军长）、田颂尧（二十九军军长）这三个军的军部都驻扎在成都城内。刘湘的军部则设在重庆。——原编者注

③ 英国作家笛福（Daniel Defor 1660—1731）所著冒险小说《鲁宾孙漂流记》的主人公，他驶船失事，单独在一个孤岛上生活了二十八年。——原编者注

存在，搭着也得本能的把那几天受限制的渊源，尽量批评一番。

那时，我阁下也是急于蠕动之一人。并因为这次战事中心之一在乎少城，而亲戚朋友在少城居住的又多，于是，在那天中午过后，我就往少城去了。

一连走了几家，畅所欲议的议论之后，到应该吃午饭之时——成都住家都习惯了一天只吃两顿饭，头一顿叫早饭，在上午八点前后吃，第二顿叫午饭，在下午三点前后吃，是中等人家，在中午和晚间得吃一点面点，不在家里做，只在街上小吃食铺去端——是在槐树街一家老亲处吃的。因为在战乱之后，彼此相庆无恙，不能不例外的喝点酒，既喝酒，又不能不例外的叫伙房弄点菜。

但是，到伙房打从长顺街买菜回来之后，这顿酒真就喝得有点不乐了。

伙房一进门就嚣嚣然的说道："二十四军又在拉夫了！不管你啥子人，见了就拉！长顺街拉得路断人稀，许多铺子都关了门！"

我连忙问："人力车不是已没有了？"

"哪里还有车子的影子！拉夫是首先就拉车子，随后才拉打空手的，今天拉得凶，连买菜的，连铺家户的徒弟都拉！"

亲戚之一道："一定是东道战事紧急，二十四军要开拔赴援，所以才这样凶的拉夫。"

我心里已经有点着慌，拉夫的印象，对于我一直是很恶的，我至今犹然记得清清楚楚，在民国五年（一九一六年）之春末夏初，陈二庵带来四川的北洋兵，因为被四川陆军第一师师长新任四川威武将军周骏，从东道逼来，不能不向北道逃走时，来不及雇夫，便在四川开创了拉夫运动的头一天的傍晚，我正从总府街的《群报》社走回指挥街，正走到东大街，忽然看见四五个身长体壮的北洋大汉，背着枪，拿着几条绳子，凶猛的横在街当中拉人。在我前头走的一个，着拉了，在我后头走的三个，也着拉了，独于我在中间漏了网。我还敢逗留吗？连忙走了几十步，估量平安了，再回头一看，绳子上已拴入一长串的人。有一个穿长衫马褂的不服拉，正奋然向着两个兵在争吵："我是读书人，我还是前清的秀才哩！你拉我去做啥？""莫吵，莫吵，抬一下轿子，你秀才还是在的！"他犹然不肯伸手就缚，一个兵便生了气，掉过枪来，没头没脑的就是几枪托，秀才头破血流而终于就缚了事，而我则一连出了好几身冷汗，一夜睡不安稳。并且到第三天，风声更紧，周骏的先锋王陵基，已带着大兵杀到龙泉山顶，北洋大队已开始分道退走。我和一位亲戚到街上去看情形，东大街的铺子全关了，一队队的北洋兵，很凌乱的押着许多挑子轿子塞满街的在走。我很清楚的看见一乘小轿，轿帘全无，内中坐了一个面色惊惶，蓬头乱发，穿得很是寻常的少妇。坐凳上铺了一床红哔叽面子的厚棉被，身子两旁很放了些东西，轿子后面还绑了一口小黑皮箱。轿子的分量很不轻，而抬后头的一个，倒像是出卖气力的行家，抬前头的一个，却是个二十来岁，穿了件长夹衫的少年，腰间拴了根粗麻绳，把前面衣襟掖起，下面更是白布袜子青缎鞋。这一定是什么商店的先生，准斯文一流的人，所以抬得那么吃力，走得那么吃力，脸上红得像要出血，一头大汗。我估量他一定抬不到北门城门洞便要累倒的。我连忙车转了身，又是几身冷汗。

北洋兵自创了这种行动，于是以后但凡军队开拔，夫子费是上了连长腰包，而需用的夫子便满街拉，随处拉。不过还有点不见明文的限制，就是穿长衫的斯文人不拉，坐轿坐车的不拉，肩挑负贩的不拉，坐立在商店中的不拉，学生不拉。而且拉将去也真的是当夫子，有饭吃，到了地头①，还一定放了，让你自行设法回家。

不过，就这样，我一听见拉夫，心里老是作恶了。

亲戚之二还慨然的说："光是拉夫，也还在理，顶可恶的，是那般坏蛋，那般兵溜子，借此生财。明明夫子已满了额，他们还遍街拉人，并且专门拉一般衣履周正，并不是下力的苦人。精灵的，赶快塞点钱，几角块把钱都行，他便放了你。如其身上没钱，一拉进营房，就只好托人走路子，向排长向军士进财赎人，那花费就大了。我们吴家那老姻长，在前着拉去后，托的人一直赶到资阳，花了百多块钱才把人取回来，可是已拖够了！虽没有抬，没有挑，只是轻脚轻手跟着走，但是教书的人，又是老鸦片烟瘾，身上又没有钱，你们想。……"

亲戚之三是女性，便插嘴道："这哪里是拉夫，简直是棒

---

① 地头：四川方言，指目的地。——原编者注

客①拉肥猪了!"

我心里更其有点不自在了,我说:"成都街上拉夫的次数虽多,我却只在头一回碰见过一次,幸而,或是太矮小了点,那时没有发体,简直像个小娃儿,没有被北洋大汉照上眼,免了。但是,川军的脾气,我是晓得的,何况又是生发之道。车子已没有了,就这样走回去,十来条街,二里多的路程,真太危险了!"

大家便留我尽量喝酒,说是"不必走了就在此地宿了罢。"但是问题来了,没有多余的棉被,而我又有择床的毛病,总觉得若是能够回去,蜷在自己习惯的被窝中,到底舒服些。

因此之故,酒实在喝得不高兴,菜也吃得没味儿。快要五点了,派出去看情形的人回来说,长顺街已没有拉夫,有了行人,只听说将军衙门二十四军军部门外还在拉,可是也择人,并不是见一个拉一个。

我跳了起来:"那就好了,我只不走将军衙门那条路就可以了!"

亲戚之二说:"我送你走一段罢。"

于是我们就出了大门,整整把槐树街走完,胡同中自然清净无事,根本就少有人来往。再整整把东门街走完,原本也是胡同,全是住家的,自然也清净无事。又向南走了段东城根街,果然有几个行人——若在平时,这是通衢,到黄昏时,几热闹

---

① 棒客:四川方言,对土匪的称呼,也叫"棒老二"。——原编者注

呀！——果然都安闲无事的样子。

亲戚之二遂道："看光景像是已经拉过，不再拉了。那我们改日再会罢。"在多子巷的街口上，我们分了手。

但是，我刚由东城根街向东转拐，走入金家坝才二三十步时，忽见街的两畔和中间站了七八个背有枪的二十四军的兵。样子一定是拉夫的了，才那么捕鼠的猫儿样，很不驯善的看起人来。

我骇然了，赶快车转身走吗？那不行，川军的脾气我晓得的，如其你一示弱，恭喜发财，他就无心拉你，也要开玩笑的骇你一跳，我登时便本能的装得很是从容，而且很是气概，特别把胸脯挺了出来，脸上摆着一种"你敢惹我"的样子，还故意把脚步放缓，打从街心，打从他们的空隙间，走去。几个兵全把我看着，我也拿眼睛把他们一一的抹过。

如此，公然平安无事的走了过去。刚转过弯，到八寺巷口，我就几乎开着跑步了。

路上行人更少，天也更黄昏了。走到西鹅市巷的中段，已看见贡院街灯火齐明。心想，这里距离驻兵的地方更远了些，当然不再有拉夫的危险事情了，然而天地间事，真有不可意测者，当我一走到贡院街，拉夫的好戏才正演得热闹哩。

铺子开的有过半数，除了两家杂货铺和几家小吃食铺外，其余是回教徒的卖牛肉的铺子。二三十个穿着褴褛灰布军装的兵，生气虎虎的，正横梗在街上，见行人就拉。有两个头上包着白布帕，穿着也还整齐的乡下人，刚由弯弯栅子街口走出来，恰就被一个身材矮小的兵抓住了。

"先生，我们有事情的人，要赶着出城。"

"放屁！跟老子走！又不要你们出气力，跟老子们一样，好耍得很！"

"先生，你做点好事，我们是有儿有女，……"

背上已是很沉重的几枪托，又上来一个年纪还不到十七岁的小兵，各把一个乡下人的一只粗手臂抓住，唬骇着，努出全身气力，把两个乡下人直向黑魆魆的皇城那方推攮了去。

情形太不好了，过路的行人，几乎一个不能免。可是被抓的人也大抵不很驯善，拥着抓人的，不是软求，就是硬争，争吵的声音很是强烈。

我在黑暗的西鹅市巷街口已经停立了有两分多钟，到这时节，觉得这个险实在不能不去冒一下了，便趁着混乱，直向西边人行道上急急走去——这时，却不能挺起胸脯，从容缓步，打从街心走了；我自己也没有想到会有如此的急智！

刚刚走了七八家铺面，忽然一个穿长衫的行人，从我跟前横着一跳，便跳进一家灯火正盛的杂货铺。我才要下细看时，两个兵已提着敞亮的大砍刀，吆喝一声："你杂种跑！……跑……跑得脱！……没王法了！"也从我跟前掠过，一直扑进杂货铺去。一下，就听见男的女的人声鼎沸起来。

我还敢留连码？自然不能了！溜着两眼，连连的走，可是又不能拔步飞跑，生怕惹起丘八们的注意。

靠东一家牛肉铺里，正有两个老太婆在买牛肉，态度很是消闲，看着街上抓人的事情，大有"黄鹤楼上看翻船"的样子。那个提刀割肉的年轻小伙子，嘻着一张大嘴，也正自高兴地绝不会像那些被抓的懦虫时，忽的三个未曾抓着人的兵——两个提着枪，一个提了把也是敞亮的大砍刀——呐喊一声，从两个老太婆身边直窜过去，一把就将那个小伙子抓住了。

"呃！咋个乱拉起人来了！我们是做生意的人啦！……"

吵的言语，听不清楚，只听见"你还敢犟吗？……打死你！"

那提敞刀的便翻过刀背，直向那个小伙子的腿肚上敲了去。

在这样狂澜中，我不知道是怎么样的竟自走过三桥，而来到平安地带。

一路上，许多自恃没有被拉资格的老人们，纷纷的站在街边议论："越来越不成话了！以前还只拉人当夫子，出够气力，别人还好回来，如今竟自拉人去当兵，跟他们打仗。并且不择人，不管你是啥子人，都拉。跑了，还诬枉你开小差，动辄处死，有点家当的，更要弄得你倾家破产，这是啥子世道呀！……"

因此，我才恍然于我这一天之所遇的是一回什么事，而到次日，才特为去请教一位军事专家。

军事专家末了推测我何以会几度漏网，没有被抓去的缘故，是得亏我那件臃肿的老羊皮袍。

# 开火前的一瞥

你也不肯让出城去，我也不肯让出城去；你也在你们区域里布置，我也在我的区域内布置，不必再到有关系的地方拿耳朵打听；光看墙壁上新贴出的"我们要以公理来打倒好乱成性的×××！""我们是酷好和平的军队，但我们要铲除和平的障碍"的标语，也就心里雪亮：和平是死僵了！战神的大翅已展开了！不可避免的巷战真个不可避免了！

战氛恶得很，只是尚没有开火。避湿就燥的蚂蚁，尚能在湿度增高时，赶紧搬家，何况乎万物之灵的人类？于是在火线中的一些可能搬走的人家，稍为胆小的，早已背包打裹，搬往比较平安的地方，而我的寒舍中，也惠顾来了一位外省熟人，在我方丈大的书斋里，安下了一张行军床。

我本着民国六年（公元一九一七年）两次巷战的经验，知道这仗火不打则已，一打至少得打十天才得罢休，于是便赶快把油盐柴米酱醋茶等生活之资，全准备了，足够半月之需。跟着又把酒菜等一检点，也还勉强够。诸事齐备，只等开火，然而过了一天又一天，还没有听见枪响，"和平果然还没有绝望吗？"这倒出人意外了。

既是一时还打不起来，那又何必老呆在屋子里？那熟人说他还有些要紧的东西，留在长发街口的长顺街寓所中，何不去取了来。好的，我便同着他从三桥，从西御街，从东城根街走了去，一路上的人熙来攘往，何尝像要打仗的样子？只是大点的铺子关了，行人都不大有那种安步当车的从容雅度，就是我们，也不知不觉的走得飞快。

东城根街是很长的，刚走了一小段，形势便不同了：首先是行人渐稀，其次是灰色人物多了起来，走到东胜街口，正有一些兵督着好些泥工在挖街，把三合土筑成的街，横着挖了一条沟，我心下恍然，这就是战壕。因为还有人从泥土中踏着在来往，我们便也不停步的走，走到仁厚街口，已见用檐阶石条砌就了一道及肩的短墙，可是没有兵把守，仍有人从上面在翻爬，我们自然也照样做了。再过去几丈，又一道墙，左右两方站了几个兵，样子还不甚凶狠。我们走到墙跟前一望，前面迥然不同了，三丈之外，又是一道宽而深的战壕，壕的那方，一排等距离的挺立了八个雄赳赳的兵，面向着前方，站着稍息的姿势，枪也随便顿在腿边。不过一望廓然，漫漫一条长街上，没有一个人影，只这一点儿，就显得严肃已极。

我找着一个稍有年纪的兵，和颜悦色问道："前面自然去不了，要是打从刀子巷穿出去，由长顺街上，走得通不？"

"你们要往哪里去？"

"长发街去。"

"不行了，我们这面就准你通过，二十九军那面未必准你过去。"

"这样看来，这仗火快打了罢？"

他还是那样笑嘻嘻，若无其事的样子，回答道："那咋晓得呢？"

　　我们遂赶快掉身，仍旧翻爬过一道短墙，踏越过一道深沟。我不想就回去，还打算多走几处。于是便从金家坝转出去，走过八寺巷，走过板桥街，走过皮房前街，走过旧皇城的大门，来到东华门街口时，看见街口上站了许多兵，袖章上大大写着：28A（二十八军），我们知道走入中立地带了。

　　中立地带上，本就甚为热闹的提督东西两街，虽然铺子依然大开着在，可是一般做生意的人，总没有往常来得镇静，走路的也很匆匆。然而我们走到太平街口，还在雇人力车，要坐往北门东通顺街去，看一看珍和芬他们由奎星楼躲避去后，到底是个什么情境。一乘人力车本已答应去了，我已坐在车上，另喊一部迎面而来的空车时，那车夫睁着两眼道："你们还想过北门么？走不通了！我刚才拉了一个客，绕了多少口子，都筑起了堆子，车子拉不过，打空手的人还不准过哩！"

　　"呃！今天不对，怕要打起来了，我们回去的好。"我跳下车子，向那熟人说。

　　于是，赶快朝东走，本打算出街口向南，朝中暑袜街一直南下的，但是暑袜街北头中国银行门前，已经用旧城砖砌起一道人多高的战垒，将街拦断了。并且砌有枪眼的地方，都伸一根枪管在外面。然则，不能过去了吗？并不见一个人来往，但我们总得试一试。

　　在我们离战垒三丈远时，那后面早已一声吆喝："不准通过！"

　　这一下，稍为使我有点着急，于是旋转脚跟，仍旧向东，朝总府街走去。铺面有在关闭的了，行人更是匆匆，大概都和我们一样，已经被阻过一次，尽想朝家里跑了。

我们本来走得已很快了，这时更是加速度起来。今天的天气又好，虽然灰白色的云幕未曾完全揭开，但太阳影子却时时从那有裂缝之处，力射下来，把一件灰鼠皮袍烘得很暖，暖到使我额上背上全出了汗。

与总府街成丁字形的新街，也是通南门去的一条大街，和在西的暑袜街，在东的春熙路，恰恰成为一个川字形式。这里，也砌起了一道拦断街的高大战垒，但是在角落处开了一个一个缺口，还准人在来往。我们自然直奔过去，可是不行，一个兵站在缺口上，在验通行证，没有的，必须细细盘问，认为可以过去，便放过去。但是以何为标准呢？恐防连他也不知道，他只是凭着他的高兴而已。

我们全没有什么凭据，只那熟人身上带了一枚属于二十四军的一个什么机关的出入证。他把那珐琅的胡桃大的证章伸向那兵道："我是×××的职员，过得去么？"

"过去，过去，赶快！"

"这是我的朋友，我们是一道的。"

"不行，只准你一个人过去！"跟着他又检查别几个行人去了，有准过，有不准过，全凭着他的高兴。

那熟人懒得再说，回身就走。我们仍沿着总府街再向东去，街上行人，便少有不在开着小跑的了。一到宽大的春熙路北段，行人就分成了三大组，一组向北，朝商业场跑了；一组仍然向东，朝总府街东头跑了；我们一组向南朝春熙路跑的，大概有四十几个人，老少男女俱全，而只有我们两个强壮的中年人跑得快些，差不多抢在前半截里去了。

春熙路是民国十四年（公元一九二五年）才由前臬台衙门改建的，南接繁盛的中东大街，北与商业场相对，算是成都顶洋盘、顶新、顶宽的街道。因为宽，所以一般兵士临时寻找街沿石条来砌的战垒，才砌了一半的工程。足有两排人的光景，还正纷纷的在往来抬石头，而大家都是喜笑颜开的，好像并未思想到在不久的时候，这就是要他们只为一个人的虚骄，而拼命、而流血的地方罢？他们还那样高兴，还那样的努力呀！

前面已经有好些人，从那才砌起的有二尺来高的战垒跨了过去，我们自不敢怠慢。大概还有些比较斯文的男士和小脚太太们走得太慢的缘故罢，我们已走了老远了，听见一个像排长的人，朝那面高声唤道："还不快些走！再砌一层，就不准人通过了！"

啊呀，我们运气还不坏！要是再慢三分钟，这里便不能通过。或许还要向东，从科甲巷，从打金街，从纱帽街绕去了。算来，我们从少城的东城根街，一直向东走到春熙路，已经不下三里，再绕，那更远了。而且就一直绕到东门城根，能否通得过，也还是问题哩。得亏那一天的脚劲真好！

我们虽走过了春熙路这个关口，但前面还有许多条街，到底有无阻碍呢？于是我就略为判断了一下，认定两军的交哄，最重要的只在西头，尤其是少城。一自旧皇城之东，从东华门起，即已参入二十八军的中立地带，则越是向东，越是不关重要。我们就以砌战垒的工程来看，西头早砌好了，还挖有战壕，而东头才在着手，不是更可明白吗？那吗，我们不能再转向西了，恐防还有第二防线，第三防线，又是战垒，又是战壕的阻碍哩！我在一两个钟头内，竟稍稍学得了一点军事常识了！

于是我们便一直向南，走过春熙路南段，走过与南段正对的走马街。这几条热闹街道，全然变样了，铺门全闭，走的人可以数得清楚。要不是得力太阳影子照耀着，那气象真有点令人心伤。

我们又走过昔日极为富庶，全街都是自织自贸的大绸缎铺，二十余年来被外国绸缎一抵制，弄到全体倒闭，全建筑极其结实的黑漆推光的铺面，逐渐改为了中等以下人家的住宅的半边街；又走过因为环境没有改变之故，三四十年来没有丝毫改善的一洞桥；然后才向西走入比较宽大而整齐的东丁字街。

东西两条丁字街口的向北的街道，便是青石桥南街了。这里一样的热闹，茶铺大开着，吃茶的人态度还是安安闲闲的，虽然谈的是正要开始杀人的惨事。而卖猪肉的，卖小吃食的，卖菜的，依然做着他们不得不做的生意。但是朝北一望，青石桥上，果然已砌起一段战垒了。我们如其图省几步路，必然又被打转。

我们走到西丁字街，就算走到了，而后才把脚步稍为放缓了一下。记得很清楚，我们刚刚走到家里，因为热，才把衣服解开，正在猜疑到底什么时候才开火，看形势，已到紧张的顶点了，猛的，遥遥的西边天空中，噼里啪啦就不断的响了起来。啊！第四百七十若干次的四川内战，果然开始了！

我回想到刀子巷口那个笑嘻嘻回答我的话的中年兵士。我又回想到此刻犹然在街上彷徨，到处走不过的行人！我深深自庆，居然绕了回来，到午饭时，直喝了三斤老酒。

## 飞机当真来了

在一片晴明而微有朵朵白云的天空，当上午十点钟的时节，在我的书房里，已听见天空中从远远传来的嗡嗡嗡不大经听的声响。

我好奇的往外直奔道："飞机！飞机！一定是二十一军的飞机！当真来了！……"

其实，成都天空中之有飞机的推进器声，倒并不等在民国二十一年（公元一九三二年）十一月，只要是中年人，记性好的，他一定记得民国四年（公元一九一五年），陈二庵①带着大队的北洋兵，在成都玩出警入跸②的把戏时，已经使成都人开过眼孔，看见过什么叫飞机的了。

陈将军当时只带来了一大一小两架飞机，是一直运到成都，才装合好的。他的用意，并不在玩新奇把戏，而是在唬骇四川

---

① 陈二庵：即陈宧，见作者短篇小说《做人难》注文。——原编者注
② 出警入跸：禁止行人来往通行，如古代帝王和官府巡行时的"清道"，今日之"戒严"。——原编者注

人："你这些川耗子，敢不服从我！敢不规规矩矩的跟着我赞成帝制！你们瞧！我带有欧洲大战时顶时兴的新军器，要不听话，只这两架飞机，几个炸弹，就把你们遍地的耗子洞给炸毁个一干二净！"

可是不争气，那天预定在西较场当众显灵时——全城的文武官员和各界绅耆都得了通知，老早怀着一种不信除了鸟类，还有别的东西可以带着人上天的疑念，穿着礼服，齐集到演武厅上。而百姓们也不惜冒犯将军的威严，很多都拥到城墙上去立着参观——一架小点的飞机，才由地面起飞，猛的就碰在演武厅的鸱尾①上，连人连机翻在地下，人受了微伤，机跌个稀烂——不知何故却没有着火烧毁。

观众无不哄然笑起，更相信除非神仙，人哪能坐起机器飞得上天去的。那时没有看清楚陈将军脸色如何，揣想起来，一定比未经霜的橘子还要青些了。

但是，人定胜天，在不久的一个上午，全成都的人忽然听见天空中有一片奇怪声音，响得很是厉害。白日青光，响声又大，那绝不是什么风雨凄凄的黑夜，吱吱喳喳的从灌县飞来的九头鸟了。于是男女老幼都跑到院坝里，仰起头来一看，"啊！那们大！那们长！怕就是啥子飞机罢？……他妈的！硬有飞机！

———————

① 鸱尾：也作"蚩尾"——蚩：一种海兽，见《倦游录》《类要》——相传东海有鱼像鸱，喷浪便会降雨。唐代以来，我国老式建筑多在屋脊上塑造这种装饰，迷信的说它可以禳灾。——原编者注

人硬可以驾着飞机上天啦？怪了，怪了！………"

随后，这飞机又飞起过两次，并在四十里外的新都县绕了一个圈子，报纸上记载下来，一般人几乎不敢相信"哪里几分钟的工夫，就能来回飞八十里的？"

但是陈将军的那架飞机，前后就只飞过那几次，并且每次没有开到半点钟，也不很高，除了绕着成都天空，至远就只飞到过四十里外的新都县、温江县、双流县而已。以后简直没有再看见过它的影子；护国之役，也从未听见过它的行动，而且一直没有人理会到它，而且一直把它的历史淡忘了。

事隔一十七年，成都的天空，算是食了战争的恩赐，又才被现代的文明利器的推进机搅动了。而成都人在这几天把步枪、机关枪、迫击炮、手榴弹的声音听腻了，也得以耳目一新，尝味一尝味空军的妙趣。

突然而出现的飞机，在三个交战的团体中——二十一军、二十四军、二十九军——何以知其独属于二十一军呢？这又得声明了。

若夫空军之威力，在上次欧洲大战中，本已活灵活现著过成绩，当时有一个中国人参加法国空战，也曾著过大名的，而我们中国政府，在事中事后，却一直是茫然。直到什么时候才急起直追，有了若干队的空军？这是国家大事，我们不配记载。单言四川，则已往的四百七十余次内战——这在民国二十一年（公元一九三二年）十一月，所谓安川之战初起时，一个外国通讯社，不知根据一个做什么的外国人的记载，说自民国二年

（公元一九一三年）所谓癸丑之役，胡景伊打熊克武之战起，直至安川之役，四川内战共有四百七十多次；但我们一般身受过恩赐的主人翁，却因为虱多不咬之故，早记不清了——依然只是陆军中的步军在起哄，直到民国十八年（公元一九二九年）以后，雄据在川东方面的二十一军，才因了留学生的鼓吹和运动，居然把范围放宽了一点，在湍急的川江里，有了三艘装铁甲的兵轮，在平静的天空中，有了十来架"几用"式的飞机。而且飞机练习时，又曾出过几次惊人的意外，轰动过许多人的耳目，确实证明出空军的威力，真正可怕。就中有两次最重要：一次是一位二十军的某师长，试乘飞机，要"高明"一下，用心本是向上的，不意飞机师一定要开个大玩笑，正在上下翱翔之际，像是因机器出了毛病罢，于是人机并坠，一坠就坠在河里；这一下，某师长便从天仙而变为水鬼，飞机师的下落，则不知如何。还有一次，是二十一军军长率领一大队谋臣勇士，到飞机场参观"下蛋"的盛举，飞机师据说是一位毛脚毛手的外国人，刚一起飞，正飞到参观大队的头顶上，一枚六十磅重的炸弹，他先生老实不客气的便从空中掷了下来；据说登时死伤了好几十人，幸而军长福分大，没有碰着一星儿；后来审问外国飞机师，只供是"我错了"！

二十一军除陆军外，既有了水军，又有了空军，还了得！我们僻处在川西南北的几个军岂有不迎头赶上之理？"你不做，我便老不做，你做了出来，我就非做不可"的盛德，何况又是我们多数同胞所具有的？不过在川西南北，虽然也有河道，但不是过于清浅，就是过于湍急，水军实在可以用不着。而空气的成分和比重，则东西南北，固无以异焉，那吗，花上几百万元，买他个几十架飞机，立时立刻练成一队空军，那不是很容易吗？我们想来，诚然容易，只是吃亏的四川没有海口，通长江的大路，给二十一军一切断，连化学药品都运不进来，还说飞机？同时省外更大更有势力的政府，又不准我们这几个军得有这种新式的武器，所以曾经听人说过，某一个特别和政府立异的军长，因为想飞机，几乎想起了单思病，被一般卖军火的外国商人不知骗了多少"油水"！的确，也曾花了百十万元，又送了好几万给南边邻省一位豪杰，做买路钱，请求容许他所购买的铁鸟儿，越境飞到川西。从上至下，从大至小，都相信这回总可以到手了罢？邻省豪杰也公然答应假道，哪里还有不成的？于是，招考空军兵士，先加紧在陆地上训练"立正"、"少息"、"开步走"，而一面竟不惜以高压的势力，在离省九十里处，估着把已经价卖几年的三千多亩公地，又全行充公，还来不及让地主佃户们把费过多少本钱和血汗始种下的"青"，从容收了，而竟自开兵一团，不分昼夜把它踏成一片平阳大坝。眼睁睁的连饭都吃不饱的专候铁鸟飞来，好向二十一军比一比："老侄！[1] 你有空军，就不准人家买进来，以为你就吃干了？现在，你看如何？比你的还好还多哩！哈哈！老辈子有的是钱！"

--------

[1] 二十一军军长刘湘、二十四军军长刘文辉均系四川大邑县人，刘湘是刘文辉的隔房侄子。——原编者注

然而到底空欢喜了一场，邻省那位豪杰真比我们川猴子还精灵，他并且不忘旧恶，把买路钱收了，把过路铁鸟也道谢了。事情一明白，可不把我们这位军长气得几乎要疯。

因此之故，我们川西南北的几个军，在交战之时，实实在在只有陆军，而无空军。

但是，也有人否认，是我亲耳所闻，并非捏造。当其天空中嗡嗡之声大作，我先跑到院坝里来参观，家人们也一齐拥将出来，一位旁边人指点道："你们看清楚，要是飞机底下有一种黑的东西，那就是炸弹，要是炸弹向东落下，你们就得向西跑。"我住的本是平房，虽然有块两丈见方的院坝，但是实在经不住跑。于是我便打开大门，朝街上一奔，街上早已是那么多人，但都躲在屋檐下，仰着头嚣嚣然在说："咋个看不见呢？只听见响。"

真个，飞机还没有现形，然而街口上守战垒的一排灰色战士，早已本能的离开战垒，纷纷躲到一间茶铺里，虽不个个面无人色，却也委实有些害怕。中间独有一个样子很聪明的军士，极力安慰着众人，并独自站在街心，指手画脚的道："莫怕，莫怕，这一定是本军的飞机，如其是二十一军的，他咋敢飞来呢？"

这是我亲耳听见的，我真佩服他见识高超，也得亏他这么一担保，居然有七八个兵都相信了，大胆的跑到街心来看"本军的飞机"。

飞机到底从一朵白云中出现了，飞得太高，大概一定在步枪射程之外。是双翼，是蓝灰色，底下到底有无黑的东西，却看不清楚。

满街的人，大家全不知道"下蛋"的危险，只想饱眼福，看它像老鹰样只在高空中盘旋，多在笑说："飞矮些，也好等我们看清楚点嘛！"

无疑的，这是侦察机了。盘旋有二十分钟，便一直向东方飞走，不见了。

后来听说，飞机来的时候，二十九军登时勇气增大，认为友军在东道战事，一定以全力在进攻。而二十四军全军，确乎有点胆寒，他们被不负责任的外国军火商的飞机威力夸大谈麻醉了，衷心相信飞机的炸弹一掷下来，虽不全城粉碎，至少他们所据守的这一角，一定化为乌有。而又不能人人像那聪明的军士，否认那是二十一军的飞机，却又没有高射炮——当其飞机买不进来，他们也真打算在自己土化的兵工厂中，造些高射炮来克制飞机。曾经以月薪一千二百元，外加翻译费月薪四百元，聘请了一位冒充"军器制造专家"的德国军火掮客，来做这工作。整整八个月，图样打好了，但是所买的洋钢，一直被政府和二十一军遮断了，运不进来。后来没计奈何，就将土钢姑且造了一具，却是弹药又成问题了，所以在战争时，仍然等于没有高射炮——因此，那一夜的战争打得真激烈，一直到次日天明，枪炮声才慢慢停止。

第二天，又是半阴又晴的天气，在吃早饭时，嗡嗡之声又响了。

今天来的是两架飞机：一架双翼，蓝灰色，飞在前面，一定是昨天那架侦察机了。随后而来的，是一架单翼与灰白色的。前面那架像在引路，则后面那架，必然是什么轰炸机。果然，到它们飞得切近时，那机的底下，真似乎有两点黑色的东西。

于是，我就估量飞机来轰炸，必然是有目标的。我住的地方，距离我认为应该轰炸的地方，都很远，就作兴在天空中不甚投掷得十分准，想来也和射箭差不多，离靶子总不会太远，顶多周围二三十丈罢咧。因此，我竟大放其心，在街心里，同众人仰首齐观。

刚刚绕飞三匝，两机便分开了。只看见在向东的天边，果有一个黑点，从轰炸机上滴溜溜的落下来。同时就听见远远近近好些迫击炮在响，那一定是二十四军的兵士们不胜气忿，特地在开玩笑了。

"又在丢炸弹！又在丢炸弹！"好几个人如此在大喊。果然，西边天际，一个黑点又在往下落。

那天正午，就传遍了飞机果然投了两枚炸弹，只是把二十四军的人的牙巴都几乎笑脱了，从此，他们戳穿了飞机的纸老虎，"原来所谓空军的威力，也只如此，只是说得凶罢了！我们真要向世界上那些扩充空军的人大喊：你们的迷梦，真可醒得了啊！"

这因为在东方的那枚炸弹，像是要投炸二十四军的老兵工厂，而偏偏投在守中立的二十八军的造币厂内，把一间空房子炸毁了小半边，将院子内的煤炭渣子轰起了丈把高，如斯而已。

至于西方的那枚，则不知投弹人的目的在哪里，或者是错了，错把二十八军所驻守的老西门，当作了什么，那炸弹恰投在距老西门不远的西二道街的西头街上，把拥着看飞机的平民炸伤了十一个，幸而都伤得不重。

像这样，自然该二十四军的人笑脱牙巴。但是，立刻就有科学家给他们更正道："空军到底不可小觑，这一天，不过才一架轰炸机，仅载了两枚顶小的炸弹，所以没有显出威风。倘若二十一军把它十几架飞机，全载了二三百磅，乃至五百磅的重量炸弹，来回的轰炸——成渝之间飞行，只须点把钟的工夫，那是很近的呀——或是投些燃烧弹，成都房子没有一间是钢骨水泥的，那一下，大火烧起来，看你们的步兵怎样藏躲，又没有地窖，又没有机器水龙。……"

果然如此，确是骇人，如其我们的军爷们都没有大宗的房产在成都，那到也不甚可怕，且等烧干净了再退走不迟。无如大家的顾虑都多，遂不得不赞成一般老绅耆们的提议，赶快打电报给二十一军，叫他顾念民生，还是按照老法，只以步兵来决胜好了，不要再用空军到城市中来不准确的投掷炸弹，以波及无辜。这电报公然生效，一直到战争末了，二十一军的飞机，便没有在成都天空中出现。

## 夺煤山和铲煤山

这一年巷战最激烈的两次中，有一次就是两军各开着几团人，夺取煤山。

煤山这个名词，未免太夸大了一点，并且和北平景山的俗名，也有点相犯。如其是从北平来的朋友一听见这个名词，一定以为成都这个煤山，大概也有北平景山那个规模了。如此，则北平朋友一定要上一个大当的。

虽然，在从前皇城犹是贡院时，每到新年当中，成都的男女小孩，穿着新衣裳出游，确也有许多很喜欢到这地方来"爬山"，佝偻着身子，做得好像登峨眉山似的艰难，爬到山顶，确也要大声喧哗道："真高呀！连城外的树木都看得清清楚楚的。"

真的，我幼年时也曾去登临过，的确比城墙高，比钟鼓楼高。在天气晴明之际，不但东可以望见五十里外青黝黝的龙泉山色，而且西也可以望见远隔百里的玉垒山的雪帽子。不过在多阴少晴的成都，这种良辰倒是不多。

其实，所谓煤山，真不足叫作山，积而言之，只是一个有青草草的大土堆。原不过是清朝时代，铸制钱的宝川局烧剩的煤渣，在这皇城的空隙地点，日积月累，不知经了好多年，积成了这个高不过五丈，大不过亩许的煤渣堆。成都人过于看惯了坦平的平地，偶尔遇见一点凸起不平的地方，便不胜惊奇，便是一个二三丈高的大土包，且有本事赶着认它是五丁担土而成，是刘备在其上接过帝位的五担山，何况这煤渣堆尚大过于五担山数倍，又安得不令一般简直连丘陵都未见过的人，尊称之为山，而公然要佝偻的爬呢？

这些都是闲话。如今且说自从民国二十年（公元一九三一年），三大学合并，成立国立四川大学时，皇城便由师范大学和几个公立私立的中等学校，而变为四川大学的文学、教育学两院的地址，而煤山和其四周的菜园地，早被以前学校当事人转当与人，算是私人所有，而恰处在大学的围墙之外。

当其二十四军、二十九军彼此都在积极准备，互不肯让出城去，而二十九军的同盟，复派着代表前来，力促从速动作，把二十四军牵制在省城，好让它去打它的老屁股时，城里的人，谁不知道战事断难避免，民国六年（公元一九一七年）的把戏①一定又要复演一次了。

然而报纸上却天天登载着官方负责任的人的辟谣，说我们的什么长向来就是爱好和平的，向来就抱着宁人犯我，毋我犯人的良善心肠。并且他的武力是建筑在我们人民身上的，他绝不至于轻易消耗他的武力，拿来做无理的内战之用，他要保存着，预备打那犯我国土的外国人的。纵然现在与友军起了一点儿误会，然而也只是误会，友军只管进逼，他也决不还手。好在现已有人出来调停，合作的局面，一准不会破裂，尚望爱好和平的人民，千万不要妄听谣言。如有不逞之徒，造谣生事，或是从中构煽②，以图渔利，则负治安机关之责者，势必执法以绳，决不姑宽。

越这样，而在有经验的人看来，自然越认为都是打仗文章

---

① 1917年2月17日，川军刘存厚被逐，次日，由熊克武统率、滇黔军参加的"靖国军"攻占成都。——原编者注
② 构煽：定计煽动。《南齐书·谢超宗传》：构煽异端，讥议时政。——原编者注

的冒头，只是要做到古文上的成语"不为戎首"①或"衅不自我开"②。但是在教育界中的赤心人们，却老老实实认为"大人无戏言"。第一、相信纵然就不免于打仗，也断乎不会在城里打，因为太无意义了，所得实在不偿所失，负责任的人在私下谈话，也是这样说的；第二、相信学校就不算是什么尊严之地，但也不算是什么有权势的机关，值得一争，纵然不免于巷战，学校处于中立，总不会遭受什么意外的波及罢，两方负责的人也曾口头担保，绝对不使不相干的学校，受丝毫损失。于是各学校的办事人都心安而理得，一任市上如何风声鹤唳，而他们仍专心一志的上课下课，准备学期考试，即有一些不安的学生，要请假回家，也着大批一个"不准"，而且被嗤为"神经过敏"。

旧皇城中的四川大学，是全省最高的学府，自然更该理知的表示镇静，办事人如此，学生也如此，他们真正做梦也没有想到那天一开火之后，他们围墙外的著名的煤山，竟成了两方争夺战的焦点。这就因为它是全城一个高地，彼此都想占着这地方，好安下炮位，发炮射击它方的司令部和比较重要的机关。

据说，煤山原就属于二十九军的势力范围，因为大学交涉，答应不在此地作战，仅仅留下一排兵在那里驻守。但是德国可以破坏比利时的永久中立，只图于它方便，则二十四军说二十

---

① 戎首：挑动战争的罪魁祸首，也指挑起争端的人。——原编者注
② 衅：这里指争端。这句话的意思是"战端不是我所挑起的"。——原编者注

九军要在此地安置炮位，攻打它的将军衙门的军部而不惜开着一团人，从四川大学前门直奔进去，穿过一部分学生寝室，打毁围墙，而出奇兵以击煤山之背，那又有何不可？但这却不免把学校办事人和学生的和平之梦，全惊醒了！

当学生在半夜三更，只穿着一身汗衣裤，卷着被盖，长躺到地面上躲避时，煤山脚下的战争，真个比德法两国的凡尔登之战还厉害。据说，光是步枪、机关枪、手榴弹就像一大锅干豆子，加着猛火在炒的一般；还加上两方冲锋的呐喊，真有点鬼哭神号，令听的人感到只须半点钟的工夫，人类便有绝灭的危险。

可是这场恶战，一直经历到次日上午十点钟的光景，还没有分出完全的胜负来。因为这一面争夺战，也恰如凡尔登之战一样，两方都遇着的是不怕死的猛将，你也站在硝烟弹雨中，不动声色的督战，我也站在硝烟弹雨中，不动声色的督战，将官如此，士兵们哪里有不奋勇的！可是，兵都是训练过来的，懂得掩伏射击，并不像电影中演的野蛮人作战法，只一味手舞足蹈，挺着身子向前扑去，所以你十分要进一尺，我也就权且让五寸，待你进够了，我又进，你又让。一个整夜，一个上午，枪声没有停过半分钟，只是一会儿紧，一会儿松，听说煤山山顶，彼此都抢到手过四五次，而死伤的兵也确实不少。

争夺煤山第二天的上午，炮火还正厉害时，我亲眼在红照壁街口上看见属于二十四军的足有一营人之众，或者是新从城外调来的，满身尘土，像是开到旧皇城去参加前线。一到与皇城正对的韦陀堂街上，便依着军官的口令，一下散在两边有遮蔽的屋檐下，挺着枪，弓着腰，风急雨骤的直向皇城那方奔去。我是没有在阵地上观过战的，单看这一营人的声势，已觉得很是威风了，旁边有人说："这是二十四军警卫旅的队伍，很行的，也扫数加上去了，皇城里的仗火真不弱呀！"

就在中午，彼此相约停战数小时，以便把大家的伤兵抬下阵地去时，我也偕着一般大胆到街上看热闹的人们，一直步行到三桥——说来你们也不相信，成都市民真有这种本事，就在炮火连天之际，只要不打到我们这条街上来，大家的生意仍是要做的。皇城里打得那么凶法，而在皇城外的街上，只管子弹嘘儿嘘儿唱歌般在天空飞过，而我们的铺子大多数还是热热闹闹的开着，买东西的人，也充耳不闻的，依然高声朗气讲他们的价钱，说他们的俏皮话——打从韦陀堂庙宇前经过时，亲耳听见那个值卫的，也是二十四军警卫旅的兵士，各自抱怨说："他妈哟！一连人剩了五十多个，还值他妈的啥子卫！"

到底二十九军力量薄些，不是二十四军的对手。他因为二十四军的人气要胜些，"我拼着那些人来死，拼着子弹不算，我总要把煤山抢过手，就不安炮也可以！"这也与不必在城里受二十九军无益的牵制，尽可把全力拿到东道上，我把较强的一方打胜下来，然后掉过枪口，回指成都，哪怕二十九军还不让出！然而也不如此，必要在城里打一个你死我活，终不外乎粮户们拼着家当要打赢官司，只为的争这一口气。

到底二十九军力量不济，再度恶战之后，只好从后载门退出，而就在门外大街上据守着，这一场恶战，才算告了一个段落。

及至这次战争之后，一般爱好和平，憎恨战争的中年老年绅耆们，忽然发生了一种大感慨。据说是看见红十字会在煤山收殓一般战士死尸的照片，以及听说四川大学、艺术学校、附设女子中学等处，和附近皇城东边的虹桥亭，附近皇城北边的好几条街，都因煤山之战，打得稀烂，一般穷人几乎上无片瓦以蔽风雨，而家具什物的损失，更无以资生，于是一面发起捐赈，一面就焦思失虑，要想出一个根绝巷战的好方法。

方法诚然不少，并且很有力，就是劝告人民一律不出钱，一个小钱也不出；其次是叫各家的父母妻室，把各人在军队中的儿子丈夫喊回来；再其次是勒令兵工厂一律关门，把机器毁了。然而这些能办得到吗？而且绅耆们敢出头说半句吗？都不能，只好再思其次可以做得到而又有实效的。不知是哪位聪明人，公然就想出了，一提出来，也公然被一般爱好和平的先生们大拍其掌，认为实在是妙不可圈的办法。

是什么好办法？就是由捐赈会雇几千工人，赶紧把那可恶的煤山挖平，将已经变为泥土的煤渣，搬往别处去填低地。"将这个东西铲平，看你们下次还来拼命的争不？"这是砍断树干免得老鸦叫的哲学。

当时这铲山运动很是得劲，报纸上天天鼓吹，大多数人都附和着说是善后处置中，一个最有意思的举动。

既成了舆论，当然就见诸事实。一般人都兴兴头头的，一天到晚在那里"监工"，在那里欣赏这伟大的工作。工人们似乎也很能感觉他们这工作之不比寻常，做得很是认真。果然，在不久的时间，这伟大的工程完毕了，成都城内唯一可以登高眺望的煤山，便成了毫无痕迹的平地。爱好和平的先生们都长长的叹了一口气，颇有点生悔"何不当初"的样子。也奇怪，自从煤山铲平以后，四年了，直到于今，果然成都就没有巷战了！

当时，只有一个糊涂虫，曾在一家小报上，掉着他成都人所特有的轻薄舌头道："致语挖煤山的诸公，请你们鼓着余勇，一口气把成都城墙也拆了，房屋也拆了，拆成一片九里三分大的光坝子，我可担保，一直到地老天荒，成都也不会有巷战的事来震惊我们的。……"

原载 1937 年《新中华》第五卷一至六期

# "法"之鸡零谭<sup>①</sup>

朋友常喜说一个故事：二十年前有位新到法国的中国学生，住在巴黎近郊某"市镇"，一天，骑了一辆脚踏车在宽阔平坦的人行道上行驰，遇着一个警察把他拦住，指手画脚说了好一会，而这位中国仁兄，一直听不懂。恰巧另一个会说法语的同乡走来，才义务的翻译给他说：法国禁令，人行道上是不许行驰脚踏车的。警察老哥把这禁令说明了，眼见他将车子挪到街上，便也算了。不久，就在同一地方，一个巴黎豆腐公司的先生，也偶然把他的脚踏车骑上了人行道，也被警察拦住。他先生法语说得漂亮，便和警察老哥理论起来。这一下，却糟了，硬被挡往警局，处罚三个法郎完事。前后一件事，其结果如此不同，据那警察老哥的解释：前一位仁兄连法语都听不懂，足见他来法不久，当然不知禁令，情有可原，故可通融。后一位先生不但法语漂亮，在法国住了多年，并且也知道禁令，虽说偶然犯

---

① 鸡零谭：即琐谈，语出成语："鸡零狗碎"，指零碎的、不成片段的事物。——原编者注

132

禁，毕竟是明知故犯，非照章处罚不可。

最后朋友因而证明法国警察是受过教育，故能近人情如此。

同时另一位在英国住过的朋友，便说：此乃法人的民族性，与警察受过教育与否无关。如此二事发生在英国，则英国警察之处理，便无二致，结果，两位仁兄也受同一的处罚。其理由必是：不管你初来也罢，久住也罢，你们既来英国，你们就该入国问禁，而英国的法律也绝不能在本国人与外国人之间发生歧异。

由此故事，便足说明英国人的法律精神，譬如一个红头阿三①在一般英国绅士的眼中，似乎不见得有好高的地位，自然更说不上权力，但是只要绅士们同意，将这位阿三命之为交通警察，告诉了他的职务，将他派立在十字街口，哪怕就是什么勋爵亲王，乃至国君，只要不乘坐礼舆、救火车，如是他的汽车驰到十字口，恰遇阿三的两臂举了起来，他只好静静停下来，五分钟，或十分钟，等到阿三的手臂放下，或掉了方向，他才能开行。无论公事再忙，私事再紧，他也绝不能无恐的冲过去。所以我们可以说：英国人的法治以及守法精神，是彻头彻尾地从立法者、从最有权威的贵人们守起的。

将就比喻转到我们中国，将红头阿三改为我们炎黄同胞来试一试看。我想，立法者和权贵们必先存一个念头，要是我不

---

① 从前英帝国主义者在上海、天津、汉口等地租界内，每雇用印度旁遮普人充当巡捕（警察）。他们身材高大，头缠红巾，上海人便呼为："红头阿三"或"印度阿三"。——原编者注

冲过去，则在众人跟前，必不能表现我的与众不同的身份了。或者是，警察么，那不过是我用来管众人的，我怎能也低头下气和众人拉平来听他的指挥？或者是，我立的法，是为众人而设的，我何能"自弊"呢？

纵令立法者或权贵们无此念头，而平日耳濡目染的司机先生，能让他老板失却这个面子吗？司机先生替老板抓回了面子，老板能大怒斥之，以为不然吗？只要这么一来，交通警察之手臂失效，于是秩序紊乱，直撞乱走，警察要管，警察就得挨打；警察不管，警察就得挨骂。有心人便只好叹息中国人无法治精神；代言人只好解释中国人是中了五千年专制政体之毒，不解何谓法律内之自由；而政治家只好一面加紧调训警察，一面发起守法运动，呼吁平民守法！

你们会以为我上面所谈，太过火了。但是我有证据，再举出两桩我亲眼看见的事来说一说：其一，成都少城公园的大门，原本没有门槛的，而后来何以会有了几步挨拢阶梯的门槛呢？原因是自有公园以来，虽未经过市民大会，或是什么立法机关明文规定：不许车马轿子通过——其实在外国的许多公园是准许通过的——但是"舆马不入园"的牌子，业已在公园门口挂过十多年，已经成为共守的一条规律了。可是距今数转去将及二十年的某一清晨，我却亲眼看见彼时一位团长，乘着五人换着抬的三人大轿，恰巧巍轩轩的一直抬入公园，而一位愿意守法的平民，则挺而大呼说："太没规没矩了！"于是团长的勤务兵便拉出手枪，气势汹汹的来找这位主持正义的人，口头说：

"非打死这个爱管闲事的杂种不可!"团长哩,也立刻下了轿,横着眼睛说: "谁管得着我!"并且当着众人——也有我在内——派骂了一顿,骂那主持正义者为"布尔什维克",为目无长上的禽兽。但是,我告诉你们:这位团长在发迹的五年前,还是一位初中学生,虽然笔下不怎么亨通,却也附和着写过新文化一类的东西哩!大约自此以后,那块"舆马不入园"的牌子便有几分失效。后来包车盛行,于是门槛因才代替了木牌。

其二……其二呢?我想不必再举例了罢!因为我眼中所看见的这种只是设出种种条例来管人,来干涉人,来妨碍或限制众人天赋的自由,而自己专门犯法干禁,却能名利双收的大人先生们,实在太多了。这般人,我们只是从他所发布、所执行的禁令和暂行什么条例上,从反面来着想,他在干什么?那断不会错。比如,他在雷厉风行的不准人吃鸦片烟,他本人一定是一副大瘾;比如,他在极力提倡节约而讲廉洁,他本人的饮食起居,一定很考校,用钱如水,而钱之来源,一定是报不出账的。

如其我说的不大错,则大家便大可证实"只许州官放火,不许百姓点灯"这句古话,实是我们的本位文化的结晶,而今并未丝毫改变。那吗,我们被呼吁为"守法的平民",应该翻过来对那般非平民呼吁:第一,要求他们守法;第二,要求他们的自由应该在法律范围以内;第三,要求他们不要专凭自己的喜恶或方便、不方便,来要我们全都装傻子,做什么永远不是那么回事的什么运动!

原载 1944 年 7 月 4 日《华西日报·华西副刊》

# 说说嘉乐纸厂的来踪①

话说中华民国十三年秋，小可看了一场西洋镜②之后，叶落归根，依然精赤条条跑回这九里三分的成都来时，在前六年与几个朋友共同办理的《川报》，还未被杨督理子惠③先生封闭，仍一天两大张的在印行。而令小可深为慨叹的，则是自从民国五年，因为洋纸缺乏涨价之后，暂时采用的夹江的土纸，八年了，还暂时的在采用。

于是有一点心血来潮，忍不住，向《川报》的主办人宋师

---

① 嘉乐纸厂：四川首家机器造纸厂，于文化、教育贡献颇丰，作者参与发起，持续操持，历任要职凡二十七年，半生心血，倾注于此。该厂 1925 年至 1997 年存续于世。
　　——原编者注
② 指作者赴法勤工俭学四年半的经历。
　　——原编者注
③ 指时掌川局的四川军阀杨森。
　　——原编者注

度①先生谈及："四川有这么多的造纸原料，而新闻纸的需要又如此其重要，何以自周孝怀先生开办的进化纸厂失败以后，再没有人继起来干这种实业？我们虽然都是穷酸，何不张开口来喊一喊，或许喊得出几位有力量的热心人来，开上一个机器纸厂，也算积了一点阴功了！"

宋先生好不热心，登时就问我在法国的中国朋友中，有没有学造纸的。

我说："如何没有呢？与我同时去法国的王怀仲先生，就在格罗白城造纸专门学校毕了业，并且在工厂里实习了一年多，现正在回国途中。只不知他先生愿不愿意回来？"

宋先生一面就叫我发信去招呼王先生回川，一面就先约同卢作孚先生、李澄波先生、郑璧成先生、杨云从先生、刘星垣②先生，还有一位讲社会民主主义，数年前在普陀海浴，死于海水的孙卓章③先生，来做发起人，提倡在百废俱兴的当日的四川，实现一个理想的机器造纸厂。

---

① 宋师度：四川眉山人，《川报》创办人，嘉乐纸厂发起人之一，董事、股东。曾任民生公司总务处经理。
　　——原编者注
② 刘星垣（1891—1978）：成都人，早年赴英伯明翰大学，1921年学成回国后任四川大学、华西大学教授，1949年后曾任省工商厅副厅长等职，担任农工民主党省委主任。
　　——原编者注
③ 与作者同船赴法勤工俭学之同乡同学。
　　——原编者注

到民国十四年八月，虽然宋先生主办的《川报》，在头一年十一月，因为杨督理的秘书长黎纯一先生，仿照欧美流行办法，将为他的同学同事而又是至好朋友的喻正衡先生，在《川报》上替登了一条求婚启事，被一位樊学圃先生看见，认为过于肉麻，于是乘着酒性，便照样拟了一条一个女性的求婚广告，而条件内最重要的，则是要男的日服威古龙丸①若干，——小可见少识寡，至今不知威古龙丸是一种什么样的丸药，吃了，而于女的发生什么样的效果。——而《川报》的发行某先生又太老实了，老实到不解此种广告，是一回什么事，竟自照章收了费，交到排字房印出来。于是乎这药线便点燃了，于是乎宋先生刘筱卿先生连同小可，一并着宪兵大队长袁葆初先生，奉令派兵押去，说是要重罚。其实只关在副官室优待了几天，得亏卢作孚先生委婉说情，才各自滚回去吃各人的老米饭，而《川报》则如此寿终正寝。

虽然，在十四年六月，卢作孚、郑壁成两先生也离去通俗教育馆，而往合川办理电灯，办理轮船去了。

但是王怀仲先生却在江、浙等处把各纸厂调查了一番，回来了。而各位发起人则仍然做着机器造纸的大梦在。

那时发起人又加了程宇春先生、陈子立先生、朱良辅先生、钟继豪先生，和民国十六年，想尝试物质文明的滋味，不幸汽

---

① 性激素，类今之伟哥。
　　——原编者注

船在下重庆的磁器口翻了，而死于河水的陈岳安先生。这些人中，除了卢作孚先生、孙卓章先生不曾认股外，大家便认起股来，多者一千元，少则五百元，顶少的二百五十元。

但是大家还不敢冒昧从事哩。一面请王先生做了一个计划书，按照极简单的设置，说是要三万元的资本；一面定名为万基机器造纸公司筹备会；一面请王先生到夹江、洪雅、嘉定一带去调查原料出产，及制造厂地。

事隔一个多月，王先生来信说，在嘉定晤见吾川赤手兴家的实业大家陈宛溪老先生，对于机器造纸，极端赞成并愿出极大资本，请省方同人不必再招零星小股，其详情俟彼返省面告。

陈宛溪老先生的确是四川一个了不起的人物。他是三台县的一位秀才，榜篆开沚①。本来是位寒士，三十几岁上还在乡间教私馆，那时提倡实业的风气尚未大盛，而他老先生竟能看见田间一株野桑，而兴感到蚕桑大利。后来便以薄田数亩押制钱四百串，一手一脚，排除乡里疵议，居然做成了一番事业。又得前清劝业道周孝怀先生的大助，以及前清名御史荣县赵尧生②先生的鼓吹，以及他老先生能以文学写出他实际经验的著述，于是名声日大，事功日成，中间也曾受过无算波折，而到

① 榜篆：对别人名字的敬称。
——原编者注
② 赵熙（1867－1948）：号香宋，四川荣县人。前清进士、翰林院编修，国学大师，工诗书，川中五老七贤之一。
——原编者注

民国年间，除了潼川的神农丝厂外，居然还在嘉定独立经营了一个规模宏大的华新丝厂。在民国十一年后，资产达到一百余万，在民国十四年，他已六十多岁了，竟能把他的敏锐老眼，从当时还未显现衰象的丝业环境中，转移到机器造纸上来，这是何等可令人佩服的地方。

省城一般有志无力的穷酸朋友听得这消息，是何等的欢喜，姑且按下不表。

我哩，则等到民国十五年三月，王怀仲先生从他眉州故乡返省，邀约一般股东，大吃了一顿，顺便商量，公举何人偕同王先生到嘉定去与陈宛溪先生接头，好仰仗他的力量，实现我们的妄梦。那时众人都有事，不能分身，这趟好差事，不幸就加到小可身上。

王先生与我是坐民船去的，落脚在与华新丝厂相去二里之遥的嘉裕碱厂中。第一个晤面的是碱厂总账黄远谋先生，第二个是碱厂经理乐山县商会会长施步阶先生，这两位先生，也是空拳赤手奋斗成功，至今还在路上竞走的豪杰哩。要大略写出，又不免是一长篇，并且要述说一下我到嘉定与诸君会商的情形，也未免太烦，暂时煞住了罢。

次日走往丝厂去见陈先生——王先生因为家事，船过眉州，便上岸去了，小可到嘉定，完全是凭了他几封介绍信去的。——我初没有料到这位犹然保存着书生面目，毫无通商口岸一般大亨们应有的骄妄愚庸，而身材瘦小到比我这仅够尺码的身材还更矮的老资本家，老实业家，看了我第一面，彼此一揖之后，开口第一句，才是"啊！李先生，我等得好苦呀！"

我们两个从年龄到一切什么相去如此不侔的一老一少，居然谈得那么的投合，那么的有味，至今整十年了，回思起来，尚觉诧异。

跟着就会见宛溪先生的第二位贤郎陈光玉先生，这是帮助宛溪先生成功的一位实验事业家。跟着就偕同宛溪先生进城去会见有力量的张富安先生，以及当时的邮政局局长，为人极其干练而通达的陈渐逵先生，以及任过旅长而毫无气息的陈紫光先生，于是机器造纸一事，便渐渐转为了一时的谈资。

陈宛溪先生与我的意见顶一致的就是：鉴于进化纸厂的失败，我们应该踏实做去，第一不要铺张，第二须从小处着手，第三待工匠等的艺术练习熟了，工程师的学问踏实的加入了经验，然后再扩张起来。复将王先生所拟的，计划书一一的核实审定，计算头一步试验工作，连厂地连机器，至少要五万元。陈老先生首先认股一万元，张富安先生认股一万元，外在嘉定募股一万元，由陈老先生负责，省城与眉州方面共募股二万元，由小可与王先生负责。公推陈老先生为筹备主任，并将万基纸厂之名，由陈老先生改定为嘉乐纸厂。

（此稿本想如此的写下去，不谓才将上段写出，便因无聊的应酬耽搁下来，一搁就是三天，交稿之期，已迫得只有半天了，如何还能容我这样牵枝带叶的？写好罢长言不如短语，下面只好话一个轮廓，待有时日，再细细的说与诸公听者。）

嘉乐纸厂造纸的原料，采用稻草七成，竹麻三成。这两种值钱不多，附原料则是嘉裕碱厂的烧碱，那就值价了，贵时每百斤十六元，贱时亦不下十三元，每天用碱三四百斤不等。此外耗费最大的，就是煤炭，平均每日要烧四十元上下。

嘉乐纸厂的厂地，是一个废置了的烧碱厂①厂地，连同房屋锅缸等，作价一万元加入股本。

嘉乐纸厂的造纸机，是天津一个小铁工厂承制的，又粗糙，又简单，又小，作为试验之用则可，以之营业，则吃亏绝大，其余如发动机，碾浆机，洗浆机，蒸稻草的汽锅，都是在上海配置的。锅炉二部，都是极陈旧的卧式圆筒锅炉，极其费炭。

民国十六年夏，全部机器运回，因为是时长江不靖，运费吃了绝大的亏，所幸还未受有意外损失，只是因了某种原因故，未将造纸机上必要的铜丝布与毡子配够，试了半月，粗糙的漂白新闻纸虽造出了一些，而铜丝布与毡子则坏，全厂停工等候新货之到，把所余的几千元的活动资本损失干净，这是嘉乐纸厂开张鸿发的第一个打击。

到了民国十七年，第二次开工时，本应该加以扩充的了至少也该增加活动资本万元上下，方足以资周转的，却又因了不少的原故，第一个使有力量的张富安先生冷淡下来，第二个使陈宛溪老先生也不大起劲了，一个重担子又不幸的压在小可肩上。这一年直把小可压得骨断筋拆，而纸厂则终日在闹穷，终

---

① 原乐山蜀新碱厂。
　　——原编者注

年在闹子毡不够使用，如此一直弄到民国十八年夏，小可出省游历，才将一副重担强迫交与陈光玉先生去乘位①。

到民国十九年春，纸厂仍是停顿着在。开工哩，不但没有钱，而且还有许多的债。别人欠的纸价，却收不到。不开工哩，社会上却已有了这种需要，彼时洋纸仍是很贵，土纸仍是松滥，大家投了五六万元的资，既已略有成绩，如此收下未免可惜，也未免对不住人。小可曾与好几位发起人为这事直弄得好几日食不甘味，心上很难过。

后来，又大家约到嘉定商量了一度，以为就要破产，也无产可破，不得已只好又凑出几千元来，强求施步阶先生出任经理一职，仍由王怀仲工程师指挥工作继续起来。

但是情形很是欠佳，一方面资本太小，机器太不行，出品太不如意，成本太高。一方面受着苛捐杂税的影响，以及跌价、倒账种种的不景气。拖到民国二十年，又不得已第二次关门大吉，不但资本蚀得罄净，并外欠了上万的债。

彼时，二十四军正在提倡实业，大家颇有意思将全厂折成出让，"成功不必在我"，而只求成功，但是接触了几次头，不行。

后来因为大家的鼓吹，施步阶先生又只好陷入重围，设法将工作恢复。从那一次起，大家给施先生帮忙之处更少。至今，

---

① 乘位：原指乘坐的座位，此指承担这个职位的职责。
　　——原编者注

闻说施先生已为纸厂拉账达一万数千元，而售纸所入，仅够周转，所不幸的，就是倒账户头太多，致令早想增加的东西，还不能买，早想改善的东西，也迟不能置备。

现在工程师王怀仲先生正本其十年苦干的经验，做了一个踏实的扩充计划，大概得资十数万元便可日出上等新闻纸若干吨，或许这是一个转机。且等他的计划拿来，再在报纸上披露，要是能够感格有力量人的热心，那吗，我们的十年旧梦未始没有实现的一天。不过……

**二十四年十二月三十日正午手僵得实在写不下去之时**

# 从吃茶漫谈重庆的忙

## ——旅渝随笔

到重庆，第一使成都人惊异的，倒不是山高水险，也不是爬坡上坎，而是一般人的动态，何以会那么急遽？所以，成都人常常批评重庆人，只一句话："翘屁股蚂蚁似的，着着急急地跑来跑去，不晓得忙些啥子！"由是，则可反映出成都人自己的动态，也只一句话："太懒散了！"

懒散近乎"随时随地找舒服"。以坐茶馆为喻罢，成都人坐茶馆，虽与重庆人的理由一样，然而他喜爱的则是矮矮的桌子，矮矮的竹椅——虽不一定是竹椅，总多半是竹椅变化出来，矮而有靠背，可以半躺半坐的坐具——地面不必十分干净，而桌面总可以邋遢点而不嫌打脏衣服，如此一下坐下来，身心泰然，所差者，只是长长一声感叹。因此，对于重庆茶馆之一般高方桌、高板凳，光是一看，就深感到一种无言的禁令："此处只为吃茶而设，不许找舒服，混光阴！"

只管说，"抗战期中"，大家都要紧张。不准坐茶馆混光阴，也算是一种革命地"新生活"的理论。但是，理论家坐在沙发上却不曾设想到凡旅居在重庆的人，过的是什么生活呀！斗室之间，地铺纵横，探首窗外，乌烟瘴气，镇日车声，终宵人喊，工作之余，或是等车候船的间隙，难道叫他顶着毒日，时刻到马路上去做无益的体操吗？

我想，富有革命性的理论家，除了设计自己的舒服外，照例是不管这些的。在民国十二年当中，杨子惠先生不是用"杨森说"的标语，普遍激动过坐茶馆的成都人："你们为什么不去工作"，而一般懒人不是也曾反问过："请你拿工作来"吗？软派的革命家劝不了成都人坐茶馆的恶习，于是硬派的革命家却以命令改革过重庆人的脾胃，不许他们坐茶馆，喝四川出产的茶，偏要叫他们去坐花钱过多的咖啡馆，而喝中国不出产必须舶来的咖啡、可可，以及彼时产量并不算多，质地也并不算好的牛奶。

好在"不近人情"的，虽不概如苏老泉[1]所云"大抵是大奸匿"，然而终久会被"人情"打倒，例如重庆的茶馆：记得民国三十年大轰炸之后，重庆的瓦砾堆中，也曾在如火毒日之下，蓬蓬勃勃兴起过许多新式的矮桌子、矮靠椅的茶馆，使一般逃不了难的居民，尤其一般必须勾留在那里的旅人，深深感觉舒服了一下。不幸硬派的革命下来了，茶馆一律封闭，只许改卖咖啡、可可、牛奶，而喝茶的地方，大约以其太不文明之故，

---

[1]　苏老泉：即苏洵的号，是苏轼、苏辙之父。——原编者注

只宜于一般"劣等华人"去适应，因才规定：第一不许在大街上；第二不许超过八张方桌；第三不许有舒适的桌椅。谢谢硬派的"作家"，幸而没有规定：只许站着喝！一碗茶只须五秒钟！

如此"不近人事"的推销西洋生活方式——请记着：那时我们亲爱的美国盟友还没有来哩——其不通之理由，可以不言，好在抗战期间，"命令第一"，你我生活于"革命"之下，早已成了习惯。单说国粹的茶馆，到底不弱，过了一些时候，还是侵到大街上了，还是超过了八张方桌，可惜一直未变的，只是一贯乎高桌子、高板凳，犹保存重庆人所必须的紧张意味，就是坐茶馆罢，似乎也不需要像成都人之"找舒服"！

原载 1946 年 1 月 1 日《新新新闻·柳丝副刊》

# 漫谈中国人之衣食住行

照题目所标，应该先谈衣，而后才是食，才是住，才是行。但为了暂时躲懒——不！不是躲懒，而是怕热，乃取了一点巧，将一部分陈稿子翻出来加以修改，提前发表。这一来，把口头说惯的衣食住行的自然秩序，遂乱了一下，成为食衣住行。可也无伤。既然标明了漫谈，即是闲话，即是随说，自非什么璃皇典丽的大块文章，而是顺笔所之，想到哪便说到哪。略可自信的，只管漫谈，倒并不完全以趣味为主，而中间实实有些儿至理存焉；不过以随笔体裁出之，有时似乎比什么正经说话反而表白得更清楚，更醒豁。

此陈稿原曾登载于成都出版的《四川时报》副刊《华阳国志》上，（《四川时报》已于三十七年七月停刊，据说正在整理内部。至于副刊，整理得更早，就记忆所及《华阳国志》这名称，似乎没有用到半年。）由三十六年二月下旬第二期登起，每天一段，中间只漏了一天，一直登到第四十五期，换言之，即写出了长长短短四十三段。当时是为了日报的副刊写的，实在大有可以斟酌之处，今加修改，亦本孔夫子作春秋之意：笔则笔，削则削，因此才连当时副刊编辑洪钟先生苦心所加的每一个题目，都遭了池鱼之殃。同时复在谈食之余，附入谈饮若干段，故第一分目，乃名之曰饮食篇。（不曰食饮，而曰饮食，也只是从口头习惯。其实是食在前，饮在后。）将来拟援此例，于谈衣的分目下附入冠、裳、履而名《衣裳·冠履篇》。

除上所说，还得声明的，今兹改写，出以本名，而在去年《四川时报》副刊《华阳国志》上则用的是别名：菱乐。菱乐者，零落也，意若曰此一篇《谈中国人的食》，原本是零零落落不成片段之东西也。情恐天地之间，难免没有一位果真叫作菱乐先生，或谐音的林洛先生……猛可地杀将出来，声称李某为文窃公，岂不是"把自己的婆娘打成了刁拐案？"怄气事小，笑人事大，怪事年年有，莫得今年多，特先说穿，以为预防。

一九四八年八月十二日写于成都菱窠

## 第一分目　饮食篇

### 一

尚能立国于天地间，而具有五千年不断之历史，人口繁殖到四万万五千万上下，自然有其可数的立国精髓在焉。不过时至而今，数说起来，足以受他人尊敬，而自己想想也毫不腼腆的，好像除了指南针、天文仪、印字术、火药、几桩有限的古董外，真可以尚能贡献于人类的，恐怕只有做菜这套手艺了！孙逸仙先生出身在广东地方，深懂此理，故说中国菜是中国文化的象征。也得亏他孙先生说了这句话，方把近一二十年来全盘洋化的潮流，砥柱了一部分。只管大买办、中买办、小买办、准买办们穿洋衣，住洋房，坐洋车，用洋家伙，甚至全家大小亲戚故旧皆话洋话，行洋腔，看公事也只限于看洋文，批洋字，但是除却花旗①水果、花旗冰激凌外，还是要常常吃些考究的中国菜；据闻在 T. V. 某公②的行箧中，广东香肠、宣威火腿也居然俱与花旗干酪并列在一块。而且自新生活运动③勃然兴起，横冲直闯，几乎代替了三民主义以来，丰富的中国菜单，在表面上只管被限制得寒碜到两菜一汤，然而可幸的是到底还容许蒸煤炒焖的中国菜的存在，尚未弄到像在对日作战的几年内，号称陪都的重庆市面上，只许开设咖啡店，以高价出售咖啡牛奶、印度红茶，而绝对不许开设纯中国式的茶馆，出售廉价的土产茶时，那种说不出苦的茶的命运。此孙先生一言之惠的实例之一，即在招待洋国贵宾的场合中，香槟酒余，交际舞会，也才敢于以银盘瓷碗捧出纯中国做法的菜肴，而无愧焉。

---

① 花旗：从前称美国的星条国旗为花旗，也称美国为花旗国。——原编者注
② T. V. 某公：即曾在国民党政权中担任财政部长、行政院长的宋子文。T. V. 是他英文译名的缩写。——原编者注
③ 新生活运动：系蒋介石为加强其"训政"统治，于 1934 年在南昌发起，以"固有道德礼、义、廉、耻"为准则的所谓"全体国民之生活革新运动"。——原编者注

这种了不起的自信和自尊，你能说不也是孙先生的遗教之力吗？呜呼！"君子无易由言"，岂不信乎？

## 二

曾有颇为通达，号称融会东西文化的世界主义者，如是说过："讨日本老婆，住西洋房子，吃中国菜，是最为合理的人生。"这话究竟对否，前二句姑且保留。至于吃中国菜一层，据受过洋教育而把所谓科学通了一半的先生们则批评曰："中国菜好吃，却不卫生。"这伙先生所訾议的，大概以为中国菜油大味厚，富于脂肪，吃多了容易疲倦，容易得胃病。真理诚然有一部分，但执一以论中国菜，则不免为偏见。因为这伙先生，本身就是高等华人，高等华人即准劣等洋人，对于中国菜，自然只曾餍其精，何曾解其粗，只会哺通肥甘①，并未咬过菜根，就他们所吃的而言，卫生不卫生，已是问题，即令不卫生，又岂止于容易疲倦，容易得胃病而已哉？克实说来，还很不道德哩！譬如吃人。我所言的吃人，并非抽象的吃人，例如"庖有肥肉，野有饿莩"；例如"朱门酒肉臭，路有冻死骨"；例如宗教家言面包是神的肉，葡萄酒是其血也，而是确确实实的把一个活生生的同类宰了，洗刷得一干二净，甚至抽筋、剔骨、刮

---

① 哺通肥甘：吃得又精致又肥美。通，这里解作纯而精。肥甘，见梅尧臣诗《依韵和春日偶书》："瓮面春醅压嫩蓝，盘中鹅炙亦肥甘"。——原编者注

毛、伐髓，而后像猪羊般烹之蒸之，加上佐料，大家还恭恭敬敬，礼让着来吃哩。自然，这绝非在围城之际，纵然就出到十亿元的法币，也买不到一斤高粱米，而不得不出于易子而食的吃人；也不是鼓励士气，把姨太太砍成八大块，拿来犒军的吃人；也不是天干水涝，兵燹遍地，加征加借，在草根树皮泥土之后，再加以失望的不变（即是以不变应万变之不变），乃不得不仰承在上者残忍作风，来苟延一日之命的吃人，而是信史上明明载着的：为了祭祀神天，以人为牺牲的吃人；为了朝会后期，被圣人整煮在鼎中而宣扬德教的吃人；为了表示威望，讨厌别人说话，动辄把"思想有问题"，"言论不纯正"，"存心犯上"，"想来你定有什么异议"等的看不顺眼之辈，炖个稀烂的吃人；为了恐吓敌人，其实是暴露自己的不行，将敌人的亲属或煮或烧烤在阵前的吃人；为了发挥蛮性，把仇人生咬几口，像成都人之吃跳虾①一样的吃人，吃完了不算，还要把脑壳砍下，漆了，做夜壶；或是像张献忠先生似的，把朋友的头砍下，摆一桌子，举杯相邀，还美其名曰聚首之会的风雅办法。这都是略举一二以为例的古代高等华人的吃人方式，请想想，可卫生吗？

---

① 吃跳虾：或称醉鲜虾，吃法是：将活的塘虾洗净盛入盘中，稍浇大曲酒，用碗覆盖片刻，趁虾晕醉未死前，蘸椒麻料而食，取其活鲜之味。——原编者注

# 三

　　非抽象的吃人，自是以往之事，可不具论。现代的人在失却理性，以及蛮风犹存的民族内，或许尚有存在。而在我文明古国中，大概也仅有最受礼教之毒，而深蒙君子所夸奖的愚孝子们，还不惜在生割自己的肝子或股肉，以为疗亲的灵药。不过这只算是药，犹之以人类之血浸入白面包子，而认为是补品之一。如以人肉或内脏为药，像史册中所载的种种，倒只在兵荒马乱时，偶见新闻纸上载有杀敌壮士吃鲜炒人肝的盛举。但是未敢相信，总疑是文人笔下的渲染，犹之食肉寝皮的成语类也。设若我们执教育之柄的先生不再牢牢的要恢复中国的本位文化——吃人也是我们本位文化之一，例如割肝股的孝子；例如食肉寝皮杀敌致果的忠臣义士，岂不皆包括在提倡四维八德的圈子中间的吗？影响所及，故如斩首之后，将血淋淋的脑壳高挂于城门之上的古典做法，不是在一九四八年三月的松江地方，尚来过一次？友邦人士不了解我们的特殊国情，而诋为野蛮，这真该由我们陈立夫副院长在道德重整令上加以阐发的——之时，我们倒真可放心，从今以后或者真不至于听见有吃人的事件，并希望维护正义的宣传人士们，也不要再渲染那些太不人道的残酷行为，以免间接教坏了人心。

# 四

　　要而言之，中国菜诚然为中国文化的象征，但须从好与歹两方面去看。单如高等华人之所享受，那只算是一方面，吃多了，不卫生，也是事实。但是我们也得掉过眼光，把百分之八十以上的老百姓所服食的东西瞧一瞧，而后我们再作议论好了。克实说，中国老百姓桌上的菜单，委实不大好看，举例说罢，（读者原谅，因为我是成都土著，游踪不广，见闻有限，故每每举例，总不能出其乡里，至多也在四川省的大范围内，这得预先声明的。）四川省是不是一般人都认为地大物博之处呢？尤其在对日作战之时，到过几个大城市如成都、重庆、内江、泸县、三台、遂宁，旅居过的一般外省朋友，谁不惊异家禽野禽的肉类是那么丰富，园中畦内的蔬菜是那么齐备，而菜肴的做法，又各有其独到与精致？如其以为其余六千多万的川胞，都在这样的吃，那就非常错误。我可以坦白告诉大家，在天府之邦内，能满足此种口福的，仍是少数的高等华人，而绝大多数川胞，还不必计及处在下川东、大川北、上川南（今日应该说是西康省）、以及僻处在川西之西的人，光说肥沃的川西平原内，成都附郭的乡村罢，若干种田莳菜的劳苦大众，一年四季连吃一顿白米饭尚作为打牙祭[1]，而主要食品老是玉蜀黍，老是红苕、芋头，老是杂菜和碎米煮的粥，老是豆多米少的饭，这还是有八成丰收后的景象。他们要求的，只在平平静静的终年吃得饱，

---

[1] 打牙祭：见于唐代《丛谱》。据说，每月初二、十六，例以三牲祭幕府的牙旗，在四川，以遗俗至今，每月初二、十六吃肉一次，便名打牙祭。——作者注

哪里还敢涉想到下饭的菜肴！倘若每顿有点盐水泡菜，有点豆腐或家造豆腐乳，有点辣子或豆办酱，那简直就奢华极了。他们没力量来奉行"食不餍精，脍不餍细"的圣教，也没力量来实践节约运动，这便是中国劳苦大众顶基本的吃！

## 五

全中国劳苦大众的基本的吃，好像很卫生，因为我们从未听见过他们在吃了之后，有闹疲倦，闹胃痛的把戏。他们有时也不免要闹胃病，除了小媳妇子挨骂受气，每每以眼泪进饭，得点心口痛外，大抵便因吃了淀粉质食料，或什么过分不能消化的东西，塞得太多，胃格外扩大。不然便是简直没有吃的，连印度已故圣雄甘地在绝食时所用的清羊奶橘子汁都没有——自然更不能想到，以绝食来争取义务的国大代表先生们所服用的那些代替品——而强勉装进去的，只有天然的水，这样，胃就只好格外的缩小了。要医治这两种胃病，绝非专门学医的名医们所能奏效，除非有大勇大悲的医国圣手，能够从中国政治经济脉案上，或从外国的各种科学上，去寻取一种适合人情的什么大药，而小心的、公正的、勿固勿我的来处理，那就真不容易为功啦！不过，这种圣手并不世出，而一般劳苦大众倘遭到了上说的两种胃病时，仍只有自己医治之一法。其方为何？曰：治胃扩大的奇方，莫如少吃；治胃缩小的奇方，就是见啥吃啥，甚至吃太阳的红外线紫外线。再不好，还有两种猛药：死与逃。至于最卫生的方法：造反，那却要在科学不甚昌明，闭关自守时代，才用得着，非所以语于今日"有朋自远方来，不亦乐乎"的中国。

# 六

曾经作过一篇《白种人之天下》的吴君毅①先生，同时发表过几句名言曰："北方是牛羊之邦，南方是鱼虾之邦，我们四川则是菜蔬之邦。"此言大体不差。倘必吹毛求疵，那吗，北方的白菜、萝卜、洋芋、山药、以及上好的豆类瓜类，岂能排挤在牛羊圈外？何况北平业已有西红柿，业已有红油菜苔，而阴历元宵灯会时节，且有在暖室里提早培植出来的王瓜。在我们蔬菜之邦的成都，在阳历十月里可能吃蚕豆，腊月里可能吃春笋，然而在数九天气吃王瓜，好像还没有听说过（将来可能有的）。又譬如云南是回教徒很多的地方，所以昆明西门洞的清真馆清炖牛肉就比天津"老乡亲"的好。而同时昆明的苦菜，也并不下于广东的芥菜，虽然与四川涪陵的羊角菜两样。就四川说罢，诚然蔬菜种类又多又好，略举几色为例：重庆的青菜心、洋莴苣；江津、合川的子芽姜；下川东一带的沙田豌豆、糯苞谷（玉米）。上面已提到涪陵的羊角菜，也就是作出有名鲊（或写作酢，写作柞，皆非也）菜的原料；川北一带的红心苕，又是粮食，又是好菜；峨眉的苦笋，乐山的芥蓝菜，梓橦、剑阁

---

① 吴君毅：字永权，曾留学日本习法律；历任成都大学、四川大学教授与川大法学院院长。——原编者注

一带的蕨苔，上川南的石花菜（这是南宋陆放翁最为欣赏的一种韭菜类植物，连这高雅的名字，也是放翁赐的）、头发菜、鸡㙡菌①，皆不过窥豹一斑耳。至于成都平原的菜蔬，那就更齐备了。大抵因为气候，土壤，肥料，都适宜罢，许多别处不能培养的东西，它都出产，而莳菜的艺术，也行。譬如最难移植的外国露笋、石莲花，居然能以培壅芹黄、韭黄的手法，将其繁殖起来。又如出产牛角红辣椒的丘陵地带，便非常适合于栽种番茄（即西红柿，又名洋柿子，译名应为"多马妥"），这东西的入成都，不过二十六年，为大众采用，更只八九年的光阴，但现在已保有三十几个优良品种，而且生产期也颇长，每年三季，可以延长到九个月，最迟的可能到阴历腊月初，倘将老的根茎保护得好，不为严霜所欺，则次年立春后不久，市上又有新鲜番茄出现。由此观之，吴君毅先生所说的蔬菜之邦，其以成都为代表乎？但是，成都又岂止是蔬菜之邦吗？

# 七

成都又岂止是蔬菜之邦？自然还得加以说明的，不过我先得插一段正面的闲话，即是：纵令它可以专擅这个名词，而所以造成之者，岂是昔之所谓士大夫、今之所谓高等华人的功勋？

---

① 鸡㙡菌：亦名鸡菌。李时珍《本草纲目》："鸡㙡出云南，生沙地间，高脚伞头，土人采供寄远，以充方物；点茶烹肉皆宜，气味似香蕈，而不及其风韵也。"——原编者注

而筚路蓝缕，以启山林，又几何不是劳苦大众之力？天下至理，不外由错误偷懒而有发明，不外由需要好奇而有发现。神农之尝出百草，绝不是像旧派历史家所说：有一个圣人叫神农氏者，闲得不耐烦了，忽然起了仁心，要为他的子民，发现某些植物是良药，某些是毒草，并为后世走方郎中作一种大方便。非也，十二万个非也。依我的见解，第一，神农氏就不是一个人的榜篆，而是一族人自乃祖乃宗到若子若孙若干世的通称，而且这称谓，也好像是后世人给与他们，若有巢氏、燧人氏等，而并非他们图腾的自名；第二，这族人若干世不断的尝百草，并非都闲得不耐烦，而存心去发现什么药物，乃是在庖牺驯兽之后，肉类仍不足支持大群人的生存，忽然想到马牛羊鹿等已驯之兽，居然专门吃草得活，于是乃亦偶然采草为食，暂用疗饥，一个人吃得起劲，公然可饱，于是一群人也就逐渐模而仿之；第三，他们所尝，绝不止于百种草。百字，言其多也。换言之，即是饥饿到没有动物吃时，也就不免于见啥吃啥。官书上不曾云乎？草根树皮，是为民食。官电上不曾报道乎？今日长春城内的树叶，已值到几千万元法币一斤。以今逆古，可见神农氏那族人一定遭过什么荒年，没有肉吃，便只好吃草，而且是见草就吃，无心肠去分清某种有毒某为良卉，也无此分别的能力也；第四，最初虽无分别能力，但久而久之，却有了经验，知道某些草好吃，某些草可以致人腹痛呕吐至死。辗转相告，口口相传，后人得其益，乃疑其有心发现；第五，此一族人，积若干世来尝草，何尝是为了走方郎中？且不言上面所说几层理由，即单就神农之农字着想，亦可大为恍然，他们在前不过为了疗饥而胡乱吃草，其后乃又从偶然之中发现了草之实，与实之仁，不但比卉叶好吃，而且又能保存，又能滋生，于是乃进而发明了耕耘播植。故战国时的农家，在孟子书上遂直书为"为有神农之言者"，后世以稷为始，犹《说文解字》序云"称仓颉者一也"似的，到了稷，而后耕耘播植之事始发皇光大，并且改良罢了。

# 八

好些蔬菜，几何不是劳苦大众像神农氏之尝百草般，逐渐逐渐，从偶然，从经验中，发现的呢？姑举一二例为佐证：其一，如蕨苔，这就是历史上有名的以绝食来抗议暴力的伯夷、叔齐二公，在首阳山上，不得已而吃出来的，而后世的四川人，也敢于采为菜蔬的一种野生植物。最原始的吃法，是否如鲁迅先生的《故事新编》上所描写的那样，姑且阙疑，现在的四川人则将其与黄豆芽合炒，是为家常办法，其味较佳于芹菜叶之炒黄豆芽。还有，将其置于鸡鸭汤内清煮，好固然好，却未免对于孤竹君的两位公子太给以讽刺。还有将其晒干打成粉末，再将粉末团合成饼，加入荤腥之内烹之炖之。做法太多，不必细表。大致后来的踵事增华①的吃法，其功绩必须归之名厨师和刁钻古怪的好吃大家；其二，如成都人最嗜吃的苣蕾菜。这

---

① 踵事增华：意谓继承前人事业，并使它更美好更完善。萧统《文选序》："盖踵其事而增华，变其本而加厉。"——原编者注

更显而易见，其初必是劳苦大众犹之神农氏那一族遭了什么天灾，而感染到急性胃缩小症时，无其他东西以疗饥，乃不得不把畜生啃的东西抢来尝试，不料居然消化，而且维他命还相当多，因而就口口相传的吃开了。不过，在西汉时，由天山传人的这种壮马壮牛的三叶植物，必然是和现在欧洲农家特为牛马播种耕耘以作冬粮的东西一样，那真可观啦！巍然而立，有五六市尺高，其茎几如我们的红甘蔗。据说，牝牛吃了此物，不但壮，而且新鲜奶汁里还含有橙花香味。而现在被成都人采为蔬菜的，却变成了小草，很为娇嫩。成都人口音轻快，呼苜蓿为木须，令人几乎生疑是另外一种东西。

# 九

上来业已说过发明大半由于偷懒，由于错误；发现大半由于需要，由于好奇。我们可以想见，到荒旱饥饿时节，连死人都不免变为活人的食料，何况草根树皮！于是见啥吃啥的结果，乃多有发现，例如洋芋，自法王路易十三世起，据说才因荒旱而成了主要食品。而枸杞芽、猪鼻孔、荠菜、藜藿、泥鳅蒜、甚至连椿树的嫩芽，连农家种来作绿肥田之用的苕菜苞儿，其所以从野生而变为蔬菜中之妙品者，几何不是因了大多数人的经济情形不佳，不许可有好的东西吃，而一半出于强勉，一半由于好奇，才吃出来的？年来成都乡间又新出一种野菜名曰竹叶菜，草本而竹叶，丛生路边，不过范围尚小，做法亦未研精，吃的人还不多耳！苟舍蔬菜而引申及于肉食，也可看出许多在今日高等华人菜单中称为名贵食品的，其先，大都出于劳苦大众迫不得已而后试吃出来，例如广东席上的蛇肉，已是人人知道开其先河者，乃穷苦无依之乞丐也。因其为人人所已知，故不在此具论。兹介绍近几十年来四川所特有的四项食品，虽皆尚未登大雅之堂，然已逐渐风行，瞻望前途，殆不下于驰名四远之麻婆豆腐焉。

其一曰：强盗饭，发明时期大约只二十余年。发明地点为川东之华蓥山中。发明者，打家劫舍、明火执仗之强盗也。据说，某年有强盗一伙，被官兵围困于盛产巨竹的华蓥山，最使强盗头痛的，就是在丛山中找不着人家煮饭吃。由于迫切需要，于是一位聪明家伙便想出一个方法：将山上大竹截下一节，将携带的生米用溪水淘净，装入竹筒，一半水一半米，筒口用竹叶野草封严，涂以稀泥，放于枯枝败叶中，燃火煨之。待至枯枝败叶成灰，筒内之米便成熟饭。既软硬合度，又带有鲜竹清香。每一竹筒，可有小小两碗饭。如其再奢华一点，加一些别的好材料，的确是别具风味的好食品。不过条件太苛了，要相当大的竹，要应用时旋截，不能用变黄的陈竹，要容易成灰而火力又甚猛的枝叶，这些都与正式庖厨不合，而做出来的量又不大，费一个人的精力只够一个壮汉的半饱，说起来也太不经济。像这样，实实在在只能让逼上山林的豪杰们去享受。风雅一点，也只好让某些骚人逸士，在游山玩水之余，去做一次二次的野餐，庶几有滋味。譬如乡村美女，只管娟秀入骨，风神宜人，倘一旦而摩登之，鬈其头发，高其脚跟，黛其眼眶，朱其嘴唇，甚至蔻丹其手脚指甲，纵然不化西施为嫫母①，似乎总不如其在乡村中纯任自然的受看罢！此强盗饭之所以不能上席而供高等华人之口也。

其二曰：叫花子鸡，叫花子偷得一只活鸡，既无锅灶，如何弄得进肚？不吃罢，又嘴馋。叫花子思之思之，于是计来了，因为身边无刀，便先将鸡头按在水里闷死，然后调和黄泥，将鸡身连毛一涂，厚厚的涂成一个椭圆形的泥球，然后集合柴草，将这泥球一烧。估计差不多了，或许已经有了香气，便从热灰里将泥球掏出，剥去黄泥，而鸡毛、鸡皮也连之而去，剩下的只是莹白的鸡肉了。鸡的内脏，也连血烧作一团，挖而去之。这在做法上言，很简单，在理论上言，似乎颇有美味，但实际并不好吃，既有鸡屎臭，又有鸡毛臭。不过后来传到吃家手上，做法就改善了，鸡还是要杀死，还是要去内脏，去鸡毛。打整干净，将水分风干，以川冬菜，葱、姜、花椒，连黄酒塞入空肚内，缝严，再用贵州皮纸打湿，密切的裹在鸡身上，一层二层，而后按照叫花子的手法，在皮纸上涂以黄泥，煨以草火，俟肉香四溢，取出剥食，委实比铁灶扒鸡还为美味。虽然也可砍成碎块，盛在古瓷盘内，端上餐桌，以供贵宾，然而总不及蹲在火堆边，学叫花子样，用手爪撕来吃的有趣。这犹之在北平吃烤羊肉样，倘不守在柴炉子边，一面揩着烟熏的眼睛，一

---

① 嫫母：古代传说中的丑妇。《路史后纪》："（黄帝）次妃嫫母，貌恶德光。"——原编者注

面在明火上烤一片，吃一片，请想想还有啥味儿？由这样吃烧鸡的方式，不禁油然想到吃烤鸭的同样方式来。成都鸭子，并不像北平白鸭子那们肥大，但也有像北平侍弄鸭子样的特殊喂法，其名曰填。一直把只平常瘦鸭填得非常之胖，宰杀去毛风干，放到挂炉里烤好后，名曰烤填鸭。因其珍贵，吃时必由厨师拿到堂前开片，名曰堂片，亦犹吃满洲席之烤小猪样也。不过成都的烤填鸭，并不如北平的好，因为鸭子填得太胖，皮之下全是腻油，除了吃一层薄薄的脆皮外，吃不到一丁点儿肉也。至于不填的瘦鸭，也可以在挂炉里烧，其名就叫烧鸭。寻常吃法，是切成碎块，浇以五香卤汁，这不算好吃法；必也准时（以前多半在正午十二点钟）守在烧鸭铺内，一到鸭子刚由炉内取出，抹上糖精，皮色变红，全身犹热热烘烘时，即用手爪撕下，塞入口内，一面下以滚热的大碗黄老酒。这样吃法，自然不是布尔乔亚①以上阶级的人所取，而真正的劳苦大众则又吃不起。在前，成都市上很多这类的卖热老酒的烧鸭铺，四十年前，青石桥南街的温鸭子，北街的便宜坊，都最有名，而西御街东口的王胖鸭店，则是后起之秀，而今已差不多全成古迹了。（王胖鸭店因为几次拆房让街，已安不下一张桌子，鸭子也烧坏了，毫无滋味。老胖、小胖皆已作古。所谓王胖，是人胖也，并非王姓而卖胖鸭也。今只有提督东街之耗子洞烧鸭店尚可，然已

---

① 布尔乔亚：法语 bourgeoisie 的音译，意指资产阶级。——原编者注

无喝滚热老酒之余风，遑论乎以手爪撕吃热烧鸭乎！）

其三曰：牛毛肚，是牛的毛肚，并非牦牛的肚，此不可不判明。牦牛者，氂牛也，司马相如《上林赋》注云，出西南徼外，至今仍是大小金川、康边、西藏一带的特产，且是重要的交通工具之一。毛肚者，牛之千层肚也，黄牛之千层肚肉刺较细，水牛之千层肚则肉刺森森，乍看犹毛也。四川多回教徒，故吃牛肉者众。自流井、贡井、犍为、乐山产岩盐掘井甚深，车水熬盐，车水之工，则赖板角水牛（今已逐渐改用电力、机力）。天气寒浊，水牛多病死，工重，水牛多累死，历时久，水牛多老死。故自贡、犍、乐一带产皮革，则吃水牛肉。水牛肉味酸肉粗，非佳馔，故吃之者多贫苦人。自贡、犍、乐之水牛内脏如何吃法，不得知，而吃水牛之毛肚火锅，则发源于重庆对岸之江北。最初是一般挑担零卖贩子将水牛内脏买得，洗净煮一煮，而后将肝子肚子等切成小块，于担头置泥炉一具，炉上置分格的大洋铁盆一只，盆内翻煎倒滚煮着一种又辣又麻又咸的卤汁。于是河边的桥头的，一般卖劳力的朋友，和讨得了几文而欲肉食的乞丐等，便围着担子，受用起来。各人认定一格卤汁，且烫且吃，吃若干块，算若干钱，既经济，而又能增加热量。已不知有好多年了，全未为小布尔乔亚以上阶级的人注意过，直到民国二十一二年，重庆商业场街才有一家小饭店将它高尚化了，从担头移到桌上。泥炉依然，只将分格洋铁盆换成了赤铜小锅，卤汁蘸料，也改为由食客自行配合，以求干净而适合各人的口味。最初的原料，只是牛骨汤，固体牛油，豆办酱，造酱油的豆母，辣椒末，花椒末，生盐等，待到卤汁合味，盛旺炉火将卤汁煮得滚开时，先煮大量蒜苗，然后将凉水漂着的黑色的牛毛肚片（已煮得半熟了），用竹筷夹着，入卤汁烫之，不能太暂，也不能稍久，然合煮好的蒜苗共食。样子颇似吃涮羊肉而味则浓厚，（近年重庆又有以生鸡蛋、芝麻油、味精作调和蘸料，说是清火退热，实为又一吃法。）最初只是如此，其后传到成都（民国三十五年）便渐渐研制极精，而且渐渐踵事增华，反而比重庆作得更为高明。泥炉还是泥炉，铜锅则改为沙锅，豆母则改为陈年豆豉，格外再加甜醪糟。主品的水牛毛肚片之外，尚有生鱼片，有带血的鳝鱼片，有生牛脑髓，有生牛脊髓，有生牛肝片，有生牛腰片，有生的略拌豆粉的牛腰肋、嫩羊肉，近年更有生鸭肠，生鸭肝，生鸭脂肝以及用豆粉打出的细粉条其名曰"和脂"者（此是旧名，见于明朝人的笔记）。生菜哩，也加多了，有白菜，有菠菜，有豌豆尖，有芹黄，以及洋莴笋，鸡窠菜等，但蒜苗仍为主要生菜，无之，则一切乏味，倘能代以西洋大蒜苗译名"波哇罗"的，将更美妙矣。然亦以此而有季节性焉，必候蒜苗上市，而后围炉大嚼，自秋徂冬，于时最宜。要之，吃牛肚火锅，须具大勇，吃后，每每全身大汗，舌头通木，难堪在此，好过亦在此。高雅而讲卫生的人，不屑吃；性情暴躁，而不耐烦剧的人，不便吃；神经衰弱，一受激刺便会晕倒的高等华人，不可吃；而吃惯了淡味甜味，一见辣子便流汗皱眉的外省朋友，自然更不应吃，以免受罪。牛毛肚火锅者，纯原始型之吃法也，与日本之火锅仿佛，又似北方之涮锅，只是过分浓重，过分激刺，适宜于吃叶子烟的西南山地人的气分。故只管处在清淡的菊花鱼锅的反面，而仍能在中下层吃家中站稳者，此也。

其四曰：牛肺片，名实之不相符，无过于明明是牛脑壳皮，而称之曰肺片。中国人吃猪皮已为西洋人所诧异，（猪皮做的菜颇多，至高且能冒充鱼翅，而以热油发成的响皮，简直可媲美鱼肚，此关乎食谱，非本文旨趣所应及，故不细论。）而况成都人且吃牛脑壳皮焉。牛脑壳皮煮熟后，开成薄而透明之片，以卤汁、花椒、辣子红油拌之，色泽通红鲜明，食之滑脆辣香。发明者何人？不可知，发明之时期，亦不可知。在昔，只成都三桥上有之，短凳一条，一头坐人，一头牢置瓦盆一只，盆内四周插竹筷如篱笆，牛脑壳皮及牛脸肉则切成四指宽之薄片，调和拌匀，堆于盆内。辣香四溢，勾引过客，大抵贫苦大众，则聚而食之，各手一筷，拈食入口。凳上人则一面喝卖，一面叱责食客曰："筷子不准进嘴！"一面以小钱一把，于食客食次，辄置一钱于有格之木盘中以计数，食毕算账，两钱三块，三钱五块也。有穿长衫而过者，震其色香，欲就而食，则又腼腆，恐为知者笑，趑趄而过，不胜食欲之动，回旋摊头，疾拈一二片置口中，一面咀嚼，一面两头望，或不为熟人察见否？故此食品又名"两头望"。今则已上席列为冷荤之一，皇城坝之摊头亦易瓦盆为瓷盆，于观感上殊清洁多也。

其五曰：麻婆豆腐，上文已及麻婆豆腐，以其名闻遐迩，不能不谈，故言四项，于兹又添一项，并非蛇足，不得已耳。

以做豆腐出名之麻婆，姓陈，成都人皆称之陈麻婆。既曰婆，则为老妇可知，既曰麻，则为丑妇可知，然而皆于做豆腐无关。缘陈麻婆者，成都北门外万福桥头一家纯乡村型的小饭店——本名"陈兴盛饭铺"，"麻婆豆腐"出名后，店名反为人所遗忘——之老板娘也。（万福桥已于民国三十六年阴历丁亥岁被大水打毁，迄今民国三十七年阴历戊子岁八月犹无修复消息，据云，此桥系清光绪丁亥岁重修，恰恰享寿一个花甲六十岁。）万福桥路通苏波桥，在三十七年前，为土法榨油坊的吞吐地，成都城内所需照明和做菜之用的菜油，有一多半是取给于此。于是推大油篓的叽咕车夫经常要到万福桥头歇脚吃饭，（本来应该进出西门的，但在清朝时代，西门一角划为满洲旗兵驻防之所，称为少城，除满人外，是不准人进出的。）而经常供应这伙劳动家的，便是陈家饭店。在早饭店并没有招牌，人们遂以老板娘为号，而呼之为陈麻婆饭店。乡村饭店的下饭菜，除家常咸菜外只有豆腐，其名曰"灰磨儿"。大概某一回吃饭时，劳动家中的一位忽然动了念头，想奢华一下，要在白水豆腐、油煎豆腐、炒豆腐等素食外，加斤把菜油进去。同时又想辣一辣，使胃口更为好些。于是老板娘便发明了做法：将就油篓内的菜油在锅里大大的煎熟一勺，而后一大把辣椒末放在滚油里，接着便是猪肉片，豆腐块，自然还有常备的葱啦、蒜苗啦，随手放了一些，一脍，一炒，加盐加水，稍稍一煮，于是辣子红油盖着了菜面，几大土碗盛到桌上，临吃时再放一把花椒末。劳动家们一吃到口里，那真窜呀！（窜是土语，即美味之意。有写作饡字

167

的，恐太弯曲了。）肉与豆腐既嫩且滑，同时味大油重，满够激刺，而又不像用猪油做出那们腻人。于是陈麻婆豆腐自此发明，直到陈麻婆老死后，其公子小姐承继衣钵，再传到孙辈外孙辈，犹家风未变。虽然麻婆豆腐在四五十年中已自乡村传到城市，已自成都传到上海、北平，做法及佐料已一变再变。记得作者在民国二十六年"七七"抗战以后，携儿带女到万福桥陈家老店去吃此美馔时，且不说还是一所纯乡村型的饭店：油腻的方桌，泥污的窄板凳，白竹筷，土饭碗，火米饭，臭咸菜。及至叫到做碗豆腐来，十分土气的幺师（即跑堂的伙计）犹然古典式的问道："客伙，要割多少肉，半斤呢？十二两呢？……豆腐要半箱呢？一箱呢？……"而且店里委实没有肉，委实要幺师代客伙到街口上去旋割，所不同于古昔者，只无须客伙更去旋打菜油耳。

## 十

克实言之，成都实非止蔬菜之邦。因为好的蔬菜固然有，由外方移植而来，能繁衍而不十分变劣的也多，又因天时地利人工，使若干蔬菜的产期也长，可是到底不能封它为蔬菜之邦者，以外方还有许多出类拔萃的好蔬菜，而它却还没有也。例如江南的莼菜，岂是我们的冬寒菜——又名葵菜——所能匹敌？营盘蘑菇，岂是我们的三塔菰、大脚菰所可期望？（西康的白菌和鸡枞菌，其庶几乎！）推而论之，即是全四川全西南也未能承此美称，再从另一方面说，也不能有此限制的称谓。何也？以蔬菜之外，依然有牛羊之美，有鱼虾之美也。譬如说，成都、昆明的黄牛肉就很好，只是有山羊而少绵羊，是一缺点。说到鱼类，话更长了，简而言之，如乐山的江豚——一般人都称为江团，甚至团右加一鱼字傍，其实即江豚之讹，后有机会，再为详论——泸县之癞子鱼，雅安之丙穴鱼——又名嘉鱼、雅鱼——涪陵之剑鱼，峨眉之泉水鱼，都不亚于松花江之白鱼，黄河之鲤鱼，江南之河豚，松江之鲈鱼，长江之鲋鱼和鳜鱼也。（岷江流域也产鳜鱼，也产四鳃鲈鱼，成都市上偶尔可见，但不常不多耳。）虾亦好，虽不肥大，但无土气。所最缺憾者，只是没有螃蟹。但仁寿县的蟹即是南蟹种，苟得其法蓄养之，亦可弥此缺憾。且峨眉山出产之梆梆鱼，又名琴蛙，乃食用上品，若有人饲之，其壮大嫩美且过于美国之牛蛙。而昆明翠湖之螺黄，则又是特产中之特产。故曰，蔬菜之邦之称，成都不任受，四川不任受，西南亦不任受。推而论之，牛羊之邦，鱼虾之邦，亦殊难为定论矣。（四川确有一些地方，只以牛羊为食，有谣曰："鱼龙鸡凤菜灵芝"，言鱼如龙，鸡如凤，蔬菜如灵芝草，皆不易见不易得也。但不能以此一隅而概广大之北方，此理之至明者也。）

## 十一

我以为中国菜之所以驰名全球之故，一多半由于作业的原料之多，而其做法又比较技巧，比较繁杂。其他姑且置之，单言发酵的过程，是够玩味了。西人有言曰，食料之最好者，端在发酵之后，变其本质，使其成为一种富于滋养的东西。本此，则知岂士（Cheese，即奶饼，即干酪，即塞上酥，即西康、西藏之酥油。岂士为英文译音，又写作启司，其音近于鸡丝。法文译音则曰"拂落马日"。）确为由脂肪变出之珍品。若夫由植物发酵，重重变化出来的食物，不其更为美妙乎哉！例如黄豆，新鲜的已可做出多种的菜，甚至连梗带荚用盐水花椒煮出，剥而食之，可以下茶，可以下酒，无殊笋干也。倘将干的磨成粉末，和以油糖，可以作点心；盛于瓦坛内，时时以水浇灌，使其发出勾萌①谓之豆芽，摘去脚须，可煮可炒，可荤可素，这已经在变化了。设若将干黄豆泡软，（鲜豆亦可，但必须配合少许干豆，凡研究过食物化学的可以说出其所以然。）带水磨出，名曰浆，或曰豆汁，或科学其名曰豆乳。据说，其功用同于牛奶，但研究过食物化学者，则嫌其不甚可以消化之质素稍多，此豆之一大变也。再将豆浆加热，点以盐卤（四川人谓之胆水）或石膏，使之凝固，（用胆水点，则甚固，较坚实。用石膏，则固而不坚，此有别也。）不加压力者，名曰豆花；或冲之，则另成一品曰豆腐脑。（或曰豆腐酪，亦通）此二大变也。略加压力，使水分稍去，凝固成块，名曰豆腐，其余为豆渣，此三大变也。再使之干固，或略炕以火，或否，其味已不同于豆腐，对其所施之做法更多不同，名曰豆腐干，此四大变也。再使豆腐干发酵生毛，名曰毛豆腐，此五大变也。而后加以香料酒醪，密贮陶器中，任其再发酵，再变化，相当时间之后，又另成一

---

① 勾萌：即引发的幼芽。——原编者注

种绝美食品，名曰豆腐乳，此六大变也。六个变化，即六个阶段，而每一个阶段，又可独立做出种种好菜，而且花样极多。倘在每个阶段内，配以其他蔬菜肉类，则更千变万化。倘将中国各地特殊做法汇集写之，可以成书一厚册，不第可以传世。如《齐民要术》之典册，且可以供民俗、民族等科之研究，而为传世论文之所据焉。上述，不过豆变之一派。其变之第二派，则豆油是也，豆饼是也。豆饼可以用作肥料，荒年又可充饥。其变之第三派，则豆豉是也。亦由发酵而来，不置盐者，曰淡豆豉，又作入药。置盐及香料者，曰咸豆豉，江西人旧称色豉，可作佐料以代酱油。咸豆豉之经年溶腐，色如乌金，不成颗粒，而香料配合极好，既可单独做菜，又可配合其他菜蔬肉类者，四川三台县及射洪县太和镇人优为之，即名曰潼川豆豉或太和豆豉。咸豆豉不任其发酵至黑，加入红苕（即红薯）生姜者，曰家常豆豉，团如小儿拳大，太阳下晒干，可生食，亦可配菜。然有不食之者，谓其气味不佳，喜食之者，则谓美如岜士，其臭气亦酷似云云。咸豆豉发酵后，蓄酵起涎，调水稀释（淡茶最好），加入干笋、萝卜丁、生盐、花椒、辣椒末者，乃成都家常做法，名曰水豆豉。以有季节性，不容久置，故无出售者，唯成都之旧式家庭中常制以享受。要之，黄豆是中国人食品之母，亦犹牛奶是西洋人食品之母。西洋人从牛奶中求变化，中国人则自黄豆身上打主意，牛奶之变化有限，而黄豆之生发无穷。上来所言，仅就已有已知者而略及之，而将来如何，未知者如何，虽圣人不能言矣。况乎黄豆一物又为中国所独有，（欧洲无黄豆，美洲也无，近闻美国有移植者，不知情形如何。）历史亦复悠长。黄豆即古之菽，吾人赖之而生存则无论也，即以其做法之多，技巧之盛，滋味之美而言，已足矫世界人类之舌，而高树中国菜之金字招牌。旧金山之豆腐乳，不过其一般耳。

<h2 style="text-align:center">十二</h2>

肉类、鱼类、蚌蛤类可以用单纯的手法做出，而成为妙品。闻之福建福州有蚌蛤曰西施舌者，即用白水烹之，鲜美绝伦。吾于食鲜牡蛎、鲜瑶柱、以及血水蚶子之余，诚信其不诬。至于蒸蟹、醉蟹、以及成都式的醉跳虾，更用不着说啦。鱼哩，譬如某种鱼的生片，略蘸酱油，和紫菜食之，此日本式也，亦佳。加拿大出产之梭猛鱼，在冰藏之后，其肉酥松，生割成块，和黄莎士（souse，即法文译音之"马约酒斯"）食之，至为可口。其他如菊花锅之生鱼片、生鸡片，如涮锅之生羊肉片，以及各种烫而食之，烤而食之种种鱼片、肉片，几何不是半生半熟，而即入口之美物乎？不过，此种做法看似单纯，而终须配以繁杂之佐料，甚至绝好之汤，仔细想来，实不如法国式之带血子牛肉。其做法，只将子牛肉一片下锅煤之，一面已熟，一面尚生，刀叉一下，血水盈盘，而其佐料，亦只盐与胡椒末耳。然其味之美，实过于多少红烧清炖，黄焖素煨。如此想去，单纯之做法尚多，然欲求其既须单纯，又鲜佐料，又滋美绝伦者，实不可多得。故中国菜以单纯著称者少，而横绝今古，无与匹敌者，端在配合之繁复及其妙也。

# 十三

其实中国菜之配合亦复简单，提其纲，挈其领，也只几句话而已：曰，肉类配合肉类，肉类配合鱼类，鱼类配合鱼类，肉鱼类配合蔬菜类，蔬菜类配合蔬菜类。而且一品配合一品，一品配合多品，多品配合多品。其中又有直接配合，间接配合，直间接与直间接的配合，几次间接与一次直接之配合。这么一来，似乎就近于匪夷所思，而又加以煎也、炒也、煤也、炒也、溜也、烤也、烧也、焖也、煨也、熬也、炰也、蒸也（这一字类又须分为饭上蒸，笼内蒸，隔碗蒸，不隔碗蒸，干蒸，加水蒸，不一而足）、煮也、烹也、炖也、炕也、煸也、烙也、烘也、拌也，此二十手法，看来渐觉眼花，何况其间尚有综合之法，即煤而复蒸，煮而又烧。有综合二者为一组，有综合三者四者而为一组，则奇中之奇，玄之又玄，岂特不有素修之西洋人莫名其妙，即中国人而无哲学科学头脑，以及无实地经验无熟练技巧者，亦何能窥其奥哉！就中最足以自矜者，尤在做蔬菜的手法，吴先生所封蔬菜之邦，其指全中国而言乎？诚以西洋人之做蔬菜，除少数种类，能变一些花样外，大多出以单纯方式，倘不是白水煮好，旋加黄油、生盐、胡椒，即是揉之成泥，糊涂而食之。毕竟法国人文明，尚能懂得较为复杂之配合，所不足的乃是在二十种手法中，只具有煎、煤、烤、煮、煨、拌几种。就这样，已经高明之极，较之专讲科学卫生，配合热量的美国人，便前进了不知若干年代。呜呼！食乃人生大事，求其适口充肠可也，何苦牢牢披记科学羽毛，而将有良好滋味之菜蔬，当成药吃哉！

## 十四

有人说，大凡历史悠久的民族，其食品都相当复杂，固不仅中国为然。比如从古籍上考察，像腓尼基人，像迦太基人的食单，已很丰富了，而古希腊人、古罗马人，也都是好饮嗜食的民族啊！这话诚然有理，但我现在所讲的，只是指现代民族所通常具有的食单，并非要作食的历史的研究。何况食之为物，一如衣冠居室，都脱不了环境的支配。设如此一民族所生长的地方，人不得天时，不得地利，赖以口腹之资的，不是牧畜的牛羊，便是野生的熊鹿，确乎处在"鱼龙鸡凤菜灵芝"——谓得鱼之难如得龙，得鸡之难如得凤，得菜蔬之难如得灵芝草也——的境地，我想，这民族纵即有万年不断的历史记载，而它的食单也未必能有我们《周礼》（北方的）、《楚辞》（南方的）上所记下的那些名词罢？我们可以这样说，一个历史悠久，而行踪又广阔，和其他民族接触又频繁的民族，其食单是丰富的，其制作食品的技术是复杂的。此即古代腓尼基人、迦太基人、希腊人、罗马人的食单之所以有异于现代蒙古人、爱斯基摩人的缘故。

## 十五

便是有悠久历史的民族的食单，也还有其时代性哩，换言之，即是在某一时代作兴吃什么，而过一个时代，或即不作兴了，或另有一种可吃之物起而代之。我们光就中国方面说罢，据史籍所载，我们在商朝时代有所谓豢龙氏、屠龙氏两氏族。龙者，大爬虫也，豢者，驯养之也。大爬虫已被驯养，想来便如今日我们之驯养大蛇者然。驯养了干什么呢？自然为的杀了来吃。有专门杀此大爬虫者，大约特别有杀之技巧，父子兄弟相传，故名之曰屠龙氏。环境转移，大爬虫不适于生存，抑或也和大象一样，驯养了便难于生育传种，以致徒留龙之名，故到周朝时代，便不再见有以龙肉所做的食品。虽然迄今在小说上尚时见有龙肝凤髓之说，那也不过用来形容食品之稀有珍贵罢咧。龙肉之不再盘餐，以其无有，此可不谈。至若《周礼》上所列的许多酱类（都是一些特殊字体，若一一引出来，便得劳烦印刷者逐字刊刻，予人不便，何必炫博，故不录引），至今还是有的，姑举一例，如蚔酱，据考证家说，即是蚁子酱。此蚁子，是否即为今日寻常蚂蚁之卵，因考证家未曾确说，想来总是蚁类。然而今日有吃鱼子酱的，却未看见有用蚁子酱的（听说南非洲倒有食蚁的人），曾见明人某笔记上说华南瑶人或苗人有用蚁卵做酱，但今日仍未见此特殊食品传到汉人席上，想来也已过时了。此已足证我所说食品也有其时代性。还有一例，如吃狗肉。在《周礼》上看来，中国古人已常吃狗，《礼记》也说过：士大夫无故不杀犬豕，可见中国古人是把狗当猪羊一般宰了吃的，而且屠狗这门职业中，还出过好些英雄好汉，如专诸，如樊哙。不知为了什么缘故，后世忽然不作兴了。虽然今日也还有一部分要人一年吃它几回，甚至也还吃得香。听说考较的还特别把狗关在栏里，像喂猪样用粮食荤腥喂得肥肥的，到冬季打杀了来吃，说是壮阳补血。而广东朋友还能从经验中告诉你：吃狗要嫩，不要过一岁；吃猫要老，定要过三岁。不过把狗肉当作珍馐，搬上大餐台子，以宴嘉宾的终究没有，而最大部分人，还是不要吃它。此外，我本人记得在很幼小时——由今言之，大约五十三年前了——随大人走人家坐席，吃过一样乌鱼蛋，以后便少吃过，民国十八年在北平东兴楼才吃到第二次，及至回川，偶见南货店中有此物事，问他们销行地方，据说只有外州县或四乡厨子来买。如何做法，连南货店的老主人都不知道。后来翻到外家一本旧账簿，才知道在一百三十年前，成都宴席上，原来每次都有乌鱼蛋汤的。

# 十六

中国食单除了环境常变，时代推移，肉蔬配合，愈演愈变愈精致外，其所以能够超越其他古老民族，而无止境的达到今日这种地的缘故，仔细寻思，这于中国民族博大容忍的特性是大有关系的。中国人的这种特性，第一表现得非常显著的，在于宗教信仰之自由。窃考古中国人自商朝信鬼重巫教、重祭祀以后，它本应该一如其他民族滚到宗教界阈上去以求禳解，然而不知怎么突然大跨一步，跨到重理智、重人物的周朝，于是思想马上得致解放，而孔夫子的"未知生，焉知死"、"未能事人，焉能事鬼"、"祭如在，祭神如神在"的至理名言，也才立稳了脚跟，传诸后世。请想，这是何等的进步，何等的自由！自此，中国的宗教便没有成立。我们可以说墨教之中衰，并不因为它的巨子丧失，而确是由于人民之没有宗教信仰。诚然，其后也有海滨的方士，也有西南山岳的"米贼"①，也有由二者结合而成的道教，但我们只能说这是由于印度佛教传入后的一种自尊的反动，绝非出于民族狂热之不得不有也。而且佛教也罢，道教也罢，即读书人强勉凑成的儒教也罢，巫教②也罢，乃至随后传入的景教③也罢，天方教④也罢，拜火教⑤也罢，以及近五百年追踪而来，凭借物质文明以展布其野心的天主教（基督教旧派）也罢，娶妻生子而与中国人见解大不相同的耶稣教（基督教新派）也罢，总之，一到中国，中国人都能容纳之。

---

① "米贼"：东汉顺帝汉安二年（公元142年），张道陵在四川崇庆鹤鸣山（一称鹄鸣山）建道教，参加者须缴五斗米，称"五斗米道"。东汉末，张角的太平道和张鲁的五斗米道，一时成为农民起义的旗帜。——原编者注

② 巫教：认为自己有超乎自然之力，是一种原始的社会信仰，也是天文、历算、宗教的起源。古代巫的权力极大，道教便渊源于巫。后世活跃于民间的巫师即是遗存之一种。
——原编者注

③ 景教：唐代传入的基督教聂斯脱利派。贞观九年（675）在长安建寺，先称波斯寺，后名大秦寺。——原编者注

④ 天方教：伊斯兰教在我国的旧称。我国史籍中，呼阿拉伯为"天方"。——原编者注

⑤ 拜火教：古代流行于伊朗和中亚细亚一带，称琐罗亚斯德教。认为火是善和光明的代表，故以礼拜"圣火"为仪式。南北朝时传入，唐代建寺于长安，名火教、火祆教、祆教、拜火教或波斯教。——原编者注

你以为他们毫无信仰吗？未必然也，奉行的人还是那么多，而且中国的哲学、文学曾受过外来宗教的绝大影响，甚至影响到普遍的人生行为与思想。你以为他们果真信仰吗？又未必然。首先，凡宗教信仰应具有的排它性，和"之死矢靡它①"的狂念，在中国人身上就发现不当，别的不说，我们但看欧洲中古世纪，只由新旧两种教派之争，可以大群大群的杀人，可以因为不改变教宗而活活的被烧死；"五月花船②"之去美洲，也是由于此一教派不胜彼一教派之压迫虐杀，乃至希特勒之残杀犹太教徒，也一小半下根在宗教的排它性上。然而在中国哩，我们却看见某一代皇帝喜欢佛教，他可以下令天下道士全剃头发做和尚，下一代皇帝忽然喜欢了道教，他又可以下令天下和尚蓄起头发来做道士。其他势力的宗教，更不必说，统名之曰旁门小道，曰邪教，曰污民的邪说，随时可以剿杀之，扑灭之，而奉行这种宗教或邪说的人民也并不见得有什么至死不悟的狂热，而竟成千成万的去殉道。一般尚有所谓通品者，无所不信，其实是无所信。例如六朝时张融病卒，遗言左手执《孝经》《老子》，右手执小品《法华经》，这就是一般艳称的三教归一的办法，也就是多数中国人对于宗教的态度。至今，听说四川新津

---

① "之死矢靡它"：语出《诗·鄘风·柏舟》，意谓虽到死也誓无它心。原意为不嫁别人。——原编者注

② "五月花船"：1620 年英国第一艘驶往北美洲的船，载着 102 名清教徒移民，历四月抵普利茅斯。所定《五月花号公约》，成为 1691 年成立自治政府的依据。——原编者注

县某一大庙，一夜之内就供奉着孔子、老子、释伽牟尼、耶稣、穆罕默德，称为五圣，愚夫愚妇求子求财求福求寿的，全可燃烛焚香，磕头礼拜，而并不分彼此。像这样的宗教信仰态度，你们能在别一民族内发现得出吗？如其不能，这便是中国人的特性，也可誉之为中国本位文化。中国人既是修养到了无须乎有宗教信仰的狂热，那吗，关于一种什么主义的奉行，也就不能以洋国情形来说明中国，谓洋国曾是如何如何，中国未来也定然会如何如何，那也便错了。所以大而言之，治理中国，绝不是光能懂得洋道理，光能博得洋人之首肯称誉，而便可也。小而言之，知道了中国人的这种特性，也才理会得出中国菜单何以能至今日的境界啊！

## 十七

表现中国人博大容忍之二，就在中国人能够接受各地方民族所固有的文化之一的食，而毫不怀疑的将其融会贯通，另自糅合成一种极合人类口味的新品，又从而广播于各地方各民族；既无丝毫"中学为体，西学为用"的妄解，也无所谓"尊王攘夷"的谬想，更无所谓唯美主义的奴见。例如在西汉时候，西南夷特产的蒟蒻酱，只管西南夷诸国被灭亡了，其后全改土归流了，然而这食品却被汉族采纳，遗留至今，是即今日成都所通用的木芋（亦作磨芋）豆腐，又称为黑豆腐的便是。从酱而至豆腐，已经不是原先做法了，现峨眉山僧再将其置于冰雪中，令其发泡坚实，谓之雪豆腐（也称雪魔芋），或共鸡鸭肉红烧，或置于好汤内同烩，较之以生木芋豆腐做来，果然别有风味。有人说，用生木芋豆腐做的豆腐乳，其美味实不亚于旧金山的华侨豆腐乳，其他如烤羊肉之来自东胡①，鱼生粥之遗自南越，亦斑斑可考。目前云南人的耳块，岂非就是僰人②的成饭米粑的译音乎？昆明有谣曰："云南有三怪，姑娘叫老太，青菜叫苦菜，粑粑叫耳块。"所谓怪，就因名称之怪。足以征见这可怪的名称，绝非由于明朝初年，大部分南京富豪被谪居时所遗下，而实实由土著摆夷③所传留也。四川尚流行（目前已经稀少了）一种咸甜俱可的，米粉包馅的，旋蒸旋食的东西，名曰哈儿粑，此为满洲席上的点心之一。哈儿粑也是译音，犹之甜点心中之"撒其玛"也。满洲全席今已不兴，但哈儿粑与叉烧小猪与挂炉烤鸭，却单独的被流传下来了，而后二者且成为中国食单中可以炫耀的美肴。自对日战争以后，与洋国交往日频，由洋国传入的食品和做法，被采纳而融会贯通的也不少，例如鸡鸭清汤煨露笋，蒜苔烩"马喀洛里"（macaroni，即意大利通心粉），番茄酱烧海参，咖喱炒虾仁等，岂但已经成了中国的固有菜，而且实在比其原有做法还好吃得多，若将中国食单仔细研究，可

---

① 东胡：古族名，居匈奴（胡）以东，因名。春秋战国时为燕国击败，迁到今之西辽河上游。秦时因犯匈奴事败，退居乌桓山的一支名乌桓，退居鲜卑山的一支称鲜卑。——原编者注
② 僰人：古族名，在戎州北临大江地建僰国。春秋战国前后，散居以僰道（古县名，今宜宾西南边）为中心的川南及滇东一带。——原编者注
③ 摆夷：清代到 1949 年前对傣族的通称。——原编者注

以看出大部分食单的来源，皆不免如我上来所说。这种态度，也与容纳外来的宗教一样，只有中国人才具有。你们不信我这说法吗？但请想想，并且多问，无论哪一洋国人说到中国菜，都恭维，都喜欢吃，但若干年来，他们的菜单上几曾采用过好多的中国菜来？诚然，技术之不容易学得，也是一因，然而没有中国人这种风度，却是顶重要了。

## 十八

食单因宗教之说而受限制，这真是一桩最可悲的事件。清真教徒不吃猪肉，并且不吃无声无脾无鳞的好多生物，这不但使食单的范围业已缩得过小，而且在配合与做法上，也失却了许多自由。婆罗门教①徒尊视牛为神物，不敢吃它，这也使完备的食单，失去了一根重要支柱。至于佛教徒之什么生物都不吃，只吃谷物与蔬菜，虽然成都许多大丛林的香厨师，和上海居士林素饭馆的大司务，可以从豆类、菌类、笋类，与芝麻油、橄榄油，以及其他植物油中，想方设计，做出种种鲜美而名贵的素菜，然而一则过于精致，再则也不免于单调，无论如何，终不能做出多大的花样。我这里且举出两色寻常川菜，一是家常式的，一是餐馆式的，并不算精致，也不算名贵，但一涉及

---

① 婆罗门教：印度一古教，约在公元前七世纪形成，以膜拜婆罗贺摩（梵天）得名，是一种多神教。八、九世纪间，经改革，吸收佛教和耆那教（与佛教同时兴起，实行苦行主义）一些教义，改名印度教。——原编者注

宗教，则皆做不出来。家常式的，如将盐水泡青菜的叶茎横切成丝，加盐水泡过的辣椒丝，加黄牛肉丝，以熟炼后之纯菜油炒之（凡以牛肉炒菜，必用植物油而忌猪油，此经验中之定例也），这样菜，如不加牛肉丝，光是素炒出来，未尝不可口，但加牛肉丝炒后，而又不必吃牛肉丝，仍然只吃盐水泡青菜的叶茎，其味就大大的美妙了。餐馆式的，如将较嫩之黄豆芽摘去两头（即芽苞与脚须），加入煮至刚熟后而又缕切成丝的猪肚丝，以熟猪油炒之，佐料除黄酒外，光用盐与白胡椒末，做法也简单透了，然而比起光是素炒豆芽，光是荤炒猪肚，那真不可以道里计。仅就这两样寻常用的菜而论，除了干犯三种宗教（回教，婆罗门教，佛教）不计外，即令顶讲究口欲的洋国人，又何能懂得其奥妙！第一是，青菜必须用岩盐的盐水泡熟，而只用叶茎；第二是，猪肚必虽煮至刚熟，而不用生炒。这中间自有其道理，而不仅仅关乎技术，非有悠长历史及本位文化之中国人，真不易语此也！

## 十九

中国之有许多行事，是行之有素有效，而并不知所以然者。究其行事之初何以致此，则十九先出于偶然，其后乃成为经验。以其说不出一个"为什么"，故自清末维新以来，许多略窥门径之徒，遂不惜本其半罐水的科学常识，（蜀语之半罐水，即长江流域所谓之半吊子，盖指千钱得半也。甚至再打对折而谓为二百五，斯更刻薄之至！）而动辄訾议之曰不科学。延长之则不卫生，则不文明。不文明，便是野蛮啦！但又念及我们到底是个古国，也有文化，而文化中更有食之一种足以骄人，于是只好改而自谦曰：我们是弱小民族，是积弱之邦。于是民族自尊自信之心，乃为此等宣传一扫而光。例如我们以往有好多人，在无意间将指头弄破，血淋血滴，如何是好呢？于是香炉灰、蜘蛛网、腐烂鸡毛、门斗内积年尘垢，在乡间则是污泥黄土都是止血上品。在毫无科学头脑的人说来，则曰："从祖先人起就是这们干的，有啥道理可言！"有完全科学头脑的见之，便应该细心研究，从而说明其所以然。但半罐水的先生却只摇头叹息曰："岂不怕染上有毒害的微生物乎？"然而其结果偏又出乎所谓科学常识之外，不但血居然可止，疤居然可结，而创伤居然痊可，此又何也？曰：彼时尚未知积垢污秽之中，有盘尼西林之妙药藏焉。此种似是而非之行言，在讨论食物时，尤为显见。例如洋人曾说菠菜中含有维生素甚多，食之卫生，于是许多高等华人（因为半罐水中十九皆高等华人也），皆奉为圣旨，不惜什么更富滋补养料的好东西皆不敢吃，而乃专吃半生半熟之白水菠菜。洋人在昔一闻未达时，又曾说过动物内脏都不卫生，尤其是猪的。因而亦有若干高等华人便炒腰花、炒肝片都拒绝入口，甚至连叉烧大肠头（雅名叫"叉烧搬指"）、藜霍汤煨心子，也不免望之蹙额。然而至于今日，由于较为完全的科学证明，动物的肝与血岂特食之卫生，而且还是妙药，还更证明，内分泌荷尔蒙也应该从动物的肾脏去设法，这已甚为合乎中国古老就已行之有素有效，而不知其所以然的道理："你的血虚吗？多吃点牛羊猪的血罢！鹿血顶好了，但是难得，鹿茸则血气两补。""你的心神不交吗？那是用心过度，心血亏耗，煮个神砂猪心子来补一补，包管见效。""你肾亏腰痛吗？赶快吃点甘枸杞煨牛鞭，或常常吃点炒羊肾也好。"而且一九四八年三月，我们最可相信的某美国医生复证明说，菠菜不宜多吃，吃多了无益有害。按照他的意见，岂独菠菜如此，无论其他什么有利东西，都不可服用过多，过多则一定会出毛病。在吃的这一点上证来，此理尤为不可动摇。我向来就感到，像我们中国的食单，有时表面论来，好像都不大科学，即是说都不大卫生和文明，其实只要多多研究一下，倒是许多东西，颇多做法，都甚合卫生之理，只要你吃得不太多，太多了，弄到消化不良，那才真个不卫生哩！

# 二十

半罐水的科学说法中，尤其不伦不类的，便是"北方人好吃生葱、生蒜，西南方人好吃辛麻的辣椒、花椒，如此过分的刺激之物日常用之，岂但肠胃容易受害，即清明的头脑也会因之而弄到麻木不仁。西国人之所以比华人强健聪明者，食物之清淡卫生合乎科学，实为一大原因。"呜呼！其然，岂其然乎？我们姑试一追究英国与荷兰的东印度公司因何而成立？及印度、南洋群岛与爪哇因何而被夷为殖民地？无它，只缘胡椒、豆蔻、肉桂、咖啡等调味品之作祟耳！并闻之西班牙、意大利以及法国南部地方，亦颇产牛角红辣椒，据说，那般西国人之吃起来，不但不比中国西南人弱，似乎比自流井人吃七星辣椒的还要狠些。又闻俄罗斯人除生葱、生蒜不吃外，还在火酒"伏特加"中加入辣椒末或胡椒末，这比一般中国人都厉害了。以前还听说有某一德国人常常出售本身血液而不匮竭，后经医生考验，始知其人惯食生葱，于是证明生葱乃生血之物。又闻一九二二年法国巴黎某医生发表论文，谓大蒜精为扑杀肺病菌之良药，一时称为伟大发现。由此，足见中国人自古以来莫之而为之[①]的吃生葱大蒜，在东方环境中，实为卫生之至。辣椒、花椒之在西方潮湿之区，其必然之需要，亦犹生葱、生蒜之于风沙地方也。只不过辣椒多吃，或不惯而乍吃后，容易使人脸红出汗，在仪容观瞻上，未免面对尊容稍感忸怩耳！生葱、生蒜则因吃后口臭，第一，在想象中似乎不宜对天神祈祷，故古者斋戒，必避五荤，五荤即葱姜韭蒜薤（也称"藠头、藠子"）也，并非如今日居士们之以血腥为荤；第二，不便迎待嘉宾。

## 二十一

一面夸奖中国菜，不愧为孙逸仙先生的忠实信徒，一面又诋其不卫生，则又无惭于洋人的应声虫。我前已说过，中国菜并非不卫生，乃至如半数中国人所不能吃的红辣椒，以其所含维生素及铁质甚富，而又适合卤气甚重的潮湿地方人的胃口，

---

① 莫之为而为：见于《孟子·万章》："莫之为而为者，天也"，指自然。此指自然地、天生地。——原编者注

亦复甚合科学，甚为卫生，所云不大卫生者，实为一般有钱人之桌上餐耳！有钱人的食品，大都过于刁巧，过于精致，致令食物上许多有益于人的东西，每于加工之后，丢个干净。米的谷皮，若是全碾为糠，不留丝毫余痕，煮而成饭，粲白则诚粲白矣，但是吃久了，却不免于脚气病。故凡害脚气病的人，大抵不是惯吃糙米饭的穷人。为了弥补此种缺乏维生素的缺憾，乃有于饭后调服药房精致过的细糠一盏。此新法，恰如俗话说的"脱了裤子放屁"，何若不必考较，就吃糙米饭之较为明智合理？如已为人众周知之无聊举动，可无论矣。至于富人所常服燕窝，鱼翅，银耳，哈士蟆①等物，穷人因为吃不起，故不敢吃，或做梦也未吃过。纵令傲天之倖，偶然得吃，亦因其为高贵之品也，震惊则有之，适口而充肠则未必焉。此缘穷人的吃，主旨皆在吃得饱（生命的卫生），吃得有正味；而富人的吃，主旨则在于滋补（胃脘的卫生），在于色香味以及形式的技巧和美观。由前言之，为实际之需要，得之则生，不得则死，因有种种道理可谈，由后言之，为技术之欣赏，得与不得生死无干，已无许多至理。所谓卫生云云，非为一般而设，故不具论。

# 二十二

考较吃，如何才得吃，才吃得有味道，才好吃，这可以说是中国人的通性。自然啰，没有钱的穷人，其基本吃法，便是

_____

① 食疗用青蛙，加花生煮汤，可滋养补虚。——原编者注

见啥吃啥，主旨在一个饱字。然而待到他稍有力量，则他所要求的，就不止一饱，而是如何弄来才有味，才不至于死板板的一个呆样子。举例说罢，一块猪肉一把蔬菜，若将其放在美国中等人家的主妇手上，她的做法，大约从元旦到除夕，永远是那样：肉哩，非烤即煮，以熟为度；蔬菜哩，可生拌则生拌，不生拌即以白水煮熟，要以吃得下去，合乎书本上所说，与夫能够发生若干卡路里热量为止，其最大要求，不过如见啥吃啥的中国穷人，取其一饱而已。然而要是这一块肉和这一把蔬菜，落到了中国人的中等人家主妇手上，那吗，我敢担保说，至少三天就有一个变化。我们可以想象得到：第一次是白煮肉和炒素菜；第二次必然是红烧肉和肉丝炒菜；第三次必是肉菜合做。这一来，花样就多了，煨啦，炖啦，烧啦，蒸啦，甚至锅辣油红哗喇喇的爆炒啦，生片火锅般的烫一烫或涮一涮啦，诸如此类，其要求只在怎么样将其变一变，而吃起来味道不同，不至于吃久生厌。从元旦到除夕，虽然这只是一块猪肉一把蔬菜，总之做出来的，绝不止是一个永远不变的味道也。为什么如此？说来简单，即是中国人对于吃的要求，在饱之外，还要求不常。而主妇们的脑经，又乐于用在此上，因为她们把这个吃字看得甚重故也。看重吃字，乃有欣赏之情绪。岂非人生之要义也欤？

# 二十三

　　中国菜之何以能传之久，传之远者，还幸亏中国人对于这类艺术尚不怎样的神秘视之，神秘葆之。中国人向来有个大毛病，即是对于所谓"道"，很愿意传授人，而且还拼命的想传授人；对于所谓"术"的技巧，即技术，进一步言即艺术，却异常悭吝，异常自私，每每秘而不传；不得已而传，也必将其顶精奥处留下来，以防弟子打翻天印时，有一手看家本领，这在技击和音乐上，尤为痼疾。在做食的艺术上，也有这类人，如西晋时，石崇家咄嗟①可办的豆粥，就偏偏不肯告人。这犹可说是因他要与同时代的豪门王恺竞争，不得不尔。但如《南史》所载："虞悰家富于财，而善为滋味。宗武帝幸芳林园，就悰求味，悰献栅②及杂肴数十舆，大官鼎味不及也。上就悰求饮食方，悰秘不出，上醉后，体不快，乃献醒酒鲭鲊一方而已。"这就未免太那个了！从人品上讲，虞悰不屑对权贵低头，这比起成都那个动辄以御厨自称，动辄以亲自伺候过叶赫那拉氏、又伺候过蒋中正委员长为荣的黄某，其高尚真不知到何等地步，可惜的就是虞悰未能超越那时的环境，敢于出头开一个大餐馆，将其治味之秘，公诸大众，即不尔，也应该勒成专书，让大家抄传于世，岂不更值得后人钦佩？从心胸和见识上讲，我们该责备他太悭吝，太自私，岂但不及苏子瞻（因有东坡肉做法传世）、袁子才（因有随园食谱传世）之为人，甚至连北平、成都做豆腐的查与陈，连北平做鱼的潘与吴，连广东做脍面的伊，

---

① 咄嗟：即吆喝。——原编者注
② 栅字从米册，音策。以牛羊豕肉切丁，合豆蔬二成而成之。只不知如何做法，其味必甚复杂而美，故谓连御膳房、连官厨子所做的阔席而且都不及。——作者注

皆远不如也。幸而中国善治味做食的人如石崇、如虞惊者，尚不多，而大都在自己欣赏之余，还高兴表暴出来，教育大众，使众人都能像自己一样的欣赏而享受。此是传艺术者之心胸，也是传道者之心胸，确乎值得我们的歌颂。

## 二十四

做中国菜的要诀，以及要研究中国菜之何以千变万化，我告诉你们，唯有一字真言曰：火。秦始皇嬴政的生身父亲邯郸奸商吕不韦，使其食客们所代辑的《吕氏春秋》上，便曾点明出来，曰："凡味之本，水最为始；五味三材，九沸九变，火为之纪。"水，且等说到饮字上再论。兹只言火。不过要言火，必先详知其器具，换言之，炉灶是也。除了高等华人外，一般中国人的炉灶，一如一般中国人的肚皮，也是随方就圆，见啥吃啥，从一切草一切木，直到一切煤一切炭①，凡可烧者，并无择别。我们知道外国科学家就以煤的不同，炭的各异，而特为设计出种种适合煤质炭质的锅炉，中国人做饭治味的炉灶，又何独不然？他们虽画不出什么方程式，虽不明白 XY 等于什么，可是凭了需要，凭了经验，凭了常识，他们也居然能够做出经济的适应。我们且说成都罢。成都是平原地带，产煤产炭的地

---

① 草与木一作为燃料，名字也改了，叫柴即薪。煤是由矿内取出，直接可作燃料者。炭必须加工。由煤加工者为焦炭，四川叫岚炭；以生木加工者为木炭，四川人叫枫炭，木质不坚者叫泡炭，又叫桴炭，成都人家则叫桴楂。——作者注

方都在西北百里以外的灌县、彭县，而且皆不通水道，也无铁路，虽有短短一段公路，可是用汽油用酒精的大车，连载人且不够，而又向不知道利用兽力来拉运；以前人工便宜时，多费些劳力汗水，倒不算什么，但是愈到近来，人工愈贵，而我们成都百分之二十的住户，仍然在烧着这种不经济的煤炭。因为烧炭也有条件，比如人口众多，时间较长，方划得来，无此条件的其余百分之八十的住户，便只好烧木柴了。而木柴的出产地，在一百五十里外眉山县和青神县。幸此二县皆在岷江之滨，虽是逆流上行，倒底比在几十里的陆地上，纯用人力搬运的，较为便宜。却是也因运费日昂，使得七十余万的成都市民，对于必须生活费用中，最感头痛而开支最大的，就是这个燃料。成都人为了要非常经济的来使用木柴，岂但是古人所说的像烧"桂树"，而且吻合了许多田舍人家所讥讽的在烧"檀香"，确乎其然，柴是劈的那么短，那么细，那么匀，排在小巧的灶肚内的铁桥上，又那么精致；弄菜弄饭要大火时，可以一口气排上四五根，只要菜饭一熟，喊声"退火"，便立刻将柴拉出弄熄。成都人得燃料不易，故于用火亦极为考较，做饭不说了，其技之精，能在一口铁锅内，同时做出较硬较融两样米饭。即以做菜言，无论蒸炒煎炖，也极讲究火候，而尤长于文火的煨、炖、蒚、煀。① 以成都为例，便可推而知之在烧草根兽粪的地方，用火方法又不同，做食方法自必随之而异。一言蔽之，中国之大，燃料来源各殊，炉灶不能划一，大抵只能以食品去将就火，不能全燃以火来将就食品。但大体别之，火分文武，文火者，小火也，微火也，加热于食品也浙②，所需时间较长；武火者，猛火也，其焰熊熊之火也，做食极快，例如炒猪肝片、爆猪肚头，只在烈火熟油的耳锅中，几铲子便好也。无论文火武火，而要紧者端在火候，过与不及皆不可；其次，即在调味用铲，如何先淡后浓，如何急挥缓送，皆运用于心，不可言宣。故每每同一材料，同一用具，同一火色，而治出之菜公然各殊者，照四川人的说法，谓"出自各人身手"，意在指明每一样菜皆有作者的人格寓乎其间，此即艺术是也。

---

① 煨煀二字，通常在写用，大家自然明了。蒚字从火从草从卓，韵书从直教切，成都人则读若靠字音，意在靠在火旁，使其继续增热，但又与煨煀少异。煀字，韵书从户感切，应读为额，成都人读为邯字音，即含之阳平音，意为菜已做好，火候亦到，不妨让其在微火上稍留片刻，或令再加软烂，或使汁水更为浓缩。此外，尚有炃字，读为川，例如炃汤。爒字，读为聊，例如将青菜爒一爒，或爒一爒，便可做冲菜做辣菜。熛字，本读袍字音，成都人则读为跑字音，意比爆字还要迅急，常言只须在油锅内一熛即得。此数字，皆成都厨房内常用之字而难得写用者。尚有灿字或写作燦，皆通，但多少人写作炸，比如灿鱼，写作炸鱼，义近爆炸，望之骇然。——原作者注

② 浙：浙江（今钱塘江及上游）古称"渐江"，故"浙"同"渐"。——编者注

# 二十五

艺术，就免不了艺术界的通例：有派有别。所谓派，并非有东西南北地域之分，亦不在山珍海味材料之别，而是统地域，统材料，专就风格及用火方面，从大体上辨之，为家常派、馆派、厨派是也。此三派，犹一树之三干，由干而出；当然尚有大枝，有小枝，有细枝，有毛枝，甚至有旁生侧挺之庶枝蘖枝，但皆不能详论，仍止就三干略道其既焉可耳。先言厨。厨者，厨子也，法国人视作厨之艺术甚高，并建筑、音乐、绘画、裁缝等列为人生十大艺术之一。中国古人更重视之，考于古籍，有彭铿和滋鉴味事尧，有伊尹以割烹要汤，而助天子为治的宰相，称为调羹手，即喻其能调和五味，善用盐与梅也。因其在历史上有地位，故我们在口头上辄尊称之曰：某大师傅，简称曰某师①。此一派，介乎家常与馆之间，能用文火，也能用武火，也讲求色香，也讲求刀法形象，但不专务外表，同时又能顾到菜之真味，例如做笋子，就不一定切得整齐，用水漂到雪

---

① 记得去年某月曾写信与某厨，称用大师傅。宋师度君见之笑曰：好尊贵的称谓！我曾答之曰：不然，古之乐工麻不称师，师旷、师聪、师挚皆是也。人子八岁出外就傅，傅亦不过是男性干奶妈耳。后来乃师傅二字，专归为教读夫子，而天子三公，亦称太师、太傅、太保，这才尊贵起来，弄到与天地君亲并列于祖先堂上。我们既不随俗，则亦何必吝此称谓而一定要写为大司务哉！不过写司务亦通，盖即雅言之执事是也。
　　——作者注

白，漂到笋味全失，他就敢于迅速的将笋剥出切好，并不见水，即下油锅。尤其与馆特殊者，因能做小菜，与家常不同者，因能调好汤。短处在好菜不多，气魄不大，勉强治一抬席面，尚觉可以，两桌以上，味道就不妙了。以前专制时代，士大夫阶级同巧宦人物，大都要训练培养一二名小厨房的厨子，（也有不是外雇的厨子，而是姨太太或通了房的丫头。据说，比雇的厨子可靠，因能体贴入微，而又听说听教，决不会动辄跳槽也。）除了自奉之外，还用以应酬同寅，巴结上司，或者盒奉精馔数色，或则柬邀小集一叙，较之黄金夜赠，岂不既风雅而又免于物议？此等厨子，都有其独到之处，或长于烧烤煨炖，或长于煎炒蒸熘，除红案外，兼长做面点之白案，此又分工专业之馆所不及处。凡名厨，必非普通厨子、伙房之终日牢守锅边，故其空闲较多，能用心思，其本人也定然好吃好菜，好饮美酒，好品佳茗，绝不像普通厨子、伙房成日被油烟熏得既不能辨味，而又口胃不开，临到吃，只是一点咸菜和茶泡饭。而且此等名厨，脾气极大，主人对之须有礼貌，不然，汤勺一丢，掉头便走。记得清朝光绪庚子前后，江西巡抚满洲旗人德寿，便曾为了发膘劲，厨子不辞而去，害得半个月食不下咽。然而倘遇内行，批评中窍，亦能虚心下气，进而请益，或则犹挽起衣袖，再奉一样好菜。自从几度革命后，此等阶层已有转变，风尚所趋，亦渐不同，许多私家雇用的厨子，大都转至于馆，易伺候少数，为服务大众。不过公共会食之制未立，私门治味之习犹在，人口稍众，经济宽裕之家，依然有所谓厨子或伙房在焉。

只是战火频仍，生活太不安定，征逐酒食，大多改用西餐，谁复有此空时闲心，做训练厨子雅事？故至目前此派渐衰，能执刀缕切，不动辄使用明油、二六芡①者，已为上乘，无论如何实实说不上什么艺术矣。

## 二十六

馆是餐馆，越是人口集中的都市，餐馆越发达，越利市，四面八方的口味都有。顶大顶阔顶有为的餐馆，人人皆知，可以不谈，所欲谈者，乃中等以下之馆，及专门包席之馆耳。中等以下之馆，大多为本地口味，以成都市上者为例，在三十年前，红锅菜馆最为盛行，虽然水牌②上写着蒸炒俱全，其蒸的只有烧白和蒸肉，白菜卷酥肉等；炒哩，大抵肉片、肉丝、肝花、腰花、宫保鸡丁、辣子鸡丁等。最会用猛火，即武火是也。最不会做蔬菜，有些甚至连烩白菜都炒不好。如其菜品较多，加有海味，加

---

① 明油者，菜已做好，于起锅之际，格外加上一汤勺之热猪油，表示油大之意；刻下一般红锅饭馆和乡厨，依然秉此师承。二六芡者，以二成芡实粉，和以六成之水，调为稀糊，无论何种菜蔬，在下了佐料之后，必加此糊一大勺，问其何以？答曰老师傅所授，谓不如此，则味道巴不上也。刻下芡粉云云，已只名存而已，其实皆豌豆所打之粉，近已渐去芡粉之名，而直呼豆粉，除豆粉外，洋芋粉尤佳，西洋多用之。有些菜，确乎需用此种粉糊，不过不应色色之菜皆用之。——作者注

② 水牌：也称粉牌，旧时商店及茶楼酒肆常备之物，是一种漆作白或黄色，画上红格的木牌，临时用以记事、记账或作告白。用毕，以水帕将墨迹抹掉。——原编者注

有鱼虾，则称之南馆，这大概是南派馆子之简称。以前，此等馆子，只能临时点菜，备客小吃，而不能办备席面。专备席面的，为包席馆。包席馆可以一次办席几十桌，专供红白喜事之用，也可精心结撰的办一桌两桌，以供考较口味者，应酬宴客，但是馆内并无起坐，只能准备好了，到人家去出菜。此两派虽历有变化，但有一与前之厨不同者，即菜单有定型，甚至刀法及放在碗内的形式，通有定型。吃一次是此味觉，吃百次还是如此味觉，所谓落套是也。此缘人人口味各殊，不能将就人人口味，只好取得一种中庸之味，使人人感到"都还下得去"而已。及至私家之厨，分人于馆，虽在菜单及口味上起了变化，多了些花样，然而久而久之，还是要落套的，其故即是厨只在服事少数人，只求馔之如何精，脍之如何细，而用钱则不计。馆哩，除了服事多数人外，而每一席的成本，终不能不有所打算也。

# 二十七

家常菜的味觉范围更窄，经之营之的时间更从容，故一切都与厨、馆不同，除了馆派之"纯"不能用，除能兼用之文火外，（以岚炭为原料，必使火焰熊熊高出炭外数寸者，为武火，宜于煎炒煠烩，器为耳锅。亦用岚炭，而不用火焰过大，有时须专用木炭，即枫炭，即硬木如青枫、檀木等烧出者，更有专用泡木烧成之炭，名桴炭，或桴楂者，名文火，宜于煨煮焖焐，红烧清炖，器以沙的陶的为最佳，搪瓷者次之，不得已而再思其次，则点锡纯银之器差可，顶不可用者为铜与锑。据说，法兰西之煨家常牛肉汤，至今仍用陶罐，此一色菜，即曰"火煨罐"也。）尤能用温火，温火之器曰"五更鸡"，成都人曰"灯罩子"，以竹丝编成，中间置燃棉绳之菜油壶，比燃煤油之"五更鸡"尤佳。举实例言之，如用温火制燕窝、银耳，可使融而不化，软而有丝；以煨鸡汤海参，则软硬之间，尤难言喻。然而前者一器，须费十小时，后者一器，须费三十小时，其软化如烂熟了的寻常的红烧肉，苟以此法此器为之，已绝非文火所做出者可比，自然更谈不到武火。即此一例，厨派、馆派如何梦想得到？

最近，报上曾载美国正在试验之雷达炉，据说：煮鸡蛋七秒钟即熟，以纸裹包饺入之，三秒钟熟，而纸仍完好，科学诚科学矣！然而未必艺术，亦惟美国人能发明之，能利用之，何也？因其距吃的艺术之官，尚有十万八千里途，此途又非飞机可达，必须脚踏实地，一步一步的走也。然而高等华人，未必解此，据说他们已科学化了，早饭是白蒸猪肝和花旗橘子，如此的自卑自贱，还有何说？自然雷达炉子首先采用的，便是此等人了。

# 二十八

上面所举用温火之例，未免太贵族，其实家常菜之可贵，是不讲形式，不讲颜色，只考较香与味。比如做笋，如上面所说，馆派则难免加上一些二六芡，厨派则不用芡，但必须将其漂之至白，取其悦目，而味则无有，家常做之，乃有菜之真味。又如上面说的冬寒菜——川人以为胜于莼菜——馆派就根本不能做，若叫强勉做之，必仍油大味重，而菜未必熟。厨派做之过于精致，每每只摘取嫩苞，不惜好汤火腿口苿以煨之。好却好吃，然而绝吃不出冬寒菜之味，这就须家常做法了：连苞及嫩叶先以酱油炒之，加入米汤烹煮，不加锅盖，色自碧绿，若于沸之后，再加入生盐合度，菜既熟而微带脆意，无其他佐料，乃有清香，有真味。然而为其寒碜，只好主人自享，以为奉客，客则不悦，故为显客者，殊无此口福。不过已往士大夫之家常菜，重在精致刁巧，以求出奇争胜，故往往在大厨房之外，更有小厨房。主持小厨房者，多半为姨太太，或由太太训出之丫头，收用了为姨太太者，如西门大官人府上之孙雪娥焉。初不解为何必用姨太太，后闻人曰：凡雇用的厨子，每不可靠，学到了手艺，不是骄傲得忘其身份，就是动辄喜欢跳槽，或一跳就跳进了馆，而自立门户，于是思之思之，鬼神通之，乃有专门训练姨太太之一法。而今只有抗战太太、前线太太、接收太太①——民国初出，成都尚有义务太太、启发太太②，以地方色彩太浓，不必具论——已无姨太太制度，故此种封建风尚，不愁不连根拔去。得亏我们许多有识的太太们，尚未整个走出厨房，故家常菜仍得保留一部分，将来之变化如何，不可知。或许再进步后，此种古典派的艺术，便将成为历史的名词而已。

---

① 抗日战争胜利复原时，国民党政府派员到沦陷区大搞接收，连女人也接收做太太。——原编者注

② 四川方言称趁火打劫为“打启发”，“启”是开箱捣柜，“发”是发财。这里指抢夺成婚者。——原编者注

# 二十九

譬如为山，馆派是基层，厨派是中层，家常派则其峭拔之巅也。无论走到何处，要想得其地方风味，只到馆子中吃吃，未可也。能进而尝试一下私家厨味，庶乎齐变至鲁①矣！除非你能设法吃到若干家的家常菜，而确乎出于主妇之手，或是主妇提调出来的，那才是鲁变至道②，你才可以夸说登了山顶，不管风景如何，奇妙不奇妙，总之是山顶也。本此途往，便知中国菜到底算是何处好，何处更好，何处最好，何处绝好，殊不易言！何哉？以无此一人吃得遍全中国之馆、之厨、之家常，而又非常内行，起码也得像清道人③之"狗吃星"一样也。无此种人，便不可表论中国菜，尤其不可做食谱；食谱或亦可做，但不可妄标科学方法，譬如说某菜煮若干分钟，今试问之：用何种火具？而火的温度，究在华氏或摄氏之若干度上？如不能表而出之，则所云科学者，只半吊子科学，亦只一知半解之高

---

① ②"齐变至鲁"："鲁变至道"出自《论语·雍也》。原句为："齐一变，至于鲁；鲁一变，至于道。"这里引申之义是：想吃地方风味的菜肴，到馆派那里是不行的，到私家厨派去品尝，地方的风味算传播到这个派，但吃上几家家常调做的菜，确又出于主妇之手，那种烹调艺术才是多姿多彩的真品。——原编者注

③ 清道人：即李瑞清（1867—1920），号梅庵，别号清道人，江西临川人。1895年（光绪二十一年）登进士。晚年居上海，以鬻字为生，在书画界影响颇大。四川书画家马骀、张善孖、张大千曾师事之。大千的书法一直是清道人的路子。——原编者注

等华人信之耳。何况说到底，好的菜品，根本就不能太科学，例如利用外国机器切刀来切肉丁，你用最精密的尺子来量，几乎每颗肉丁，其六面俱相等，但是你炒熟来，却绝对没有用不科学的手，切出来的其大小并不十分一致样的肉丁好吃，何也？盖面积大小相等了，则其受热和吸收佐料的程度亦相等，在味觉上显出的只是整齐划一的一种激刺，而参差不齐的激刺，好不好吃分别在于此；馆派、厨派、家常派之差别，高低亦在于此。本此孤证，便知道一门艺术，真正说不上科学也。

# 三十

中国人对于其他生活要素，由于顶顶重要的"自由"，大概都可模糊，有固然好，精粗美恶倒不十分计较，只要有哩，并不一定拼身心性命以求之。独于食，那便不同了，在川人中间，按照旧习，见面的第一句话，并非是"你过得怎样？""你好吗？"而是"你吃了饭没有？"或曰"吃过了没有？"而且在询问时，还带有时间性，在上午，问的是早饭；过午，须问午饭，四川语谓之"饷午"，读若"少午"；人暮则问晚饭，谓之"消夜"；其严格犹洋人之问早安、日安、晚安也。其他，凡与人相交接，团体与团体相交接，大至冠婚丧祭，小至邻里往返，庄严至于纳贡受降，游戏至于"撒烂"打平伙[1]，甚至三五小儿

---

[1] 四川方言，"撒烂"原意被逼至绝境。这里意为不惜倾囊，含豁出去之意。打平伙，即凑份儿聚餐。——原编者注

聚而拌"姑姑艺儿"①——黄晋龄的餐馆名，引用为"姑姑
筵"，亦通——无一不有食之一字为其经纬。笔记载：以前漕河
总督衙门，顶考较吃了，诸如吃活猴脑，吃生鹅掌，一席之肴，
可以用猪八九头，每头只活生生的取肉一块，余皆弃之。这种
暴殄之处，姑不具论，甚至一席之肴，必须吃到三整天方毕，
这真可以表现中国人好吃的整个性格，而且不吃不行。乡党中
许多事故，大都由于不具食而起，谓人悭吝，辄曰：某人是不
肯请客的，"要吃他么？除非钉狗虫！"言之痛切如此，甚至
"破费一席酒，可解九世冤；吝惜九斗碗②，结下终身怨。"可
以说，中国人对于吃，几乎看得同性命一样重，这不但洋人不
能理解，就是我们自己，亦何尝了解得许多！

## 三十一

　　中国人只爱重视吃，而孙逸仙先生也不惜称之赞之。但是
就各文明国家说来，却顶不平等，而阶级性带得顶强烈的，也
是中国人的食。别的一切倒姑且不举，只请你们——读者先生
们随处留心瞧瞧罢！是不是从古至今，从这儿到那儿，都有点

---

① "姑姑艺儿"：四川方言，是孩子们玩办酒食游戏的称谓。——原编
　　者注
② 九斗碗：流行于四川城乡，是一种起码的普通筵席。菜品尽系蒸、
　　烧、烩之类，以九个大碗（四川俗呼"斗碗"）盛出之。大概起源
　　于农村，又称田席。后来有的减少一个品种，称之为"八大碗"或
　　"肉八碗"。——原编者注

"朱门酒肉臭，路有饿死骨"的诗味儿？如其有，这就是中国，而且也是现代的中国。然而在讲究命定的中国人来说，并不认为这是社会的不平等，与乎有什么阶级，跟美国人，尤其是苏联人的讲法不一样，这般中国人的解释，则全是归于命，可以傲然曰："我之吃得好，是我的命好，换言之，即我之福气好也！"吃有吃的福，即所谓口福是也，大抵都是命中注定，不可非分希冀，亦不可妄自菲薄。于此有二例焉，都是说了出来，便可令你们咬菜根的，甚至吃观音土①的穷汉心安而理得焉。

其一例：在若干无聊文人的笔记上载得甚多，无非是某达官某贵人也者，平生好吃什么什么，总之，吃得多，而且吃法出奇。考其所以然，原来某人少年时，就曾做过一梦，梦见有了许许多多东西，据说全是他的口粮，非吃完了，不能寿终正寝，于是仍然吃之，"颠沛必于是，造次必于是"者，贵人之口福然也。

其二例：亦见于什么文人的笔记，云：有一泥工在一富室工作，日见主人食必四盘八碗，而皆少尝辄止，乃喟然叹曰："暴殄哉，若人！设以我当之，必餐足焉！"主人闻之，乃令庖人具食如常倍之，邀泥工共盘餐，谓曰："尽尔量，勿拘礼教！"泥工啖之露盘底，余汁亦必啜尽。不一周，食渐减，迨后，乃

---

① 观音土：是四川民间的俗称，又叫白泥巴、白鳝泥，呈浅蓝色，带黏性。从前每遇荒年，灾民便以它充饥，平日则以洗涤衣物。——原编者注

对食辇蹙，若不胜苦楚。主人笑劝之。工曰："真不能下咽，强之，胃不纳，必哇出乃快。"于是主人大噱曰："我早知尔必如此，尔岂不闻人各有其口福哉？……"

有钱人仗此福气，故敢大吃特吃，吃到发生胃病，丝毫不怨。而一般民众，纵即隔朱门而嗅到肉香，甚至回味黎藿而馋至口角流涎，亦丝毫无此怨尤者，诚自知无此福气故也。得方定命论，于是中国人至不平等之食单，乃能维持于不败。

# 三十二

中国人的菜单，从品质上讲，确实越到晚近越是进步；但讲到吃起来的形式，恰相反，越到晚近，倒越简朴得不成名堂。在昔，我们原是讲究礼貌的，讲究排场的，考之三礼，斑斑可见。就是士大夫平常服食的方式，在《论语·乡党》篇也载得颇详细，但是一到革命生活情形变了，譬如，汉刘邦业已从马上抢得天下，而一般从龙的臣子，尚能在金銮宝殿上大吃大喝，大呼大叫，甚至于毛手毛脚，拔剑砍柱，但生活安定了，礼貌排场便随之而兴。倘把十月革命后的苏联人的废除礼貌运动，及至十余年来，苏联在外交酬酢上的节仪思索一下，更可证明中国从前的那种对于饮食的排场，实是跟社会经济的安定与否有绝大的关系。我们现在只重实际的吃，不重形式的吃，是从满清末年，宴客改用圆桌时就兴起了。愈到后来，愈是简朴，一张大圆桌，一次可以请上十六位佳宾，而且纵然在某些必须讲究礼节的场合中，也可大打赤膊，表示豪放。一直到现在，这种不拘的形式，说来好像是中国所独有。不过近年盛行的洋式鸡尾酒会，却也表现出繁重的洋式外交宴会，也渐渐从庙堂风、沙龙风，而趋于乡野风了。时代大轮随时在向前滚动，此即中国古代《易经》的大道理：豪杰之士，明顺逆，知时务，便能操纵之，创造之，自己更新，与人更始，丢了旧的，成功一个新的。而非豪杰之士，才会时时想到持盈保泰，巩固他非法的既得利益，拼命迷恋骸骨，歌颂骸骨，并且时时提倡些什么本位，什么运动，其实只显得糊涂而已。试问他：请客时还能不能用八仙桌子①？还能不能摆上二十围碟的大席面？还能不能吹吹打打音尊候教？至少，还能不能穿起大礼服，用包金的象牙筷恭恭敬敬去奉贵宾一枚清汤鸽蛋？

# 三十三

汉朝人有句挖苦暴发户不懂得穿、吃艺术的成语："三世长者，知服食。"后世，将其译为白话，便成为，"三代为宦，才知穿衣吃饭。"虽也有点道理，但舍艺术而就形式论，还是经不住谈驳也。三世之岁月，不能不算久矣，倘以中华民国建元以来说，三十五年又两个月，尚不过一世多点②，其间变动而不居的情形，则如何？小的不论，先看大的：袁贼世凯，强奸舆论，费了九牛二虎之力，丧尽祖先一十八代的德，不过想把时

---

① 八仙桌子：即方桌，因可坐八人，喻作八仙，故名。——原编者注
② 我国古代以三十年为一世。——原编者注

代向后挪一挪，将中华民国的民字，改为帝字而已，他成吗？张贼勋只管做了民国贪财好色的武官，老留着一条油光发辫，自以为愚忠砥柱，在民国六年时，把溥仪捧出来，不过浑水摸鱼，自己想当几天军机大臣而已，他成吗？历历数来，如此违反时潮的大事尚多，一直到目下，还像灰里余烬般，一伙非法的既得利益者，犹汲汲然在做扭转乾坤的努力，不管这伙人声势多大，手法多新，说的话多巧，你能担保他们都成吗？苟一切不成，则知三世相传的老形式，实在不能原封原样的保留它。即进而论到艺术，那也不是一成不变的，例如：祖老太爷时代，吃白水豆腐的蘸料，仅仅是温江白酱油里面加一点红油辣椒，加一点葱花，再多哩，加一点蒜泥，吃起来，已算了不起的美味了。然而到老太爷时代，就变了，不知不由的在这蘸料中，还要加一点芝麻油，或是芝麻酱，或是炒熟的芝麻，才感觉要这样，味道才好，前一代的人未免太单纯了。然而到老爷时代，交通方便，市面上有了洋广货品，而老爷又有了点半吊子的科学脑经，同一样白水豆腐，但蘸料却大变了，首先被革命的，便是红油辣椒和蒜泥，被认为过于激刺肠胃，不卫生，而代之的，乃是湖南的菌油，广东的蚝油，或竟是西餐上的德国"麻鸡"①，法国的"鬼布"② ——按此必是穿过西装，能稍说几句洋话之新式老爷——你以为到此就止了步吗？然而不然也，到

————————

① "麻鸡"：matgic，一种用棒子骨熬制的德国酱油。——原编者注
② "鬼布"：法国的一种调料。——原编者注

了现在的少爷时代，又变啦！首先，白水豆腐就改名号，被名为"老少平安"——此乃广东馆菜单上之芳名——蘸料哩，倘若少爷出过洋，尤其是到英美两国去看过洋景致的，他的办法很简单，不然，就根本不吃白水豆腐，而只吃洋国的"鸡丝"——译音，即"岂士"，即奶饼，已见前考——或只吃蒸得半生不熟的猪肝，搭两枚美国橘子；不然就根本不用蘸料，光吃白水豆腐，顶多加一点生盐；倘若少爷还讲究口腹的话，则蘸料中间必加入日本的"味之素"，爱国的则为天厨味精之类，以及峨眉或清溪①的花椒油。请想，光是蘸料配合一项，就跟着时代发生了偌大而偌多的变化，你能老抱着三世以前如何如何，来评论现代，而迷恋骸哥，歌颂骸骨，大大兴起九斤老太之一代不如一代之感吗？所以我说，苟不着眼现代，而徒然提倡什么名为新，而其实是旧得不堪的什么生活方式，那简直是大种糊涂虫，更谈不上中国人的食也！

# 三十四

　　中国菜的做法，是随着时代在改进，此可颂道者也。而吃的形式，也是随着时代在改变，此则有可论说之处。不过，我论说的主旨，得先声明：我绝对不赞成复古，或是泥古，像中国以前那种吃的形式，只可说是为了虚伪的礼貌，而太蔑视吃

---

① 清溪：在四川汉源县境，大相岭（又名泥巴山）下。汉司马相如开筑古道经此，后设清溪关，以特产花椒著称。——原编者注

的事实。比方说，在大宴会时，席面是一百多样，水陆俱备，作法齐全的满汉大菜，而主要吃的人，却是一人一桌，顶寒伧的也是六人一桌的开席。每一样菜端上来，必须主人举箸相让，客人始能拿起筷子，大约讲礼的每菜只一箸，主人再让，可以再来一下。因此，笔记上乃载有裘文达公①吃了一整天满汉全席，竟至不能饱的叙述。即寻常专讲应酬的人们，在乡党间极可脱略②的宴会上，也往往吃了全席回家，还要捞一碗茶泡饭。像这样，只可说是暴殄，哪能说得上享受？此犹可说宴会之义，本意在吃，吃多了，显得穷相，不斯文。所以至斯文之女客，乃有吃得少，检得多之诮。女客走时，取各人面前茶碟中所堆积者，汇为一处，谓之曰聚珍，又曰：万仙阵。盖缘主人每菜所亲奉者皆为珍品，而客人则为礼貌所拘，又未便取食也。即在小布尔乔亚之日常食桌上，父子夫妇，兄弟姊妹，姑嫂妯娌，伯叔娘婶之间，亦复有许多只顾礼节，而实在说不到享受之处。每每上好的菜，亦为了礼节，长者纵只下一二箸，小辈虽然馋到眼红吞口水，设若长辈不打招呼，仍然只好撤下桌去，让用的人吃。于是小房间中，乃有私房菜之兴起，本来和气一团的人家，可以因了一点菜，弄到很生疏，甚至引起争执。像这样，我就宁可称颂一般大多数平民之蹲住一块，各捧着一碗白饭，

---

① 裘文达公：是裘日修死后的谥称，字叔度，一号漫士，清乾隆时进士，历任礼、刑、工部尚书。撰有《热河志》《太学志》《西清古经》《秘殿珠林》等书。——原编者注

② 脱略：意思是放任或不拘束。——原编者注

共同享受着一样菜，或两样菜而吃得嘻嘻哈哈的方式。你以为大家的筷子搅做一团，没有三推五让的节仪调乎其间，便会因为半箸不匀，遂红眉毛、绿眼睛的抢起来，打起来，那么你只管放心！我们全中国三亿六千万的平民——以最近内政部公布的全中国人四亿五千万打八折，系根据一般说法，中国农民占人口百分之八十，照愚见，农民大概可算是小布尔乔亚阶级以下的平民了罢——很少听见为了争半箸菜，而在坚苦的抗战八年以后，还挽住领口，又吐口水，又诀娘骂老子的吵打一年而不歇的。而且相反的，任凭你有什么了不起的道理，也不许在吃饭时候理论，更不许说毛了就出手打人。一出手便错，理由是："天雷也不打吃饭人。"

## 三十五

中国平民之捧着一碗白饭，不一定要有桌子板凳，随蹲随站的吃，诚然较之小布尔乔亚阶级以上的人，吃法简朴天真，比起专讲虚伪的礼貌，固自值得颂道了，可是在态度和情绪上，还是有问题。其问题，在光是有了不得已而吃它呢？抑或为了人生要素的享受？由前而言，那不过一任本能的冲动，犹之中国之打内战，无论如何说法，总难抬出一个使人心服的理由。由后而言，这来头就重大了，不管人生的意义在哲学上如何讲解，要之，不吃既无人生。粗浅的说罢，一日二日不吃，尚可也；三日四日不食，起码就精神萎靡。倘不出于自动的绝食，已经是社会问题；如其不出于自动绝食的人数上了一大群，那可了不得！不但成了政治问题，而且也成了国际问题。中国理学家只管奖励人"饿死是小事"，但是苏武老爹在贝加尔湖饿得用毡子裹着雪嚼，也还未曾受多大的责备，并且理学家前辈的儒家，到底不能不恭维法家管仲的说法："衣食足而后知礼义，仓廪足而后知荣辱，"以今为证，在河南、湖南、山东、河北一些饥馑地方，要是不用物质去救济，你纵然将上海用霓虹灯照的"礼义廉耻"四个字扛了去，再请会弄黑白的宣传部长天天舌敝唇焦的广播，教训了再教训，辱骂了再辱骂，诬蔑了再诬蔑，恐骇了再恐骇，而其结果，还只是一个乱字。但是"一吃而安天下"，张道陵的后裔，凭了汉中的米，可以成为宗教；李密凭了陈仓的米，可以建立瓦岗寨，你想吃之于人，何等重要！而且吃一顿饱饭，顶多只能管八小时，又不比衣服，做一件可以抵挡相当久的时日，因此，这意义，又更重要了。如其逐日吃得停匀，吃得好——即是说营养够了——则红光满面，精神饱满，气力充实，不说别的，就用来打内战，也理直气壮得多呵！所以古人才说："民以食为天"；所以孔夫子之许可子路，亦以其在"足兵"之先，提出了个"足食"；所以征实敝政，只管大家都晓得，一年当中，从入仓到船运，不知糟蹋了若干粮食，引坏了若干人心。然而当局宁可屡失大信于民，仍要征……征……征……！

# 三十六

上来所言不免过于啰唆，而且野马跑得太远，如单就吃的态度与情绪说罢，中国古人对于吃，原是认真的，为了鼎尝异味，可以翻脸弑君①。因此，先王欲以礼节之，不图矫枉过正，其归结是，认真的情绪竟为礼貌淹没了，而流于虚伪的应酬，流于暴殄。自满清末季以来，礼乐不作，衣冠未制——此理言之太长，如其将来有兴写到谈中国人的衣冠娱乐，再细说罢——在吃的方式上，乃得返于简朴，于是，一般人的情绪，也才渺渺的认真起来。李梅庵清道人之"道道非常道，天天小有天"，梁鼎芬②之被名为"狗吃星"，都是认真的表现。然而说到态度，则不免由超脱而流为苟且，脱，即四川话之"骚脱"，普通话谓之不拘，尚可也，以其情绪论近乎认真，并不是见啥吃啥，捞饱作数；至于苟且，那便是为了不得已而吃，其至为了对付肚皮而吃的，其情绪出于勉强。兹借两个故事说明，以免言费：其一，是一位到过法国的仁兄，叙说他亲眼看见的一件事。时为一千九百二十一年，地点在法国南部某城，事情是：一个乞丐模样的中年人，当正午十二点半钟，全城人家应

---

① 即典故"染指于鼎"。《史记》和《左传》均有记载。《左传·传（二）》：宣公四年春，"楚人献鼋（鳖鱼、团鱼）于郑灵公。公子宋与子家将见，子公之食指动，以示子家，曰：'它日我如此，必尝异味。'及入，宰夫将解鼋，相视而笑，公问之，子家以告。及食大夫鼋，召子公而勿与之也。子公怒，染指于鼎，尝之（伸出食指往鼎里蘸尝）而出。公怒，欲杀子公。子公与子家谋先，子家曰：'畜老犹惮杀之，而况君乎？'反谮子家，子家惧而从之，夏，弑灵公。"——原编者注

② 梁鼎芬（1859－1919）：字星海，广东番禺人，1880 年（道光六年）登进士。工诗，但多悲慨超然，有诗集传世。——原编者注

该吃午饭时。这位乞丐先生遂也坐在一座大理石纪念碑下的，挺宽而挺平的石阶上，面前铺上一块白布，随在全身衣袋中，摸出了许多油纸包的东西，极有秩序的摆设起来，有黄油，有果酱，有黄莎士拌好的生菜，有干牛脯，有干鳖鱼，有两块大面包，有两瓶红葡萄酒，也有刀叉，也有一只小瓷盘。一切摆好之后，才舒适的坐好了，把当天的一份报纸展开，既富于礼貌，而又旁若无人的旋看报，旋用起午餐来。那位一直在他旁边窥伺过的异国仁兄，不由我感叹说："他竟然具有在他公馆的大餐厅里用餐的气概，那种安然享受的情绪，真动人！"其二，是在民国十八年秋冬之交，不知因了一桩什么事情，得以参加卢作孚先生北碚峡防局①内一次盛大的聚餐，那时，并非兵荒马乱，而聚餐的人，也大都是有教养的，有素修的小布尔乔亚一类的人士，而且菜也相当考较，饭也是洁白的。但是吃饭的人却都站在桌边，从卢先生起，一举筷子，全牢守着"食不语"的教条，但闻稀里哗啦，匙箸相击，不到十分钟，这顿盛大的聚餐便完毕了。我当时不胜诧异，何以把聚餐也当作打仗？而卢先生的解释，则谓：人要紧张的工作，一顿饭慢条斯理的吃，实无道理可说，徒以养成松懈的习惯，故不能不改革之。呜呼！吃为人生大事，只顾捞饱作数，而不以咀嚼享受的情绪出之，此苟且之至，可乎？

---

① 那时卢作孚在其家乡北碚任峡防局长（地方自治组织），并在那里创办图书馆、博物馆及中国西部科学院等文化事业。——原编者注

# 三十七

一直到今日，可说一般中国人在吃的方式和态度上，简朴是很简朴了，认真也很认真了，只是嫌其不甚了解吃于人生的意义，而往往过于苟且，除了正正经经的大宴，稍存雍容的礼貌外，无论大布尔乔亚、小布尔乔亚、乃至平民——我只承认中国有世家，而不承认有贵族。由于历史太长，代谢频频，一切阶级，颇难维系。在目前，老实说罢，只有的是既得利益阶级和贫穷阶级而已——对于吃，只能说是暴殄与捞饱作数。至于作为有意义的享受，那真说不上。我诚心恭维中国菜，我不赞成半吊子的科学化，我尤不赞成提倡大众菲薄的吃，像平民之弄到吃观音土，吃自家的儿女；兵士弄到吃泥沙和发霉的"八宝饭"①，那真可说不成为国家。执政者苟有丝毫良心，何能口口声声，专门责备人民的不对，而自己便显得毫无责任似的！我的意思，愿意四万万七千万的大众每顿都有肉吃，每顿都有叫洋人看了而羡慕的四菜一汤吃饭；更祷告：燕窝、鱼翅等珍贵之品，每一个月，要有一二次作为平民大众桌上佐餐的菜；而牛奶，不光是给与贵妇人去洗澡，即穷乡僻壤的小儿，每天都能分享半磅。尤其重要的是，平民大众的食桌上都能有

---

① "八宝饭"：抗战时期，国民党的粮政部门营私舞弊，在米粮中掺合泥沙、粗糠、谷壳、稗子甚至小石子等杂质出售，故人民都讥之为"八宝饭"。——原编者注

一瓶花；虽然不必都照西餐的办法，各人吃一份，但碗盏杯盘总得精巧而光致。更根本的，则在吃的时候，大家都能心境坦然，不把这事当作打仗，当作对付，也无须要感谢什么神、什么人之偿赐我们一饱，而确实认得清楚这是人生的要义，非有享受的情绪不可。无谓的礼貌可以不必，而雍容的态度则不可不有。

像这样，庶几中国太平！要打仗，也可以认认真真的打呵！

**编者附记**：本稿自"前言"之后，从第一节到第二十五节，在 1948 年曾以《漫谈中国人之衣食住行——饮食篇》为题，发表于《风土什志》第二卷三至六期（当时作者因事，"饮食篇"未能续毕）；从第二十六节到第三十七节，以《谈中国人的食》这个题目，依次连载于 1947 年《四川时报·华阳国志》。本稿系作者《漫谈中国人之衣食住行》书稿的一部分。1956 年左右作者应中国青年出版社之约完成了包括衣食住行四个部分的全部书稿，但除本稿以外的部分，至今不为人知。

# 二千余年成都大城史的衍变

## 一、成都城也有别号

一人一名。这是近几年来，因了编制户籍，尤其因了在财货方面的行为，便于法律处理，才用法令规定的。行得通否，那是另一问题。

中国人从"书足以记姓名"起，每一个人的称谓，就不止于一个。例如赵大先生，在他的家谱上是初字派，老祖宗在谱牒上给他的名字叫初春，字元茂。到他学会八股，到县中小考时，自嫌名字不好，遂另取一名叫德基，是谓学名，或称榜篆。除谱字元茂外，又自己取个号，叫启成。后来进了学堂，并且还到日本东京留了八个月的学，人维新了，名字当然不能守旧，遂废去德基、元茂，以肇成为名，另取天民二字为号，同时又取了两个别号，一曰啸天，一曰鲁戈。后来做了县知事，还代理过一任观察使，觉得新名字和别号都过激了一点，于是呈请内务部改名为绍臣，号纯斋。中年以后，转入军幕，寄情文酒，做官弄钱之外，还讲讲学，写写字；讲学时，学生们呼之为纯斋先生，写字落款，则称乐园，乐园者，其公馆之名也。据说，公馆的房子倒修得不错，四合头而兼西式，但是除了前庭后院有几株花树外，实在没有园的形迹。近年，赵大先生渐渐老了，产业已在中人之上，声誉著于乡里，儿子们不但成立，还都能干，大家更是尊敬他，称之曰纯老，纯公，或曰乐园先生。总而言之，统赵老大一生而计之，除了写文章用的笔名，除了不欢喜他的人给他的诨名而外，确确作为他的正经的名称，可以写上户籍，以及财产契约上，以及银行来往户头上的，便有赵初春、赵元茂、赵德基、赵肇成、赵天民、赵啸天、赵鲁戈、赵绍臣、赵纯斋、赵乐园，足足十个，还不必算入他的乳名狗儿、金生两个，与夫三个干爹取的三个寄名。

中国人名字太多，遂有认为是中国人的恶习。我说，不，中国人的恶习并不在名字之多，而在生前之由于崇德广业，以地名人，如袁世凯之称袁项城，冯国璋之称冯河间，和以官名人，如李鸿章之称李宫保，或李傅相，如段祺瑞之称段执政，甚至如章士钊之在《新甲寅杂志》上之寡称执政；至于死后之易名，只称谥名，无数的文忠，无数的文正，无数的文襄，这才是俗恶之至。

名字多，倒不仅只中国"人"为然，一座城，一片地，一条街，也如此；有本名，有别名，有古名，有今名，还有官吏改的雅名，还有讹名。

成都南城，由老半边街东口通到学道街的一条小巷，本名老古巷，一音之转，讹成了老虎巷；从前的成都人忌讳颇多，阴历的初一十五，以及每天大清早晨，忌说老虎鬼怪，不得已而言老虎，只好说作"猫猫儿"，而土音则又念作"毛毛儿"；原来叫老虎巷的，一般人便唤之为毛毛儿巷。东门外安顺桥侧的毛毛儿庙，其实也就是老古庙。少城内有一条街，在辛亥革命以前，少城犹名为满城时，此街叫永安胡同，革命后把胡同革成了巷，改名叫毛毛儿巷（即猫猫巷），到一九二四年（即民国十三年），四川督理杨森尚未经营"蓉舍"以前，曾卜居此巷，于是随员副官和警察局员都紧张了，他们联想力都很强：毛毛巷即猫猫巷，即老虎巷；杨、羊同音，杨督理住在毛毛巷，等于羊入虎口，不利，幸而杨森那时还带有一个什么威字的北洋政府所颁赐的将军名号，于是才由警察局下令将巷名改过，并升巷为街，改为将军街焉。

一条街，有本名，有别号，而且也有其原委。一座挺大的城，难道就不吗？当然，城，也如此，有它的别号，例如成都。

成都，这名称，据《寰宇记》讲来，颇有来历。它说："周太王迁于岐山，一年成邑，二年成都，故名曰成都。"意若曰，成都这城，建立不久居民就多了起来。这名字是否该如此解，暂且不管它，好在它与人一样，本名之外，还有几个别号，读读它的别号，倒满有意思。

目前顶常用的一个别号叫芙蓉城，简称之曰蓉城，或曰蓉市，一如今日报纸上常称广州为穗城，或穗市一样。

芙蓉，本应该唤作木芙蓉，意即木本芙蓉，犹木棉一样，用以别于草本芙蓉，和草本棉花。草本棉花之为物，我们不待解释即知，而草本芙蓉，大约已经没有更多的人知道即池塘中所种的荷花是也。荷花的名字颇多，最初叫芙叶，一曰芙蓉，古诗云：涉江采芙蓉，即涉江采荷花；唐诗云：芙蓉如面柳如眉，即是说杨玉环之脸似荷花，也如说四川美人卓文君的美色一般。大约即自唐代起，才渐渐把木本芙蓉叫作芙蓉，草本芙蓉便直呼之为荷花，为莲，为藕花，为菡萏去了。

芙蓉城的来历如何呢？据宋朝张唐英的《蜀梼杌》说，则是由于五代时，后蜀后主孟昶于"城上尽种芙蓉，九月间盛开，望之皆如锦绣。昶谓左右曰：'自古以蜀为锦城，今日观之，真锦城也！'"这只叙述芙蓉城的来源。另外一部宋人赵抃的《成都古今记》，就稍有渲染的说："孟蜀后主于成都城上遍种芙蓉，每至秋，四十里如锦绣，高下相照，因名锦城。"

木芙蓉一名拒霜，叶大丛生，虽非灌木，但也不是乔木，其寿不永，最易凋零；在孟昶初种时，大约培植还好，故花时如锦，高下相照，但是过些年就不行了。明朝嘉靖时陆深（子渊）的《蜀都杂钞》便说："蜀城谓之芙蓉城，传自孟氏。今城上间栽有数株，两岁著花，予适阅视见之，皆浅红一色，花亦凋瘵，殊不若吴中之烂然数色也。"同时另一诗人张立，咏后蜀主孟昶故宫的一首七言绝句，也说："去年今日到成都，城上芙蓉锦绣舒，今日重来旧游处，此花憔悴不如初！"岂不显然说明在南宋时，城上芙蓉已经是一年不如一年？自此而后，所谓芙蓉城，便只是一个名词罢了。大约这种植物宜于卑湿，今人多栽于水边，城墙比较高亢多风，实不相宜，故在清乾隆五十四年，四川总督李世杰曾经打算恢复芙蓉城的旧观，结果是只在四道瓮城内各剩一通石碑，刊着他的一篇小题大做的《种芙蓉记》；民国二十二年拆毁瓮城，就连这石碑也不见了。幸而文章不长，而且又有关于城墙历史，特全钞于下，以资参考。

李世杰《成都城种芙蓉碑记》："考《成都记》，孟蜀时，于成都城遍种芙蓉，至秋花开，四十里如锦绣，因名锦城。自孟蜀至今，几千百年，城之建置不一，而芙蓉亦芟薙殆尽，盖名存而实亡者，久矣。今上御极之四十八年，允前督福公之请，（按：福公即福康安，在李世杰之前的四川总督。）即成都城旧址而更新之，工未集，适公召为兵部尚书。余承其乏，乃督工员经营朝夕，阅二年而蒇事①。方欲恢复锦城之旧观，旋奉命量移②江南，亦不果就。又二年，余复来制斯土，遂命有司于内外城隅，遍种芙蓉，且间以桃柳，用毕斯役焉。夫国家体国经野，缮隍浚池，以为仓库人民之卫，凡所以维持而保护之者，不厌其详；而况是城工费之繁，用帑且数十余万，莅斯土者，睹此言言仡仡③，宜何如慎封守、捍牧圉，以副圣天子奠定金汤之意！然则芙蓉桃柳之种，虽若循乎其名，而衡以十年树木之计，则此时弱质柔条，

---

① 蒇事：蒇，音 chǎn，意为"完成"。
② 量移：唐时，官吏犯错误被贬到远方，后来遇赦才酌量移到近处任职。——原编者注
③ 言言：高大貌；仡仡：同屹屹，高耸状，都出自《诗·大雅·皇矣》："崇墉言言"、"崇墉仡仡"。——原编者注

敷荣竞秀，异日葱葱郁郁，蔚为茂林，匪惟春秋佳日，望若画图，而风雨之飘摇，冰霜之剥蚀，举斯城之所不能自庇者，得此千章围绕，如屏如藩，则斯城全川之保障，而芙蓉桃柳又斯城之保障也夫？是为记。乾隆五十四年五月立。"

另有一个别号以前常用，现在已不常用，锦官城是也，简称之曰锦城。这也和广州的另一别号一样，以前叫五羊城，简称之曰羊城，而今也是不常用之。

锦官城原本是成都城外相去不远的一个特别工业区的名字。据东晋蜀人常璩的《华阳国志》说，夷里桥直走下去，"其道西，城、故锦官也。"另一东晋蜀人李膺的《益州记》说得更为清楚："锦城在益州南，笮①桥东，江流南岸，昔蜀时故锦官处也，号锦里，城塘犹在。"益州，查系汉武帝元封二年（公元前一〇九年）分牂牁郡的一部分加于蜀，故谓之益，益者加也，一曰益者隘也，现在由陕西宝鸡县南渡渭水，相距四十华里之益门镇，古称隘门，即就一例云。汉晋之益州即今日之成都，"在益城南"即在成都之南。所说锦城方位，与《常志》同。略异者，只《李记》说是在笮桥东，《常志》说是在夷里桥南。笮桥是古时成都西南门外有名的索桥，夷里桥则在南门外，此二桥都是李冰所建的七桥之二，早已无迹可寻，不过此二桥皆跨于大江之上。大江即锦江，一名流江，故林思进所主修的《华阳县志》，以为李膺《益州记》所说的"江流南岸"，实即"流

---

① 笮：读 zuó，用竹篾编织的缆绳。——原编者注

江"之误，这是很合理的。

成都在古时李冰治水之后，有两条江绕城而过，一曰流江，一曰沱江。以前代记载看来，这两条江并不像现在的样子：一由西向北绕而东南，一由西向南绕而东南，这样的分流，是在唐僖宗时高骈建筑罗城后始然。之前，这两条江都是平行并流，都是由西向南绕而东南流去，故左思①的《蜀都赋》才有这一句："带二江之双流"，言此二江并流，如带之双垂也。同时刘逵为之注释亦曰："江水出岷山，分为二江，经成都南东流经之，故曰带也。"

我们必须知道流江、沱江是平行而并流，才能明白《华阳国志》所说："锦工织锦，濯其中则鲜明，濯它江则不好，故命曰锦里也。"所谓濯其中者，乃濯于流江之中，所谓濯它江者，即指其并流之沱江也。魏郦道元的《水经注》，虽引《常志》，而就老实这样说了："夷里道西，故锦官也。言锦工织锦，则濯之江流（照林修《华阳县志》，实应写作流江，已见前。）而锦至鲜明，濯以它江，则锦色弱矣，遂命之为锦里也。"倘若沱江在城北绕东而南流，那吗，锦工在城南江边织锦，无论如何，也不会特别跑到城北或城东去洗濯，而又批判它不好。即因流江适于濯锦鲜明，所以此一长段流江，也才称为濯锦江，简称

---

① 左思（约250－305）：字太冲，西晋文学家。他构思十年，写成《三都赋》——《蜀都赋》《吴都赋》《魏都赋》，称赞三国时代三个都城的形胜、物产等——人们竞相传抄，一时洛阳为之纸贵。——原编者注

之曰锦江、曰锦水。此一片地方，即名锦里。锦工傍流江而居，特设一种技术官员来管理之，并在工厂周遭筑上一道挺厚的墙垣，一用保护，一用防闲，这就叫锦官和锦官城，简称锦城。

如此说来，锦官城实在成都之南，夷里桥大道之西的流江之滨。在西汉以后，这种组织已废，锦工们便已散处成都城内，故《常志》《李记》说起这事，才都作故事在讲。然而何以会把成都附会成锦官城呢？说不定在隋朝蜀王杨秀扩展成都时，旧的锦官城故址竟被包入，或者挤进郊郭，混而为一，因而大家才把成都城用来顶替了这个特区的名字。林修《华阳县志》以为由于宋朝欧阳忞的《舆地广记》有成都旧谓之锦官城，一语之误，则是倒果为因，于理不合了。

锦官当然是管理织锦的一种专贾。像这类的官，汉朝相当多，犹之抗战中间，孔祥熙这家伙在四川所设的火柴官、糖官等一样。汉朝的四川，除了锦官外尚设有工官、铁官、橘官、盐官，但皆不在成都附近，可以不谈。在成都城外，接近锦里左近的尚有专门管理造车的官，叫作车官，而且也像锦官样，有一道挺厚的墙垣，以为保护防闲之用，叫作车官城。《华阳国志》说："西，又有车官城。其城东西南北，皆有军营垒城。"看来，规模比锦官城大得多。当时四川初通西南夷，而车道通至夜郎国[①]外，平常交通以及军戎大事，无不以车，故汉时在

---

① 夜郎国：从战国到汉代，我国西南地区一小国，主要在今贵州西部和北部，以及云南东北、四川南部、广西北部的部分地区。——原编者注

成都造车，确是一桩大工业。不过车，毕竟是普通工业，不如锦之特殊，其后湮没了终于就湮没了，所以不能如锦之保有余辉者，即普通与特殊之判别故也。

织锦是成都的特殊工业，其所以致此者，由于成都在古代有这种特产：蚕丝。此事且留待后面说到蚕市和蜀锦时再详。现在我要告诉大家的，即是这种特殊工业已没落了，虽然在历史上成都曾被南诏蛮人围攻过几次，并掳走过若干万巧工，但是终不如张献忠在清顺治三年由成都撤走时，把所有的技工巧匠剿杀得那么罄尽，故丹稜遵泗的《蜀碧》乃说："初，蜀织工甲天下，特设织锦坊供御用。……至此，尽于贼手，无一存者；或曰，孙可望独留十三家，后随奔云南，今'通海缎'其遗制也。"

《蜀碧》系清嘉庆十年（公元后一八〇五年）出版的，所谓今之"通海缎"，不知是指清初而言吗，抑指嘉庆年间而言？总之，"通海缎"绝迹已久，无可稽考。

岂止"通海缎"绝迹，即光绪年间曾经流行过一时的"巴缎"，和民国初年犹然为人所喜爱的"芙蓉缎"，也绝迹了。迄今尚稍稍为人称道的，仅止作为被面的一种十样锦缎，以及行销西藏的一种金线织花大红缎，然而持与偶尔遗留的宋锦比起来，则不如远甚！

蜀锦已落没了。关于锦官遗迹，只有东门外上河坝街还有一个锦官驿的名称，大约再几年，连这名称也会澌灭了。成都县衙门侧近的锦官驿，不是早随驿站之裁撤，而连名称都没有了吗？

此外，成都尚有一个不甚雅致的别号，叫龟城。龟本来是个好动物，中国古人曾以龙凤麒麟配之，尊为四灵；又说龟最长寿，与白鹤相等，故祝人之寿，辄曰"龟鹤遐龄"；并且以龟年，龟寿取名者也不少，明朝人尚有以龟山为号的。大约自明末起，规定教坊司①只能戴绿头巾，着猪皮靴，骑独龙棍，到处缩头受气，被人形容为龟之后，这位四灵之一，于是方被世俗贬抑得不屑置诸口吻。我说，这未免太俗气了！

谓成都为龟城，始于扬雄②的《蜀本记》。此书已失传，唯散见于各家记载所引，其言曰："秦相张公子筑成都城，屡有颓坏，有龟周旋行走，巫言依龟行迹筑之，既而城果就。"到宋朝乐史作《太平寰宇记》，便演化得更为具体了，大概后来的传说都根据于此。他说："成都城亦名龟城。初，张仪、张若城成都，屡坏不能立，忽有大龟出于江，周行旋走，巫言依龟行处筑之，城乃得立。所掘处成大池，龟伏其中。"这种传说，在古代原极平常，因为筑城乃是大事，如其不能一次成功，其间必有什么原由，而在屡筑屡坏之余，忽然又筑成了，这其间必又有什么神助。比如胡三省注《通鉴》引晋《太康地记》说马邑

---

① 教坊司：从唐代开始设置，掌管除雅乐以外的音乐、歌唱、舞蹈、百戏教练、演出等事的官署。明代隶属礼部，直到清雍正时废置。——原编者注
② 扬雄，字子云，成都人。西汉文学家、哲学家、语言学家，著有《子虚赋》《上林赋》等；后来鄙薄辞赋，研究哲学，著《法言》《太玄》；继又研究语言学，著《方言》，记述西汉时代各地方言，并续《仓颉篇》，编成《训纂编》。——原编者注

之所以名为马邑一样："秦时，建此城，辄崩；有马周旋走反覆，父老异之，周依次筑城，遂名马邑。"马邑是山西之北、雁门关外，由大同到朔县铁路旁边的一个小城，现在虽不重要，但在历史上倒是一座名城。北方是干燥的黄土高原，故于筑城不就，云得其助者为马；成都泽沲多水，云得其助者，便是龟了。马邑、龟城，情形相同，恰好又可作对联。

龟城又称龟化城，一写作龟画。扬雄所言，是否可信？我以为只是故神其说而已。五代时，李昊作《创筑羊马城记》有云："张仪之经营版筑①，役满九年"，成都城之初筑，虽不见得就费了九年之久，想来一定花费了不少时间。为什么呢？就因为成都当时在李冰治水之前，满地尚是沲泽，土质疏劣，筑城极不容易，屡筑屡坏，便因此故。唐僖宗时，王徽作《创筑罗城记》，就曾说道："惟蜀之地，厥土黑黎，而又硗确②，版筑靡就。"这是实情。至何以会说到龟的身上？王徽《记》上比较说的颇近情理，他说："蜀城即卑且隘，像龟形之屈缩。"这更明白了，换言之，即是说成都城虽建筑在平原上，却为了地形水荡所限，不能像在北方平原上那等东南西北的拉得等伸而又廉隅③，却是弯弯曲曲，弄成一种倒方不圆，极不规则的形势，很像龟的模样，故称之曰龟城。龟城者，像龟之形也；再

① 版筑：用木夹板修筑土墙。——原编者注
② 硗确：地土坚硬而不肥沃。——原编者注
③ 廉隅：有两种解释：一为行端志坚；一指算术开方，以边为"廉"，角为"隅"。这里意指方方正正。——原编者注

一演绎，便成为"依龟行迹"，于是龟就成为城的主神了，似乎成都城之筑成，全仰仗了乌龟的助力。

先是附会一点乌龟懂得筑城术，倒没什么要紧，顶不好的就是还要在龟的身上，附会出一些祯祥灾异的色彩，那就未免无聊。例如通江李馥荣在清康熙末年所著的《滟滪囊》，叙到流寇摇天动、黄龙等十三家，和张献忠将要屠杀四川时，便先特提一笔说："崇祯十七年，成都濯锦桥下绿毛龟出，约五丈为圆，小龟数百相随，三日后入水不见。"同样，在叙到吴三桂将要反叛清朝，派兵入川之年，又先特提一笔说："康熙十二年癸丑，成都濯锦桥下绿毛龟现，大如车轮，见背不见首；有小龟数百，浮于水面，三日后乃不见。"

如果《滟滪囊》所记二事都确切可信的话，那就太稀奇了！三十年间，同样大小的绿毛龟，带着几百只龟子龟孙，特为向大家告警，不上不下，偏偏在东门大桥的顶浅而又顶湍激的水中浮上来，也不怕喜欢吃补品的人们将其弄来红烧清炖，居然自行示众三天，悠然而逝，这岂是物理？也不近乎人情！大约只是由于成都原有龟城之说，不免把龟当作了成都的主神，认为主神出现，便是这一地方有刀兵的先兆。但李馥荣也并非故意造谣，说大龟出现，本亦有据，王士祯的《陇蜀余闻》，就有一条同样记载说："成都号龟城，父老言，东门外江岸间，有巨龟大如夏屋①，不易见出，出则有龟千百随之。康熙癸丑，滇藩未作逆时曾一见之。"按王士禛即清初有名诗人，号贻上，别号渔洋山人者，是也。此人曾两次入川，第一次是康熙十一年，奉命到成都来当主考，是时成都才被清兵收复不到十三年，城郭民舍都还在草创之际，他作了一部《蜀都驿程记》，描写当时大乱后的情形，颇为翔实；第二次是康熙三十五年，奉命到陕西祭华山，到成都来祭江渎祠。这时是在平定吴三桂之后，四川业已步入承平阶段，他作了一部《秦蜀驿程记》，描写成都，较第一部游记为详。此外，他又写了三部笔记：一曰《香祖笔记》，一曰《池北偶谈》，一曰《陇蜀余闻》，都有关于四川的耳闻目睹的记载。尤其最后一部，记得更多，上面所引记大龟那段，便是一例。

可见成都东门外，在康熙十二年癸丑，出现主神大龟一事，实在由于故老传说。《陇蜀余闻》尚能比较客观的说是出现在江岸间，不过太大了，是否有关灾异，他还未曾确定，只是说明其与成都号称龟城为有关联而已。事隔二十余年，到李馥荣的笔下，于是就由一次出现，演为二次；由泛泛的江岸间，演为确指的东门大桥之下；由与龟城的偶合，演为主神的预兆。我说，《滟滪囊》的话，诚然不可靠，《陇蜀余闻》的话，其可靠也只有一半，即是说，成都城外江水中或有几头较寻常所见为

---

① 夏屋：夏，大也。《诗·秦风·权舆》："于我乎夏屋渠渠"，渠渠，大的样子。——原编者注

大的大乌龟，偶尔浮游水上，但是绝不能大如夏屋，大如车轮，大至周圆五丈；如其不在流水中的老龟，或许背壳上生有一些苔藓之类的东西，乍眼看来，好像是绿毛，但若潜伏在湍激的水中，尚未必然，则绿毛之说，显为附会，至于前后两次都在水面自行示众三天，那更说不通。

总而言之，龟是寻常介类，到处可见，即令大如夏屋，也并非什么了不起的东西。若说它与成都城有关系，则是古人有意附会，至于引经据典，像一般野老样，说成都人动辄骂人为"龟儿子"，便由于成都初筑城时，是凭了龟鉴之故，那吗，重庆人之开口老子，闭口老子，则又如何解释呢？

## 二、成都城的略史——为什么会叫作九里三分

成都确是一座古城。东晋蜀人常璩的《华阳国志》曾记述其起源，迄至西晋时的情形，甚详。兹择要录如下：

"周慎王五年秋（公元前三一六年）秦大夫张仪、司马错、都尉墨等，从石牛道伐蜀。……开明氏遂亡。凡王蜀十二世。"

"周赧王元年（公元前三一四年），秦惠王封子通国为蜀侯，以陈壮为相，置巴郡；以张若为蜀国守。戎伯尚强，乃移秦民万家实之。"

周赧王"五年，（秦）惠王二十七年，（按：此处有错，周赧王之五年，应是秦武王元年。秦惠王之二十七年，当周赧王之四年，是年秦惠王卒。）仪与若城成都，周回十二里，高七丈。……造作下仓，上皆有屋而置观楼射阑。"

"成都县本治赤里街，若徙置少城。内城营广府舍，置盐铁市官并长丞。修整里阓，市张列肆，与咸阳同制。其筑城取土，去城十里，因以养鱼，今万倾池是也。……城北又有龙堤池，城东有千秋池，城西有柳池，西北有天井池，津流径通，冬夏不竭，其园囿因之。"

"周灭后，秦孝文王以李冰为蜀守，冰能知天文地理，……乃壅江作堋，穿郫江、检江别支流，双过郡下，以行舟船。"

"州治太城，郡治少城。（接：《常志》所言州，即益州，州之长官为刺史，犹今之省主席；郡即蜀郡，郡之长官为太守，犹今之第一行政区督察专员也。说明白点，便是成都同时有两个城，两城分离，其中有相当距离，益州刺史驻在大城，或称太城，此城由刺史管辖，好像是直辖于省政府的一个市；太守驻少城，即是说少城归第一行政区专员所管，两城之间，在西晋末尚曾发生过战争，到隋初，两城才合二为一，此节后详。）西南两江有七桥：直西门郫江中冲治桥（按：西魏郦道元《水经注》引作冲里桥），西南石牛门曰市桥，……城南曰江桥（按：《水经注》引作大城南门），南渡流曰万里桥，（按：《水经注》引作江桥南曰万里桥，此云南渡流，必是跨流江之上者，较为翔实。）西上曰夷里桥，亦曰笮桥；又从冲治桥西北折曰长昇桥。……长老传言：李冰造七桥上应七星。……城北十里曰昇仙桥，有送客观。……其郫江西上有永平桥，于是江众，多作桥。"

根据《华阳国志》的记载，从前川西地方的大酋长如蚕丛，如鱼凫等，都未在成都建都，只有开明第七氏，徙都过成都，好像尚无城郭。所以说到成都城，实在应该从张仪、张若二人初筑时算起。但是我们必须知道，在周赧王五年所筑的那座城，并不大，周回只有十二里，而且还是屡筑屡坏的土城。所以其上有屋，以蔽风雨。其他一座少城，当然是张若所筑，或者比周回十二里的大城还要小些。两城并立，定然是为了军事上的需要，所谓互为犄角者也。（或曰秦时的少城是两个，详后。）此缘当时秦国刚把蜀地征服不久，孤军远戍，不能不作此防备。一直到李冰做了太守，方壅江作堋，引了两条运河并流城外，以通舟船，兼作灌溉之用，这才真正为了人民。一方面还顾及交通，在两条运河上造了七道桥，其间一道叫笮桥，即如今日灌县城外的那道索桥。或者最初还只是一根竹索，横系两岸，犹今日懋功、靖化①等地尚在使用的溜筒索桥，所以东晋时蜀人李膺所作的《笮桥赞》，才说："复引一索，飞缅栈阁，其名曰笮，人悬半空，度彼绝壑。"如此说来，笮桥一定是个通名，成都西南门外的笮桥，在顶早或许也是溜筒索桥，如李膺所赞的一样，其后因为是通西南的要道，第一步改进为有板有栏，如像今日灌县城外的那种大索桥，名与实尚相符，故仍曰笮桥。其后纵即改为木石的体质，因了名从主人之故，还是称之为笮

---

① 懋功：旧县名，在今四川阿坝藏族自治州之南，改名小金县。靖化：旧县名，也在今之阿坝藏族自治州西南，大渡河上游大金川流域，1960年改名金川县。——原编者注

桥了。

自此以后，成都城的变化就大了，约略言之，其次第如下：

一、汉武帝元鼎二年（公元前一一五年），立成都城十八门。

二、隋文帝开皇年间（大约在公元后五八二年至六〇〇年间）蜀王杨秀附张仪旧城，增筑西南二隅，通广十里。

三、唐僖宗乾符六年（公元后八七九年），高骈于子城外增筑，周二十五里（一曰三十三里，一曰三十六里，一曰四十里，一曰四十三里，俱俟后详），曰罗城。

四、后唐明宗天成二年（公元后九二七年），孟知祥于罗城外增筑，周四十二里，曰羊马城。

五、明太祖洪武四年（公元后一三七一年），傅友德等平蜀，令李文忠筑成都新城。

六、清康熙四年（公元后一六六五年），巡抚张德地，布政使郎廷相，按察使李翀霄，知府冀应熊，成都县知县张行，华阳县知县张暄等捐资重修成都城。

七、清雍正五年（公元后一七二二年），巡抚宪德增修。

八、清乾隆四十八年（公元后一七八三年），总督福康安奏请发币银六十万两彻底重修。

除了上面所列八次大修特修，或附原有子城之外，再筑一道大城，或就原来城址，重修之，扩大之，缩小之，要之都是大工程外，其余小修小治，那次数就太多了，从记载上稽考起来，差不多隔不到十年便有一回。而且因为以前所筑的城墙，大抵是纯土版筑而成，据史籍所载，只有高骈增筑罗城时，掘坟平墓，曾取用过若干砖甓，像直到民国十三年未被破坏以前，全用大青砖修砌起来的那样整整齐齐的城墙，实在是从清朝乾隆四十八年才有了的。

不过成都城墙只管有过修筑，有过大变更，比如从最初的周回十二里，到五代时的周回四十二里，从两个城分立而互为犄角的形势，到合二为一，并无大城少城之分，仅有子城（即内城）罗城（即外郭，详后）之判。但是成都城却总在锦江之北、威凤山之南、这片地方上移动；有时向东北、向西北一带大大开张出去，有时又缩了进来，稍稍向南移一点，而像西安汉城、唐城的那种大移动，以及如其他许多城池，一迁徙便是数十里，乃至百里，或时置山巅，或时置水际的变迁，那却是没有的。唐朝李吉甫的《元和郡县图志》曾说过，成都城从秦、汉至唐初，虽然"前后移徙十余度，所理不离郡郭"。在前确然如此，即在后亦何尝不然。

## 三、九里三分的来历

现在的成都城，可以说从福康安、李世杰彻底重修以来，迄至今一九四九年，经过一百六十六年，虽然从前曾小小培修过多次，而现在已到颓堕阶段，但就它的基址说，到底还是一百六十六年前的老地方，这城墙圈子并未丝毫变更。它的全貌，据清同治十二年重修《成都县志》载：

顺治十七年，我兵平蜀后，巡抚司道由保宁徙至成都，无官署，建城楼以居。康熙初，巡抚张德地、布政使郎廷相、按察使李翀霄、知府冀应熊、成都县知县张行、华阳县知县张暄，同捐资重修。东南北枕江，西背平陆，高三丈，厚一丈八尺，周二十二里三分，计四千一十四丈；垛口五千五百三十八；东西相距九里三分；南北相距七里七分；城楼四；堆房十一；门四：东迎晖、南江桥、西清远、北大安；外环以池。雍正五年，巡抚宪德补修。乾隆四十八年，总督福康安奏请发币银六十万两，彻底重修。周围四千一百二十二丈六尺，计二十二里八分；垛口八千一百二十二；砖高八十一层，压脚石条三层；大堆房十二，小堆房二十八；八角楼四，炮楼四；四门城楼顶高五丈：东溥济、南浣溪、西江源、北涵泽。同治元年，四隅添筑小炮台二十四，浚周围城壕。

即因为东西门相距九里三分，许多人遂称成都为九里三分，二十年前，这几乎成了一个名词，也几乎成为成都的另一别号，甚至有人误会为即成都周遭的里数，那未免把成都城估量得太小了。

所谓垛口，即古代所称的陴，又曰雉堞，是古昔守城者凭以射箭的掩蔽物。民国十三年以前，成都城墙的垛口尚极整齐完好，远望之，确像锯齿。向内尚有一道矮矮的砖墙，约高二尺许，厚八寸多，名曰女墙，或曰腰墙。堆房大约是特为守城时堆置军需用品之所，在城墙上面，每隔半里一所，高丈余，深广亦丈余，瓦顶砖壁，一门一窗。城墙两面皆大砖所砌，向内一面壅以泥土，形成斜坡，便于上下。城墙顶上之平面，砌砖三层，名曰海面。东南西北四敌楼，皆五楹二层，即所谓八角楼，极宏丽，也是隔若干年必修理一次，最后一次之修理，为清光绪二十三年（公元后一八九七年）。敌楼古称谯楼，谯者望也，即《华阳国志》所称之观楼；大抵古代的谯楼，作兴宏丽，故谓之"丽谯"，现在看北平的正阳楼，尚可恍然。四瓮城上又四楼，名曰炮楼，又名箭楼，各高三层，有炮窗，无栏楣，北平前门上之楼制是也。至成都四城楼名，何以皆取水旁之字？自然是为了以水制火之故，说不定是在清乾隆五十九年成都一次大火灾后，才这样改取的名字。（《成都县志》说，那一次火灾，由三义庙烧起，延烧一千余家。故老相传，则说烧了几昼夜，东大街完全烧光，是一次有名的大火。）

## 四、由一座主要的城变为两座分立的城

成都城，由秦汉到唐初已经有过十余次的移徙和变化（见前章所引《元和郡县图志》）。从唐起，变化更大，次数也更多。这里，我不能一一详述，只能检其顶重要的，略叙一个大概，以见一般思想考古的君子，光是凭着眼前这道残破城墙以为基点，那实在不大妥当。

《华阳国志》载汉武帝元鼎二年立成都十八郭。据刘逵注左思的《蜀都赋》，则说："立成都十八门"。此时，成都是两个

城，一曰大城，一曰少城；大城在东，少城在西，所立的十八门，是大城的门呢？抑是少城的门？再据东晋蜀人李膺的《益州记》说，少城有九门，南方三道门，最东的一道叫阳城门。这下，我们便明了，汉武帝时所立的十八门，恰恰是大城九门，少城九门，大小两城，有一方向为三门也。所谓立者，开辟也，又有重新修治之意，故《华志》在此句之下又按了一句说："于是郡县多城观矣"，意思说直到汉武帝时候，因为修治了成都的城，其他的四川郡县，因而也才筑城凿池，并在城门之上建立了观楼射阑，以为城守之具。

这又可以说明，在秦惠王末年，张仪、张若初在川西筑城时，其意只在为的秦国戍兵，以防开明大酋长治下那些土著人民的造反和袭击。故当初除了成都地方筑起一座城外，其他只筑了一座郫城和一座临邛城。《华志》说："惠王二十七年，仪与若城成都，周回十二里，高七丈。郫城周回七里，高六丈。临邛城周回六里，高五丈。造作下仓，上皆有屋而置观楼射阑。"又说："郫城，郡西北六十里。"又说："临邛县，郡西南二百里。"那吗，所谓郫城，当然就是今之郫县，所谓临邛城，当然就是今之邛崃县。城的下面都是土仓，用来储积戍兵的粮食，城上有屋，因为版筑土城，尚不曾砌有砖石，（我们也才懂得古人围攻城池时，每每决水灌城，使城崩溃的道理。假使所筑的城，全像后世一样，用砖石砌成，即令决灌，也只能淹没，不会崩溃的。）恐为风雨所摧，故建屋舍蔽之，并用以作戍兵住宿之所。思量起来，张仪、张若等的用心，原只在保护戍兵而已。其所以要另筑一座少城者，因为大城是军政机关所在，不许有闲杂人等混居其中，乃另辟一城，以为市场。我们看左思的《蜀都赋》，便知其详，赋曰：“于是乎金城石郭，兼匝中区，既丽且崇，实号成都。（按：此四句是专论大城筑得坚实体面。）辟二九之通门，画方轨之广涂；（按：上句据刘逵注说，即指汉武帝元鼎二年立成都十八门而言。不过此十八门，系大少城共有之数，文士作文，当然就含混其词了。）营新宫于爽垲①，拟承明而起庐；结阳城之延阁，飞观榭乎云中，开高轩以临山，列绮窗而瞰江。内则议殿爵堂，武义虎威，宣化之闼，崇礼之闱，华阙双邈，重门洞开，金铺交映，玉题相晖。外则轨躅八达，里闬对出，比屋连甍②，千庑万室；亦有甲第，当衢向术，坛宇显敞，高门纳驷，庭叩钟磬，堂抚琴瑟，匪葛匪姜，畴能是恤。（按：以上是描写的大城全貌，先说帝王宫室，后说将相甲第，以及民居之盛，陈设之美，要不是诸葛亮丞相、姜大将军这等人，谁配享受？以下便是少城，那完全说的是市场了。）亚以少城，接乎其西，市廛所会，万商之渊，列隧百重，罗肆巨千，贿货山积，纤丽星繁。都人士女，祫服靓妆③，贾贸墆

---

① 爽垲：地势爽朗高燥。《左传·昭三年》：“子之宅近市，湫溢嚣尘，不可居，请更诸爽垲者。”——原编者注
② 甍：读 méng，屋脊。——原编者注
③ 祫服：《汉书·邹阳传》颜师古注，释作盛服；靓妆：美丽、漂亮的妆饰。——原编者注

鬻①，舛错②纵横，异物崛诡，奇于八方；布有橦华③，面有桄榔④，邛杖⑤传节于大夏之邑，蒟酱⑥流味于番禺之乡。……"作赋虽然要讲究辞藻，不免渲染过甚，如王充所讥的《艺增》，然而左太冲《三都赋》，却字字有来历，事事有根据，所写大、少城两种面目，我们假使到西贡到新加坡那些地方去，依然可以印证得出的。不过左太冲所写，乃是三国时的大、少城，并非秦城，这一点须请大家注意。

　　总而言之，秦城为草创之城，其目的只在屯驻本国戌兵，以防备土著人民。那时的城，即是一座兵营，而兼行政公署。此种组织，在十九世纪的许多殖民地上还甚为风行。另筑的少城，才是土著人和商贾的住宅区。（我们现在由于《华阳国志》，由于《蜀都赋》，由于《晋书》等的叙述，脑里已经构成一种概念，以为秦时的少城，自始即在大城之西，而且也只有一座。

---

① 珊鬻：贮藏售卖。——原编者注
② 舛错：违背，杂乱，差错，《楚辞·九叹·惜贤》："心纡恨以冤结兮，情舛错以曼忧。"——原编者注
③ 橦华：据《蜀都赋》注："橦华柔毳，可绩为布，出永昌（今云南保山）。"橦，即攀枝花（木棉）。——原编者注
④ 桄榔：棕榈科常绿乔术，花汁可制沙糖，茎髓可制淀粉，皮可结绳。《后汉书·夜郎传》："句町县（古名，约在今云南广南境内）有桄榔木，可以制面。"——原编者注
⑤ 邛杖：为邛竹所制，产于西昌东南邛山。此竹节高，实心。——原编者注
⑥ 蒟酱：用蒌叶做的酱。蒌叶，木本植物：茎蔓生，叶呈椭圆形，绿花，果实有辣味。据《蜀都赋》刘渊林注："蒟缘本而生，子如桑椹，长二三寸，以蜜及盐藏而食之，辛香。"——原编者注

但是并不尽然，宋朝张咏的《益州重修公宇记》，开始一段说：

"按《图经》，秦惠王遣张仪、陈轸伐蜀，灭开明氏，卜筑是城，方广七里，从周制也。分筑南北二少城，以处商贾。"张咏，即世称的张忠定公，别号乖崖，于北宋太宗淳化五年知益州，即是世传以一钱杀吏的那位先生，素以刚方著称，为宋代理学名臣之一，在川西民变之后，确为四川做过许多有益于民的事。如此一个人，而又作的一篇刊碑传世的正经文章，当然不能说他完全不懂史实，而捏造典故，以炫其博。他开始就说按《图经》，更见他确乎是有所据。其言如可信，则我们更加明白：何以《华志》所说的仪、若筑城，只是说了一城，周十二里，高七丈？何以不涉及少城？足见戎兵和国王所驻的城，才是要紧地方，可以书之史策，若少城也者，也如稍后的锦官城、车官城，乃至如汉朝长安的钟官城一样，只不过厚其垣堵，略加范围，于是便谓之城。像这样的土城，那是容易筑，容易隳，也容易移徙改建。说不定在秦时，原本筑有南北两个大院子，以为市场，后来隳了颓了，或因旁的缘故，才另在大城之西，又筑一座。也说不定在秦时，本有南北两个少城，而到汉武帝元鼎二年"立成都十八门"时，方才变更前制，合立一座少城，在大城之西。在前，修造两个大院，本为赶场时买卖方便，后来情形变更，有了坐贾，有了居民，犹之由江南之墟，河北之集，一变而为四川之场，于是为了管理方便，第一步便把两个大院子合并成一个更大院子；第二步感觉到孤立的一座大城，倒不如有一个与之犄角为势的小城，更为得力，因而才具备了元鼎二年以后那种大少二城分立东西，互为犄角的形势。我们现在所看见的关于成都城的记载，大多在元鼎二年以后写着的，那时，连锦官城、车官城已经当作故事在讲了，何况更早的南北少城。然而政府所藏的《图经》，那是历史性的公文，当然不能乱说，譬如伐蜀的人中，除了《战国策》上的司马错外，还有陈轸；张知州在官言官，凭借的是政府旧档案，我们怎么能不相信？何况他又是饱学士？然而我始终不敢将此写作正文，只好引注用者，因为张知州人虽可靠，到底只他一个人如此云云，在逻辑上说，算是孤证。（我在尚未觅得其他证据之前，仅凭记载上的一点孤证，还不敢相信我的推想便可成立之故也。）但是到汉武帝时，为了相信唐蒙的话，开通西南夷，满想从四川西南部找出一条通路，第一步通到夜郎、且兰①几个大部落；第二步凭借牂牁江②一水之便，顺利而下番禺，去征服半独立的南越。如此一来，四川成为他经营西南的根据地，同时这儿的土地、人民、财货，也成为他经营西南的资本。他要利用这项资本，所以他就不能再效秦人所为；只是相信他的官吏，他的戍兵，而满肚皮怀疑土著人民了。他之要改造大少两城，"立十八门"，并影响其他郡县，使之筑城凿池，建造观楼者，一方面表示他一视同仁，把岭外的蜀，也当作关中的秦，好使有钱

---

① 且兰：汉以前西南一小国，武帝灭之，设且兰县，属牂牁郡，治所在贵阳附近。——原编者注

② 牂牁江：一名濛江、都泥江，源出贵州惠水县西北的濛潭，南流到罗甸入北盘江。汉武帝发兵夜郎国，下牂牁江即此。——原编者注

出钱,有力出力的土著们,都感到并未被主子歧视:"呵,咱们果然站在一条战线上了!呵,咱们果然拉平了!"而另一方面,也是害怕打开大门之后,引鬼入宅,土地、人民、财货,既变成了自己的资本,不如开放一下,叫土著们舍家保家,舍命保命,保未雨绸缪,以防万一,结果把自己不劳而获的资本,再加一层保障,何乐而不为?

由一座主要森严的秦城,变为两座东西分立,互为犄角的汉城,自然是大变化。由两座城又变为一座城,难道不算是又一大变化吗?以下谈一谈又一大变化。

## 五、再变为一个孤立的城

魏、蜀、吴三国统一于晋,大家当然知道。晋惠帝时,八王作乱,天下分崩,大家也当然知道。且说,就在这大乱之间,四川局面便落入另一个民族手上,而不复为司马氏所有。这一民族是略阳的巴氏人①李氏。因为雍州羌人齐万年②造反,加以地方饥馑,于是李氏这一族便同着其他几处流民,纷纷逃入四川。李氏的首领叫李特,很是能干,只凭了几万流民作为资本,

---

① 巴氏:我国一古族。东汉末,称杨车巴。魏武帝时迁略阳北,今甘肃秦安东南,始称巴氏。晋初,为灾荒,在李特统率下,流入四川,建立成汉,为十六国之一,极盛时曾统辖全川和滇、黔北部,对开发西南有所贡献。——原编者注

② 齐万年:晋初氐族首领。元康六年(296),匈奴人郝度元率马兰羌、卢水胡起事,关中氐族、羌族人民纷纷响应,举他称帝,屡挫晋军。后为西晋将孟观所败,被俘。——原编者注

不久便把益州刺史罗尚打翻，成了气候。到他的儿子李雄继起，遂于晋惠帝永兴元年，自立为成都王。中间又经过弟兄叔侄的互相火并，越二十二年，到东晋成帝咸和元年，李寿便建国为汉，自称皇帝。越十三年，于东晋康帝建元元年，李寿死，其子李势继立。越五年，于东晋穆帝永和三年，为晋大司马桓温[①]所灭。计巴氏人李氏入川，夺得政权，历六世四十三年。在这四十三年中，成都遭的殃很大，围攻城池的战争不说了，光是占着少城打大城，占着大城打少城的战争，就有过两次。这都是额外文章，不必说。只说桓温既把李势打到屈膝投降之后，又把成都的少城拆毁，只留下一座大城。此事见于四个宋人的记叙，一是洪迈的《容斋随笔》，说："桓温平李势，夷少城；"一是祝穆的《方舆胜览》说："桓温代蜀，夷少城。"夷者平也，即是把少城拆毁成平地是也。这变化实在很大，因为自此而后，无论成都城如何增筑改造，终归是一座城，即如后来会要讲到的罗城、羊马城，也不过是在一城之外，再套一城，和今日北平城墙一般而已。至于两城分立，而互为犄角，如今日之归化、绥远二城的形势，则不复再有了。

桓温之拆毁少城，当然有故。其故为何？曰：为的是人口减少了。我们且看《华阳国志》说李雄尚在与罗尚争战时，川

---

① 桓温（312—375）：东晋时明帝的女婿。永和元年，任荆州刺史，掌长江中上游兵权。太和三年灭成汉，攻前秦进关中，征战河南。至太和六年，立简文帝，以大司马镇字姑孰（今当涂），专擅朝政。——原编者注

西是如何的景象："三蜀民流进，南人东下，野无烟火。……惟涪陵民千余家，在江西，依青城山处士范贤自守。"（按：三蜀，指蜀郡、广汉郡、犍为郡，皆今日川西、川南地方，涪陵并非今日下川东之涪陵，乃今日绵阳、罗江、安县等处，江西，即岷江之西，青城山是大家知道的，即今日灌县西五十华里处之名山。）《华志》又说到在李雄将要占领全部川西、川南时："益州民流徙在荆、湘州及越嶲、牂牁。……"（按：荆即湖北荆州一带，湘即今日湖南北部及西部，越嶲郡即今日西昌、会理、越嶲、冕宁、盐边等处，牂牁郡即今日贵州地方，盖上文所说之南人东下也。）而且《蜀鉴》还单独记叙那时衣冠之族东下到荆、湘去当高等难民的，便是四十万家。这数字真不小呵！所以常璩在写了李氏兴亡之后，乃大叹息曰："历观前世伪僭之徒，纵毒虐刘①，未有如兹！……"常氏目击李氏之亡，抒写当时情境，当然真确，那吗，我说，因为人口减少了，所以才拆毁一城，可见并非臆测。

因此，我更可归总来如此说了：秦，张仪初筑城成都时，只为的戍兵与统治者，人口不多，故所筑城不大。其后，土著纷集，商务日繁，乃另筑一个或二个小城以容之。其后，一如《益州重修公宇记》所言："自秦至汉，民户益繁"了，于是便改修大小二城，而且都扩展了一些，每一城开到九门，而且还

① 虐刘：劫掠，杀戮。《左传·成公十三年》："芟夷我农功，虐刘我边陲。"——原编者注

辟出许多条大车道。到东晋时，因为三四十年的斫杀，加以饥荒，例如《华志》云："既克成都，众皆饥饿，（李）骧乃将民入郪五城，食谷芋。"（按：郪即今三台、射洪、中江三县地，谷芋即大芋，又谓芋魁。）人民杀死的，饿死的，逃而东下南人的，当然不少；人口如此锐减，所以取得成都后，只好拆毁一城。但是从桓温夷平少城之年起，到隋文帝开皇二年封他第四儿子杨秀为蜀王而兼益州总管之时止，经历三百一十五年，（按：东晋穆帝永和三年，当公元后三四七年。隋文帝开皇二年，当公元后五六二年。）这一段时间，四川相当安定，中间虽曾有九次小乱，成都城也曾被围攻过，但是比起李氏的四十几年的情形，那真算不了一回什么事；自然，人口增加极重，至低限度三百年前所遗下的一座旧城，实在容纳不下了。因此，才如《益州公宇记》所说："隋文帝封次子秀为蜀王，因附张仪旧城增筑西南二隅，通广十里。今之官署，即蜀王秀所筑之城中北也。"

张乖崖这几句文中，顶值得我们注意的，即甲项"附张仪旧城"。乙项"由隋迄宋之官署，皆在新城迤北"。

先说甲项。张《记》所云张仪旧城，盖循世俗之见，以为迄至隋初，而成都大城犹为秦城之旧。其实错了。照我前面谈的看来，自张仪至杨秀所筑的成都城，全是以黑鳖土版筑而成，即在平时，因风雨剥蚀，且须数年一次培修，何况经过一次围攻的战争，损坏必大；损坏了，又必彻底重修，此在后世，亦复如此。故唐朝李吉甫的《元和郡县图志》乃言："自秦汉至国初，前后移徙十余度。"业已移徙过十余度的城，你们能相信还有半点张仪的旧城影子否？然而在张咏之前，已有这样错误的传说了。如东晋王羲之与益州刺史周抚的帖子说："住在都，见诸葛颙，曾具问蜀中事，云：成都城门屋楼观，皆是秦时司马错所修，令人远想慨然。具示，为广异闻。"这是四川人信口开河，夸耀古迹的毛病。除诸葛颙外，还有后一些时的一个四川人任豫，在其所著的《益州记》上，也说："成都诸楼，年代既久，穰栋非昔，惟西门一楼，虽有补葺，张仪时旧迹犹存。"城已靠不住了，城门上的门楼，如何保存？古人大都是不管这些情节的，每到发起思古之幽情来，总得要随便拈点故实，以为附会之具。因此，秦楼、张仪楼，乃成为晋、唐诗人所必登临，所必咏诗的诗题和采访的材料。而且楼所在的地位及名称，也就越搅越混。我不必再为旁征博引，因为那么一来，这文章便太枝节了。且说，在张咏之后，一直到南宋，还如此相信，以为所见在城内遗留下来而尚未坍塌净尽的旧土垣，皆是秦城，皆是张仪时的城。例如南宋人李石作的两首七言绝句，题目便写作《秦城》，序曰："张仪、司马错所筑。自错入蜀，秦惠公乙巳岁至皇宋绍兴壬午，一千四百七十八年，虽颓圮，所存如岩壁峭立，亦学舍一奇观也！"其诗之一曰："泮林堂后面峥嵘，不道诗书恨未平，爪蔓深坑余鬼哭，此间学校倚秦城。"诗太不好，暗用焚书坑儒的典故也生拙可笑。不过从其诗，可知他所指名的秦城，是在学宫后面。而我们现在且问，李石所说的学宫，是否即指文庙侧的文翁石室？苟其然也，我们再看东晋时的《华阳国志》上所说石室的变动及其所在地，看一看学宫后面，到底有没有秦城的可能。《华志》上面说："孝文帝末年，以庐江文翁为蜀守。……始，文翁立文学精舍讲堂作石室，一名玉室，在城南。永初后堂遇火，（按：永初是东汉安帝的年号。）太守陈留高朕更修立，又增造二石室，州夺郡文学为州学，郡更于夷里桥南岸，道东边，起文学，有女墙。……"难道这还不明白吗？文翁时的石室学舍，早烧了，高太守在大城之南立的哩，当然还是在城内，即令那时的城墙还是秦城之遗，也应在他的前面，如像今日文庙与城墙的形势一样。但此学舍被益州刺史抢去作了州学，于是蜀郡太守遂在城外河的南岸，另立了一处郡学。在河的南岸，当然不能倚着城墙，即令背后真有一道土墙，那吗，如非《华志》所说的女墙，也是唐僖宗时罗城之遗（关于罗城详后）。无论如何，这一笔账实在挂不到秦城名下。而且他所算出的一千四百七十八年，那是秦国伐蜀，汉开明氏之年，张仪筑城，其实还在这五年之后。至于在李石之后十余年，益州制置使范成大作的《二月二日北门马上》诗："新街如拭过鸣驺，芍药酴醿①竞满头，十里珠帘都卷上，少城风物似扬州。"诗好！但少城下的注解却比李《序》尤为混搅了："少城，张仪所筑子城也。土甚坚，横木皆朽，有穿眼，土

---

① 酴醿：一作荼蘼，又名"佛见笑"，蔷薇科灌木，茎有棱和刺，初夏开白花，有香气。苏东坡《酴醿花菩萨泉》诗："酴醿不争春，寂寞开最晚。"——原编者注

相著不解散。"这注，首先该受批驳的，就是子城绝非少城。子城者如子之在母怀，又可称作内城；此名之对称词为外城，为罗城，为郭。少者小也，对大城而言也。不过自隋以后，大城、子城、少城、外城，几乎难分（此节后详）。习用已久，不知其非，可也。如强以唐时所筑之外城，指为秦时少城，当然不对，即以汉以后所造之子城（实即大城而误称之），而混题为张仪所筑，也不应该。诗人怀古，本来随便，不足怪，也不足责。所以引此二则者，一证世俗所传，可据者少；证二张《记》所云的张仪旧城，实实并非张仪旧城，说不定还在桓温伐蜀以后许多年，西魏大将尉迟回师取蜀以后又许多年，所培修过的新城也。

继谈乙项。张《记》称杨秀所增筑之城为新城，但在唐时，却称之为少城，或称子城，原所附之旧城为大城。例如唐岑参《题徐卿草堂》诗曰："复居少城北，遥对岷山阳。"又如五代时蜀道士杜光庭《石笋记》曰："成都子城西城衢有石笋二株。"杜《记》好像是特为杜甫《石笋行》所下的注解。因《石笋行》之首二句是这样的："君不见益州城西门，陌上石笋双高蹲"也。但是顶重要的一条，还是宋祝穆的《方舆胜览》所说："蜀王秀取土筑广子城为池，池即摩诃池也。"（关于摩诃池，以后特详）。但只管称少城或子城，我们总应明白这绝非像汉朝时那种分立的形势，因为它是附在旧城的西南二隅上的。虽不全然如明朝曹学佺《蜀中名胜记》所猜想："少城者，子城也，惟西南北三壁，东即大城之西墉。"因为如所猜想，成都将是一座四四方方的城，绝不会成为龟形，而且也不可以说是附在西南二隅之上。但是也有一部分猜准了的，即新城东北隅的城壁，到底是旧城西南隅之墉垣，明白点说，虽曰二城，实为一城，只不过中间多了一道隔墙耳！

在初唐、中唐，成都城或许还有大城少城之分，但是后来竟至浑然一体，不可再判。《通鉴》上有这么一段记载："唐懿宗咸通十一年春，正月。西川之民闻蛮寇将至，争走入成都。时成都但有子城，亦无壕。人所占地，各不过一席许，雨则戴箕盎以自庇，又乏水，取摩诃池泥汁，澄而饮之。"这故事谈到罗城时，再细讲。这里只特提一句，即"成都但有子城。"请大家注意，不是更可证实我所说的杨秀增筑之后，仍是一城，仅只把旧城更扩展大了一些，而且"但有子城"，是指那时各地习惯：子城之外，大都还有一道外郭；各城皆然，成都独否，故曰"但"。但者备也，并非平常所用作为"然"字解。

但还有点疑意，即是"但有子城"，是不是原所附着的那座旧大城，已坍颓了呢？抑或只是所附之东北隅的墉垣，不复存留，新旧二城，竟打成了一片呢？因无明文，不敢妄揣，在搜得确证旁证以前，姑且阙疑，以俟高明指教可也。

## 六、又由一座孤立的城变为外缭以郭的重城

少城即小城，小城不必附着于大城，更没有在大城之内的，如上来所引的锦官城、车官城、钟官城，皆少城类也。子城则一定在大城之内，至低限度也有一道大城附着在外，故子城又

名内城，又名中城，大约这种称谓，由来已久，大家早就习焉用之。这里且引三条旁证，已实吾说：

一、六朝梁武帝时，北方西魏丞相宇文泰和东魏丞相高欢在河南回洛地方，死拼之际，即因西"魏之东伐，关中留守兵少，前后所虏东魏士卒散在民间，闻魏败，谋作乱。……于是沙苑所虏东魏都督赵青雀……等遂反，据长安子城。"

（《通鉴·梁纪》）

二、六朝时，梁元帝肖绎建都在湖北江陵。西魏丞相宇文泰遣柱国常山公子于谨、中山公宇文护……南征。快要由长安出发时，"长孙俭问谨曰：'为肖绎之计，将如之何？'谨曰：'耀兵汉、沔，席卷渡江，直据丹阳，上策也；移郭内居民退保子城，峻其陴堞，以待援军，中策也；若难于移动，据守罗郭，下策也。'"……梁元帝果取下策，及至魏兵攻下江陵外城，即所谓罗郭，于是"元帝入东阁竹殿，命舍人高善宝焚古今图书十四万卷。将自赴火，宫人左右共止之。又以宝剑砍柱，令折，叹曰：'文武之道，今夜尽矣！'乃使御史中丞王孝祀作降文。……谢答仁又请守子城，收兵可得五千人。……"

（《通鉴·梁纪》）

三、隋末，群盗大起，有"北海贼帅綦公顺，帅其徒三万攻郡城，已克其外郭，进攻子城。"

（《通鉴·唐纪》）

仅只据以上三条，便可说明子城本是通名，并非成都所独有，而且在第二条中，又已提出罗郭这个名词，罗郭即外郭，即外城，即大城，一般便称之为罗城。再引史事数条于后，并用表明子城除叫内城外，又名金城。金，是形容其小而坚也。

四、六朝梁武帝时，梁"鄱阳王范遣其将梅伯龙攻王显贵于寿阳。克其罗城，攻中城不克，而退。"

（《通鉴·梁纪》）

五、六朝梁简文帝被侯景胁执在建业时，梁湘东王肖绎命大将王僧辩率兵东下。"王僧辩至汉口，先攻鲁山，擒支化仁，送江陵。辛酉，攻郢州，克其罗城，斩首千级，宋子仙退据金城。"

（《通鉴·梁纪》）

六、六朝梁元帝时，梁"吴州刺史开建侯蕃恃其兵疆，贡献不入。上密令其将徐佛受图之。佛受使其徒诈为讼者诣蕃，遂执之。上以佛受为建安太守，以侍中王质为吴州刺史。质至鄱阳，佛受置之金城，自据罗城。"

（《通鉴·梁纪》）

七、六朝陈文帝时，陈将孙汤守郢州。"周军初至郢州，助防张世贵举外城以应之，所失军民三千余口，周人起土山长梯昼夜攻之，因风纵火，烧其内城，南面五十余楼。孙汤兵不满千人……皆为死战，周人不能免。"

（《通鉴·陈纪》）

八、唐太宗"贞观七年十二月，甲寅，上幸芙蓉园。"胡三省注曰："《景龙文馆记》：芙蓉园在京师罗城东南隅，本隋世之离宫也。"

（《通鉴，唐纪》）

九、武则天时，移都洛阳。"初，隋炀帝作东都，无外城，仅有短垣而已；至是，凤阁侍郎李昭德始筑之。"

（《通鉴·唐纪》）

观此九条，可不烦言而解：我们同时知道高骈所筑的罗城，原来也是通名，亦非成都所独有。不过成都有了罗城，确也算是一种大变化，其增筑的经过及形势，在理不能不稍稍详叙一下。

我们且先看公文：（自然，只是摘要，无干冗辞，一律删除。）

一、高骈于唐僖宗乾符二年夏六月《请筑罗城表》：

"……伏以臣当道，山河虽崄，城垒未宁，秦张仪拔蜀之时，已曾版筑，隋杨秀守藩之日，亦更增修，坚牢虽壮于一日，周匝不过于八里。自咸通十年以后，两遭蛮寇攻围，数万户人，填咽共处，池众皆竭，热气相蒸。……臣今欲与民防患，为国远图，广筑罗城，以示雄闳①，将谋永逸，岂惮暂劳！……"

二、又表："西川境邑，南诏比邻，频遭蠻蜒之侵凌，盖以墙垣湫隘，寇来而士庶投窜，只有子城，围合而闾井焚烧，更无遗堵；且百万众类，多少人家萃集子城，可知危敝，井泉既竭，沟池亦干。……货财而岂能般辇②？商旅而空怀怨嗟！……旋奉诏书，令臣斟酌，许兴版筑，冀盛藩维。遂乃相度地势，揣摩物力，不思费耗，只系安危。……"

三、既成报功，僖宗乃下诏褒之曰："敕高骈，省所奏修筑罗城毕功，并画图事，具悉。……上言大镇，空有子城，殊百雉之环回，是千年之旷阙；便依陈奏，未隔寒暄，每日一十万夫，分筑四十三里，皆施广厦，又砌长砖。……役徒九百六十万工，计钱一百五十万贯，卓哉懋绩，固我雄藩！罄府库之资储，舍阴阳之拘忌，但为国计，

---

① 闳：特指郭的门槛。——原编者注
② 般辇（niǎn）：般通搬，辇是古代推或挽的车，后来指帝王的座车。——原编者注

总忘身谋。……"

四、并命王徽作记曰:"……上命翰林学士承旨臣王徽授其功状。臣徽承诏,再拜上言……先是蜀城既卑且隘,象龟行之屈缩,据武担之形胜,里闬杂错,邑屋阗委,慢藏诲盗,城而弗罗。……自二纪以降,边部戒严,有亏怀柔,或阻琮赆①,虽负山川之险,且乏金汤之固。……于是诏骈。复以丞相拥节,去汶阳,趋锦里。至则询问疾苦,树置纪纲,巡按封域,周览郛郭;……于是择将量财,拓开新址,分命支部,以令属邑。……惟蜀之地,厥土黑黧,而又硗确,版筑靡就,前人之不为,非不能为也,盖不能也。惟骈果得众心,克成大绩,鸠工揆日,不愆于素;十旬之中,屹若山崿,南北东西凡二十五里,拥门却敌之制复八里,其高下盖二丈有六尺,其下广又如是,其上袤丈焉!……其上建楼橹廊庑,凡五千六百八间。……其外则缭以长堤,凡二十六里,或因江以为堑,或凿地以成壕。……其旧城周而复始,盖八里,高厚之制,大小之规,较其洪纤可得而辨矣。……"

其次再看史实。——但是,若果要将这件史事分条别类,

---

① 琮赆:琮,一种方形中有圆孔的古玉;赆,古时临别赠送的礼品,称赆仪。《孟子·公孙丑下》:"子将有远行,行者必以赆。"——原编者注

从头到尾，弄个明白，那就非万把字不可，这一来，不免喧宾夺主了。所以只好极力删节，但期大家对于这事，略知一个大概，好帮助着来明了公文上所说的种种，并且明了了罗城之于成都，在历史上是如何的重大呵！

　　唐宣宗大中十三年六月，宣宗崩，懿宗即位。初，韦皋为西川节度时，开清溪道以通群蛮，使由蜀入贡，又选群蛮子弟聚之成都，教以书数，……业成则去，复以他子弟继之。如是五十年，群蛮子弟学于成都者，殆以千数。军府颇厌于廪给。又，蛮使入贡，利于赐与，所从傔①人浸多。杜悰为西川节度使，奏请节减其数。……南诏丰祐怒，其贺冬使者留表付巂州（按：州治在今西康省西昌县）而还，又索还习学子弟。……自是，入贡不时，颇扰边境。会宣宗崩，遣中使告哀，南诏丰祐适卒，子酋龙立，怒曰："我国亦有丧。朝廷不吊祭，又诏书乃赐故王。"遂置使者于外馆，礼遇甚薄。……酋龙乃自称皇帝，国号大礼。（按：大礼国，即今云南大理，唐书称之南诏，为摆夷之一种，在唐中叶时，颇为强盛，曾侵入安南，灭交趾，为高骈所败，又曾侵入广西之邕州、梧州，以及贵州等处，皆为唐兵击败，侵犯四川亦屡，然都只在会理迄西昌一带。

———————————

① 傔人：即傔从，意为侍从。《新唐书，裴行俭传》："所引偏裨为世名傔从至刺史，将军者数十人。"——原编者注

以下所记,便是南诏几次大举入寇的经过,因此,高骈乃筑罗城。)

唐懿宗咸通四年十二月。南诏寇西川。

五年春,正月丙午。西川奏,南诏寇巂州,刺史喻士珍破之,获千余人。……忠武戍将颜庆复请筑新安、逼戍二城。

六年夏,四月。巂州刺史喻士珍贪狯,掠两林蛮以易金;南诏复寇巂州,两林蛮开门纳之,南诏尽杀戍卒,士珍降之。

七年,以河东节度使刘潼为西川节度使。

初,南诏遣清平官董成等诣成都。节度使李福盛仪卫以见之。故事:南诏使见节度使,拜伏于庭。成等曰:"骠信已应天顺人,(按:南诏称其君主曰骠信,又谓应天顺人,谓已立国称皇帝,不再是唐朝的藩服。)我见节度使当抗礼。"传言往返,自旦自日中,不决。将士皆忿怒,福乃命捽而殴之,因械系于狱。刘潼至镇,释之,奏遣还国。诏召成等至京师,见于别殿,厚赐,劳而遣之。

九年夏,六月。凤翔少尹李师望上言:"巂州控扼南诏,为其要冲,成都道远,难节制,请建定边军,屯重兵于巂州,以邛州为治理所",朝廷以为信然,以师望为巂州刺史,充定边军节度眉、蜀、邛、雅、嘉、黎等州观察,(按:眉州州治在今眉山县,在唐时,下辖通义,即今眉山县、彭山、丹棱、洪雅、青神五县。蜀州州治在今崇庆县,下辖晋原——即今崇庆县——青城、唐安、新津、大邑五县。雅州州治在今西康省雅安县，下辖严道——即今雅安县——卢山、名山、百丈、荥经五县。嘉州州治在今乐山县，下辖龙洲——即今乐山县——平羌、峨眉、夹江、玉津、绥山、罗目、犍为八县。黎州州治在今西康省汉源县，下辖汉源、飞越、通望三县。上来所说嶲州漏列，兹补录如下：嶲州州治在今西康省西昌县，下辖越嶲——即今西昌县——邛都、台登、苏祈、西泸、昆明——即今盐源县，并非云南之昆明——会川、和集、昌明九县。唐时之县，至今废置不一，且名称亦多不同，势难再详，即此已觉枝节过甚。）统押诸蛮，并总领诸道行营、制置等使。师望利于专制方面，故建此策，其实，邛距成都才百六十里，嶲距邛千里，其欺罔如此。九月，戊戌。以山南东道节度使卢耽为西川节度使。以有定边军之故，不领总押诸蛮安抚诸使。

十年初，南诏遣使者杨酋庆来谢释董成之因，定边节度使李师望欲激怒南诏以求功，遂杀酋庆。西川大将恨师望分裂巡属，阴遣人致意南诏，使入寇。师望贪残，聚私货以百万计，戌卒怨怒，欲生食之，师望以计免。朝廷征还，以太府少卿窦滂代之。滂贪残又甚于师望，故蛮寇未至，而定边固已困矣。

是月（十月），南诏骠信酋龙倾国入寇。十一月，蛮进寇嶲州，定边都头安再荣守清溪关，蛮攻之，再荣退屯大渡河北，与之隔水相射九日八夜，蛮密分军开道，逾雪坡、奄至沐源川。（按：即今日的沐川县。）澇遣究海将黄卓帅五百人拒之，举军覆没。十二月丁酉，蛮衣衮海之衣，诈为败卒，至江岸呼船，已济，众乃觉之，遂陷键为，纵兵焚掠陵、荣二州之境。（按：陵州州治在今仁寿县，下辖仁寿、贵平、井研、始建、籍，五县。荣州州治旭川、即今荣县，下辖旭川、应灵、公井、威远、资官、和义六县。）后数日，蛮军大集于凌云寺，与嘉州对岸。……壬子，陷嘉州。……窦澇自将兵拒蛮于大渡河。骠信诈遣清平官数人诣澇结和，澇与语未毕，蛮乘船筏争渡。忠武、徐宿两军结阵抗之。澇……遂单骑宵遁。（徐州将苗全绪与安再荣及忠武）三将谋曰："今众寡不敌，明旦复战，吾属尽矣；不若乘夜攻之，使之惊乱，然后解去。"于是夜入蛮军，弓弩乱发，蛮大惊，三将乃全军引去。蛮进陷黎、雅，民窜匿山谷，败兵所在焚掠。澇奔导江。（按：县治在今灌县东二十里导江铺。唐时属彭州，唐之彭州州治在九陇，即今彭县，下辖九陇、濛阳、导江、唐昌四县。）邛州军资储偫①，皆散于乱兵之手，蛮至，城已空。……诏左神武将军颜庆。复将兵赴援。

---

① 储偫：亦写作"储峙"，预备的器物，犹今日称"备件"。《后汉书·章帝纪》："诏所经道上郡县无得设储峙。"李贤注："储，积也；峙，具也，言不预有蓄备。"——原编者注

十一年春，正月。西川之民闻蛮寇将至，争走入成都，时成都但有子城，亦无壕。人所占地，各不过一席许。雨则戴箕盎以自庇，又乏水，取摩诃池泥汁，澄而饮之。将士不习武备，节度使卢耽召彭州刺史吴行鲁使摄参谋，与前泸州刺史（按：泸州州治在今泸县。唐时下辖泸川、富义、江安、合江、绵水、泾南六县。）杨庆复共修守备。选将校，分职事，立战棚，具炮檑。……先是，西川将士多虚职名，亦无廪给。至是，揭榜募骁勇之士……应募者云集。……于是列兵械于庭，使之各试所能，两两角胜，……得选兵三千人，号曰"突将"。戊午，蛮至眉州，耽遣同节度副使王偓等赍书①见其用事之臣杜元忠，与之约和。蛮报曰："我辈行止，只系雅怀。"……南诏进兵新津。……耽遣使告急于朝，且请遣使与和，以纾一时之患。朝廷命知四方馆事、太仆卿支详为宣谕通和使。蛮以耽待之恭，亦为之盘桓，而成都守备，由是粗完。甲子，蛮长驱而北，陷双流。庚午，耽遣节度副使柳槃往见之。杜元忠授槃书一通，曰："此通和之后，骠信与军府相见之仪也。"其仪以王者自处，语极骄慢。又遣人负彩幕至城南，云欲张陈蜀王厅以居骠信。癸酉，废定边军，复以七州归西川。是日，蛮军抵成都城下。前一日，卢酖遣先锋游弈使王昼至汉州调援军，且趣之。时兴元六千人，凤翔四千

---

① 赍书：捎带书信，赍，读 jī。——原编者注

人已至汉州，会窦滂以忠武、义成、徐宿四千人自导江奔汉州，就援军以自存。丁丑，王昼以兴元、资、简兵三千余人军于毗桥，遇蛮前锋，与战不利，退保汉州。时成都日望援军之至，而窦滂自以失地，欲西川相继陷没以分其责，每援兵自北至，辄说之曰："蛮众多于官军数十倍，官军远来疲敝，未易遽前。"诸将信之，皆狐疑不进。成都十将（按：十将为唐时官阶名，犹裨将也。）李自孝阴与蛮通，欲焚城东仓为内应，城中执而杀之。后数日，蛮果攻城，久之，城中无应而止。

二月，癸未朔，蛮合梯冲四面攻成都，城上以钩环挽之使近，投火沃油焚之，攻者皆死。卢耽以杨庆复、摄左都押牙李骧各帅突将出战，杀伤蛮二千余人，会暮，焚其攻具三千余物而还。……后数日，贼取民篱，重沓湿而屈之，以为蓬，置人其下，举以抵城而劚之，矢石不能入，火不能燃，庆复熔铁汁以灌之，攻者又死。乙酉，支详遣使与蛮约和。丁亥，蛮敛兵请和。戊子，遣使迎支详。时颜庆复以援军将至，详谓蛮使曰："受诏诣定边约和，今云南乃围成都，则与罗日①诏旨异矣。且朝廷所以和者，冀其不犯成都也。今矢石昼夜相交，何谓和乎！"蛮见和使不至，庚寅，复进攻城。辛卯，城中出兵击之，乃退。……朝廷贬窦滂为康州司户，以颜庆复为东川节度使，凡援蜀

---

① 曏日：从前，往昔。曏，读 xiǎng。——原编者注

诸军，皆受庆复节制。癸巳，庆复至新都，蛮分兵往拒之。甲午，与庆复遇，庆复大破蛮军，杀二千余人，蜀民数千人争操芟刀、白梃以助官军，呼声震野。乙未，蛮步骑数万复至，会右武卫上将军宋威以忠武二千人至，即与诸军会战，蛮军大败，死者五千余人，退保星宿山。（按：又名升仙山，据说在北门外十里处，今已不能确指其地，想来也只是一个小土坡耳。）威进军沱江驿，距成都三十里。蛮遣其臣杨定保诣支详请和。详曰："宜先解围退军。"定保还，蛮围城如故。城中不知援军之至，但见其数来请和，知援军必胜矣。戊戌，蛮复请和，使者十返，城中亦依违答之。蛮以援军在近，攻城尤急，骠信以下亲立矢石之间。庚子，官军至城下与蛮战，夺其升迁桥。（按：即今北门外之驷马桥。）是夕，蛮自烧攻具遁去，比明，官军乃觉之。……蛮至双流，阻新穿水，造桥未成，狼狈失度。三日，桥成，乃得过，断桥而去。……自是不复犯成都矣。

十三年五月，南诏寇西川。

唐僖宗乾符元年（按：懿宗于咸通十四年七月崩。）十一月。南诏寇西川，作浮梁，济大渡河。河防都知兵马使、黎州刺史黄景复两败蛮兵，进至大渡河南而还。蛮归，至之罗谷，遇国中发兵继至，新旧相合，钲鼓声闻数十里。复寇至大渡河，与景复战连日，西川援兵不至，而蛮众日益，景复不能支，军遂溃。十二月。南诏乘胜陷黎州，入邛崃关，攻雅州。大渡河溃兵奔入邛州。成都惊扰，民争

257

入城，或北奔它州。城中大为守备，而堑垒比罗时严固。骁信使其坦绅遗节度使牛丛书云："非敢为寇也，欲入见天子，面诉数十年为谍人离间冤抑之事。傥蒙圣恩矜恤，当还与尚书永敦邻好，今假道贵府，欲借蜀王厅留止数日，即东上。"丛素懦怯，欲许之，杨庆复以为不可，斩其使者，留二人，授以书，遣还，书辞极数其罪，詈辱之，蛮兵及新津而还。丛恐蛮至，预焚城外，民居荡尽，蜀人尤之。诏发河东、山南西道、东川兵援之，仍命天平节度使高骈诣西川制置蛮事。

二年，春，正月。高骈至剑州，先遣使走马开成都门。或曰："蛮寇逼近成都，相公尚远，万一豨突①，奈何？"骈曰："吾在交趾破蛮二十万众，蛮闻我来，逃窜不暇，何敢辄犯成都！今春气向暖，数十万人蕴积城中，生死共处，污秽郁蒸，将成疠疫，不可缓也！"使者至成都，开城纵民出，各复常业，乘城者皆下城解甲，民大悦。蛮方攻雅州，闻之，遣使请和，引兵去。高骈至成都，明日，发步骑五千追南诏，至大渡河，杀获甚众，擒其酋长数十人，至成都，斩之。修复邛崃关、大渡河诸城栅，又筑城于戎州（按：即今宜宾县）马湖镇，号平夷军；又筑城于沐源川，皆蛮入蜀之要路也。……自是，蛮不复入寇。

---

① 豨突：野猪奔驰，这里指奔逸。《说文·段注》："豨豨，走貌，以其走貌名之曰豨。"——原编者注

三年。南诏遣使者诣高骈求和，而盗边不息，骈斩其使者。九月。西川节度使高骈筑成都罗城，使僧景仙规度，周二十五里，悉召县令庀①徒赋役，吏受百钱以上皆死。蜀土疏恶，以甓甃之，环城十里内取土，皆划丘垤平之，无得为坎埳以害耕种；役者不过十日而代，众乐其均，不费扑挞而功办。自八月癸丑筑之，至十一月戊子毕功。役之始作也，骈恐南诏扬声入寇，虽不敢决来，役者必惊扰，乃奏遣景仙托游行入南诏，说谕骠信使归附中国，仍许妻以公主，同与议二国礼仪，久之不决。骈又声言欲巡边，朝夕通烽火，至大渡河，而实不行，蛮中惴恐。由是讫于城成，边候无风尘之警。

　　上面所节抄的《通鉴》，虽然还是嫌其冗长一点，但为了要说明罗城之何以要修造，以及其重要性，却不能不占点篇幅。而且这罗城还不仅仅是前无古人甃以砖甓，（以一百天工夫修造那么大一座城，事前既没有长期准备，则如僖宗诏书上所说"又砌长砖"；则如《通鉴》所记，"蜀土疏恶，以甓甃之"的砖甓，临时如何烧得及？这里，又不能不引两部宋朝人的著述来作补充了：一是何光远的《诫鉴录》，说是"开掘古塜，取砖甃城"；一是赵抃的《成都古今集记》，也同样说"凡负城丘垅悉平之"。想来，那时城外的坟墓真多，而且也都修得扎实，所以

---

① 庀：读 pǐ，具备，治理，如鸠工庀材。——原编者注

掘出的长砖大甓，满够甃砌一座城墙。）更还阻江塞流，把自李冰以来所凿的平行并流的二江，也改变了，使得另一江从西北角上改道绕城而流，成为今日的这种形势。这在成都史上说来也是一种绝大变化，又不能不稍稍详之。

林思进主修的新《华阳县志》，于古迹江渎池条下有曰："按陆游《江渎庙记》称，庙南临大江，节度使高骈筑罗城，庙始与江隔。则是池当始于高骈帅蜀后，盖即大江故道也。城既南徙，江成断港，历久为池。考今成都城南自石屏寺（按：即今石牛寺，在南较场四川大学城内部之西。）沿上中下三莲池，疑皆旧江流耳，浸淤浸塞，不复相通。"

《新华阳县志》所猜想的极是，大约其说本于嘉庆时刘源所作的《成都石犀记》之文，刘文说得虽更清楚，但也与《新华阳县志》一样，仅能道其果，未能究其因，都是大疵也。其要曰："考唐以前，城垣未广，今满城及文庙前街皆江岸也。江渐西徙，（这句就错了。）壅沙为陆，后人因扩城基……今之所谓上莲池、中莲池、下莲池者，即昔之流江。城既南扩，江流淤而不尽，留为潴泽，后人种莲于其中，遂目之以是名；而江渎庙之昔在江岸者，今亦入于城中。……愚移居省垣纯化街，亦当年之江岸也，自愚宅而南，地势洼下，犹可以见其仿佛云。"刘源号止塘，双流人，乾隆壬子科（乾隆五十七年）举人，即最近逝世之九十二岁老人刘豫波先生之祖父。纯化街那所故宅，现仍为豫波先生之弟所有，即昔称为"槐轩"，为止塘先生讲学之所。止塘先生这篇记，主旨在说李冰所置的五个石牛之一，今仍有一个在将军衙门内，并说明将军衙门原本是石牛寺，以后谈到石牛寺时，再为引证。因文旨不同，故说到移城，只不过顺带一笔，其实高骈之阻井塞流，宋人早有所记了。如其不把这弄清楚，单就《新华阳县志》及刘文看来，不免令人怀疑以前与锦江平行的那条不能濯锦的沱江故迹，到底是怎样淤塞了，才一变为三个莲池和菜园，二变为现在的私人宅地和平坝？由今看来，二十年间不但所谓莲池，业已化为乌有，即自历朝以来屡受封祀，而确为成都古迹之一的江渎庙，已变为私家弄堂，将来再要说明，那就更困难了。

现在北门外万福桥之西北，不是还有一个地名叫九里堤吗？大家说是诸葛孔明所修，又名丞相堤。同治十二年所修的《成都县志》，且从而为之说曰："其地洼下，水势易趋，汉诸葛孔明筑堤九里捍之。"却哪里晓得简直错了！丞相所修是实，但此乃仅负有丞相虚号的高骈，（按：高骈当时的官衔为检校尚书同平章事，在唐时称为使相，与中书门下同平章事不同，后者称为本相，即执政之宰相也，然使相亦可称丞相，亦可称相国。）而非三国时的诸葛公。大概四川人对于诸葛公的观感太深，但凡有益于人的事情，不管谁作的，每每都归美于诸葛公，何况此堤上，在前果还有一所丞相祠呢？现在我可告诉大家，所谓九里堤，即高骈筑罗城时，将另一江水撇之绕城而流的糜枣埝，亦即王徽说的缭以长堤凡二十六里的一段，亦即五代时杜光庭《神仙感遇记》所说："始筑罗城，……自西北凿地开清远江，流入东西，与青城江合流"的清远江也。

　　《成都县志》于"筑堤九里捍之"之下，接说："宋乾德中，太守刘熙古重修，又号刘公堤。"这下，我们来看宋人何涉作的《糜枣埝刘公祠堂记》：（节要）"益居三蜀中，地广衍，疏众流，以沃民田，以堑都邑，由是得川名。故时汶江跳波，刮午门南东注，治有子城而无郛郭。唐丞相高公骈之作牧也。惩蛮诏张吻，择腴而噬，且谓走集宜险，固度高城其外，周数十里；开包囊以容居民，筑堤障江，号糜枣埝，折湍势汇于新城北，以休养生聚护此土。……皇朝乾德（按：赵宋太祖即位之初建元为建隆，只三会，便改元乾德。）四载，秋七月，西山积霖，江水腾涨，拂郁暴露，溃埝，颤西闉楼址以入排故道，漫莽两墺，汹汹趋下。……开宝改号之初，（按：赵宋太祖改元乾德只五年，又改元开宝。）天子辍端明殿学士、尚书、兵部侍郎、刘公熙古帅州，始大修是埝。约去迄民害，招置防河健卒，列营便地，伺坏隙辄补，以故连绝水虞，比屋蒙仁。……自时厥后，绵祀八十，功忽而岁轻，事久而日遗，言言巨防，腏薙①隳毁。陛高遐望，江之端，颇城大觊如馁鸷焉，恬而弗图，可为骇叹！庆历乙酉（按：宋仁宗第五次改元庆历。）……自陇右加今知府文公枢直，（按：文公乃文彦博也。）改辕而来。……一日，尝从僚吏诣所谓糜枣埝者，左右临顾，推本利害，而曰：'非中山公，成都其潴乎！……以吾为尹于兹，诚不可遗西人他日戒

---

①　腏薙：意谓泯灭，消损。腏，削弱；薙，同剃，铲草。——原编者注

惧。'由是大营工楗①，益库附簿②，为数十百年计。……惣脊旧有神宇，榜曰'龙堂'，俚而且巫，义不足训；公以为思人爱树，国风所由著美，今中山之德入人深如是，而庙貌弗建，实前所阙。因易新制，敞刘公祠堂其上，为里禜③水旱报丰穰之所。……庆历六年记。"

到南宋孝宗淳熙二年，范成大作制置使时，还曾在这里建造一亭。杨甲作《縻枣记》记说："云汀烟渚，竞秀于前，古木修篁，左右环峙，柏阴森森，亘数十里，幽旷清远，真益州之胜概也！"可见还是一个风景区。杨《记》后半也曾追叙到高骈与刘熙古，因与何文大致相同，不必再录。本此，我们知道縻枣惣即高骈将原来与锦江平行并流的另一江，撇而绕流北城之处，而何文中说城内故道，自然就是《石犀记》中所指的从满城南较场一直到下莲池那一带低地了。

关于罗城，可谓说得够了，但是还有两个问题，不能不在这里并作解答，以免遗漏。

问题之一是罗城形势，究竟是绕着子城而成一个龟形的圆郭呢？还是如杨秀之筑新城，只是附着子城西南二隅，而成一个半月形？或稍稍突向西北，而成一个牛舌形？照宋代张唐英的《蜀梼杌》记，王建称帝之后所改诸城门名字来看，好像子城恰如一般形势处于罗城之中，而罗城则绕着子城，成为一个不很规则的外郭。我们看《蜀梼杌》："（王建）僭即伪位，号大蜀，改元武成。……十月下伪诏，改堂宇厅馆为宫殿。……万里桥门为光夏门，笮桥门为坤德门，大东门为万春门，小东门为瑞鼎门，大西门为乾正门，小西门为延秋门，北门依旧大元门。子城南门为崇礼门，中隔为神雀门，东门为神政门，西门为兴义门，鼓角楼为大定门，北门为大安门，中隔为元武门。"计罗城七门：大小东，大小西，共四门；南方为万里桥、笮桥二门，皆袭汉城旧名；北方一门。子城也分东、南、西、北，四门；南方一道中隔门；北方除中隔门外，又多一道鼓角楼门，亦是七门。统上而观，是子城确乎包在罗城之中，如一般子城罗城之形势。但是到五代时，这形势又有变更。据宋朝苦复休《茅亭客话》："王先在伯盛之后，展拓子城西南。"那一定在他下诏改定各城门名字之后，如他展拓的是罗城，则是绝大工程，势非将浣花溪及其下流的濯锦江也像高骈所为的一样不可，正史野史和各种笔记全无此种记载，可见他所展拓的，实止子城。光是展拓子城，是容易的事，只须将西南隅那面土城墙拆卸就完了。或者正西面还保存着在，因为十国春秋前《蜀高祖本纪》曾说："永平（按：王建初纪元武成，只三年，又改元永平。）五年冬十一月己未入夜，宫中火。……庚申且，火犹未息。帝出义兴门见群臣。"我们看到下章，便知彼时王建的宫门并无义兴门之名，十国春秋的义兴门，或者即《蜀梼杌》之兴义门之误。若果是兴义门，则子城西门在他即位八年止尚在。不过展拓子城，究在何年？如其在永平五年之后，西门也一定没有了，南门则尚存。但是很奇怪的是，子城南门何以并未包在罗城内，好像显露在外至少与万里桥门、笮桥门并列着的，因为《宋史·雷有终传》，写宋真宗咸平三年正月元旦，成都戍卒作乱，知蜀州事的杨怀忠闻之，便集合乡丁，会同几处的巡检兵，从崇庆县（宋时名晋原，即蜀州州治，下属新津、江原、永康、青城四县，与唐朝的蜀州又略不同。）进攻成都：第一次在正月十七日，由北门进城，打了一仗；"二月，再攻益州，……与转运使陈纬麾兵由子城南门直入军资库，与纬署其库龠。"他能不进罗城而直由子城南门而入？则此种变更，定然在展拓子城，不然，就是在孟蜀及宋初，成都子城的位置又有了变更，至少西南方决不同于唐代的样子。至于东门外的濯锦桥，北门外的清远桥，当然也是筑了罗城之后，将清远江从糜枣埝撒过来时，才修造的。《新华阳县志》于濯锦桥条下说："今长春桥，东门外跨外江大桥是也。……光绪中，丁文诚（按：丁宝桢死后谥文诚公）督蜀时，再修之，得唐人残石两行，有尚书紫金鱼袋题衔，当时曾见拓本，今不存矣。"此题衔，不就是高骈或其后的什么镇帅的头衔吗？（傅崇碧《成都通览》说："光绪癸未年修补时，现有宋碑，其为宋代所建无疑。"当然不可信，以其未见过唐残石拓本，只据传闻故也。）

问题之二，便是罗城周遭，到底是多少里？《王徽记》说是二十五里，拥门却敌之制又八里。五代林光庭《神仙感遇记》

所言里数与之毕合。其后到宋朝，张咏的《重修公宇记》说："始筑罗城，方广三十六里，"已不合了。而僖宗《诏》更说是四十三里，五代孙光宪《北梦琐言》说："筑罗城四十里"，即与《诏》言合，与《记》言异。当然，王《记》绝不会错，罗城圈子，除了拥门却敌之制外，实只二十五里，已不小了，比起现在的二十二里八分，大了二里多。僖宗《诏书》或许也说得对，它所言的四十三里，大概是包括外濠之堤而言，围堤其城实为五十一里，相差八里，这在古人倒也是小疵，而顶顶说不通的，只有孙光宪的筑城四十里。好在这些都是过去的史事，弄不清楚，与我们现实生活并无多大关系，不过连带一提，以见"尽信书则不如无书"的说法之后，实有至理存焉！

## 七、又由一座外缭以郭的重城，变为郭外有郭的重城

中国历史在李唐之后，称为五代。五代者，朱温之后梁、李存勖之后唐、石敬瑭之后晋、刘嵩之后汉、郭威之后周也。此五代建立皆在当时所谓之中原，故史家认之为正统，其余在各地称帝称王，只管也曾改元建极，但后来都差不多为中原的五代，以及继承五代的赵宋所征服，故史家皆认为偏安，或认为篡窃。这且不说，只说即在五代中原鼎沸时节，四川地方曾先后成立过两次帝国，妙在都称为蜀国。头一度，是王建和他的儿子王衍。当朱温在河南开封篡唐称帝那年起，即是说在公元后的九〇七年起，王建也在成都称了皇帝。上章所引《蜀梼杌》，将大、子两城的城门全改名称的盛事，就在这一年。王建

称帝十一年，死后，王衍继位又是七年，为后唐庄宗存勖遣将郭崇韬所灭。时为公元后的九二五年。计王建父子共立国一十八年。史家称之为前蜀。王氏灭后，接着孟知祥入川，不过四年，便形成一种半独立形势，又四年，即是说在公元后的九三四年，孟知祥又称了皇帝。仅仅两年，死了，他儿子孟昶继位，过了二十九年，为赵宋太祖遣将王全斌所灭，时当公元后的九六五年。计孟氏立国也只父子两代，共历三十一年，史家称之为后蜀。

现在我们来谈孟知祥，在半独立之前二年所筑造的羊马城。

何以叫作羊马城？宋人记载，很少提及羊马之名，只《宋史》上叙到成都城内第二次内战，曾说及羊马城，可是并无注解。且不说后人，即以李昊所作的《创筑羊马城记》来看，（按：李昊是五代时四川文人，前蜀后主王衍投降时，是他作的降表；后蜀后主孟昶投降，也是他作的降表。在孟昶投降后，曾有人夜间在他大门上贴上一张条子，说他是世修降表李家。）也只在一句上面有此一词，即是叙说筑城由来，顺便一提，而且还是作为骈文的对仗在用。文曰："公一旦谓诸将吏曰：夫华阳旧国，宇内奥区，地称陆海之珍，民有沃野之利；邪郭则楼台叠映，珠碧鲜辉，江山则襟带牵连，物华秀丽，闾阎棋布，鄽陌骈罗，不戒严陴，是轻武备耳！乱臣贼子，何尝不窥？南诏西羌，曾闻入寇。将沮豺狼之意，须营羊马之城，吾已揣之，众宜协力！"虽然还有一句上，也出现羊马二字，可是并不相联成词，而且也令人不大了解，如曰："公去奢从俭，节事省财，马如羊而不入私门，金如粟而不藏私橐。"

照李《记》文意看来，羊马一词自是当时流行的一个通名，一如罗郭全城，大家皆已习而用之，不烦讲解，所以孟知祥方轻易说出，而李昊也才顺手拈来。但是到底是什么意思呢？据胡三省注《通鉴·唐纪》"李光弼命荔非元礼出劲卒于羊马城以拒贼"，说：乃"城外别筑短垣，高才及肩，谓之羊马城"。原来果是一种通用名词，只是自宋以后，殊少用之，遂渐失其义耳。而且其初只是一种护垣，到孟知祥筑之时，便成为一种郭外之郭了。

高骈的罗城在成都城垣史上，若说是空前，则孟知祥的羊马城，实在也可谓为绝后。我们看李昊的《记》罢："自天成二年丁亥岁十二月一日，起工版筑，至三年正月八日，毕手。……其新城周围凡四十二里，竦一丈七尺，基阔二丈二尺，其上阔一丈七尺，别筑陣四丈；凿壕一重，其深浅阔狭随其地势。自卸版日，构覆城白露舍四千九百五十七间，内门楼九所，计五十四间，至三月二十五日，停运斧斤。其版筑采造，军民共役三百九十万工；其执事糇粮，及役罢赏赉，斗支称给，婚贯囊装，其数凡费一百二十万。"

高骈筑罗城，费了九百六十万工，比起羊马城虽是多了五百七十万工，又用钱一百五十万贯，比起羊马城虽也多了三十万贯，但是筑城之外，还须开掘坟墓，铲平丘陇，修筑长堤，阻塞江流，另辟河道，添造二桥，同时城墙大部分还是用砖甓砌的，不全然以泥土版筑，故费工较大，花钱较多；而城墙圈子连"拥门隙敌"之制的八里在内，才三十三里，并且城墙也较高九尺，基脚也较宽四尺。以此计之，羊马城光是用土筑了一道城圈，掘了一重深浅阔狭，全不一致的壕沟，便花去那么多工，和那么多钱，说起来也实在是一件大工程，何况城圈拉到四十二里之长，怎能不说它是绝后呢？

不过罗城之筑，是在大理国远征军围攻成都以后，并且也在外患迄未平息之时，说到为国为民的意义，确实重大，所以在史书上才颇为慎重的将其记载下来。至于羊马城之兴筑，即就当时在孟知祥手下做文官的李昊说来，也只是"不戒严陴，是轻武备耳！乱臣贼子，何尝不窥？南蛮西羌，曾闻入寇。将沮豺狼之意，须营羊马之城"。这么轻而无力的几句，足见羊马城之扩大兴筑，对于为国为民的意义并不大，故史书对此，并不重视。在《通鉴》上，司马光只照例的像流水账簿样，挂了一笔："十二月戊寅朔。孟知祥发民丁二十万修成都城。"可以说，在后蜀三十一年中，这一道四十二里的城墙，顶顶得了用的，还是到孟昶手上将它当成了花坛，宋赵抃《成都古今集记》曰："孟蜀后主于成都城上遍种芙蓉，每至秋，四十里如锦绣，高下相照。"因而变名为芙蓉城，为孟昶增加不少风趣，为后世增加不少谈资，如斯而已！如斯而已！

并且令我们最奇怪的，就是宋朝人的著作，无论诗与文，无论年纪、小说与正经逸史，全不提说这羊马城。例如宋太宗淳化五年（当公元后九九四年）以张咏知益州，而张咏在三年后，所作的《益州重修公宇记》，叙说成都城的历史，也至罗城为止，其下接曰"顾城之大小，足以知四民之治否。朱梁移唐鼎，远人得以肆志。王建、孟知祥迭称伪号。乾德初，王师吊伐，……"再下，便叙到李顺作乱："据有州城，偏师一兴，寻亦殄灭。"而张咏就是在李顺乱后，来成都做知州的。如此一座大城，在笔尖上丝毫不提，难道七十年前的那道羊马城，竟没有了吗？竟因土质疏恶，未以砖甓甃之，而全部坍颓了吗？抑或李昊那篇记，简直像后世的宣传品样，根本就没有筑城这回事？然而又不然焉，羊马城即在张咏作记后三年，尚因戍卒叛变，造成宋初成都城内第二次内战，官军征讨叛卒王均时，在《宋史·雷有终传》上，还曾提到它，而且还凭之作过战哩。兹引《雷有终传》一小段以为佐证：

> 是月，（按：即宋真宗咸平三年二月。）有终收复汉州，进壁升仙桥……贼自升仙之败，撤桥塞门。官军进至清远江，为梁而渡。有终与石普屯于城北门之西，依壕为土山。……八月，克城北羊马城，递设雁翅敌棚，覆洞屋以进，逼罗城。九月，……贼自是销沮，筑月城以自固。……石普穴城为暗门，……遂入城。有终登楼下瞰：贼之余众，犹砦天长观前，于文翁坊密设炮架。……杨怀忠焚其砦天长观前，追至大安门，复败焉；是夕二鼓，王均与其党二万余南出万里桥门，突围而遁。……

在上面所节抄的这一短段《宋史》上，我们不但看见了羊马城，并还看出了子城、罗城、羊马城这三重城的北面形势。

第一，羊马城即在清远江之南，清远江者，即高骈筑罗城后，阻断原来与锦江并行的那道沱江，一如五代时杜光庭所说，乃"自西北凿地开清远江，流入东南，与青城江合"的那条河。如果河流没有变更，那便是今日由油子河流下的北门大河。但以史实测之，确又不像，因为跨于清远江上者为清远桥。清远桥，即今迎恩楼外那道小桥。《通鉴》载唐僖宗光启三年，西川节度使陈敬瑄因听田令孜之言，遣人招王建，继又悔之。王建遂进攻成都。"敬瑄遣使让之，对曰：'十军阿父召我来，（按：田令孜曾为神策十军观军容史、王建为其义子。）及门而拒之，重为顾公所疑（按：顾公指梓州刺史顾彦朗），进退无归矣！'田令孜登楼慰谕之，建与诸将于清远桥上髡发罗拜，曰：'今既无归，且辞阿父作贼矣！'"此之所谓楼，当然是羊马城北门城楼。能在清远桥上拜而对语，足见羊马城的北门，恰在现在北门外迎恩楼处，而当时的清远江，自然还是一条大河流。今日北门大桥下那道大水，必然是后来改道引来的了。

第二，羊马城进来才是罗城。足见羊马城实成为罗城的外郭。而且因为罗城是甃有砖甓，相当坚固，所以直攻了个多月，还用了种种方法，才穴城而人。

第三，罗城里面已经繁盛了，即在北门内，就有建筑结实的天长观，叛军可以凭之而为防御工事，并且有文翁坊。文翁坊，一定是有名的一百二十坊之一。

第四，在罗城内的街市战一败之后，叛军退守大安门。大

271

安门，即子城的北门，已见上章所引《蜀梼杌》。于此又足见子城实是包在罗城之内，至低限度，在北面为然。

第五，羊马城既被攻入，官军则进逼罗城，叛军则"逐月城以自固"。月城即后世所称的瓮城，亦即王徽《创筑罗城记》上所说的"拥门隙敌"之制，拥门隙敌言其意，月城言其形，瓮城一则形容其四面封闭如大瓮，一则恐即由拥门二字之一转耳。

总而言之，羊马城虽是版筑而成的土城，但越七十余年，在宋真宗时，到底还存在着。它的形势，大概由罗城之西南起始，绕着西方，更向西北隅出，再转向东南，循着清远江之南岸，绕过东北角，而再附着于东城。我何以如此推测呢？这很容易解答，因为罗城既筑以后，城的东面一段，和南面一段，业已紧紧靠着河岸，如果要在这两面之外，再加筑城圈，可能自然可能，但是这城圈若果不筑在河之彼岸，则必再效高骈办法，阻江塞流，另外再掘一道新的河流，此二者既在史实上无可征验，而歌功颂德如李昊所作的记上，也未提一字，足见孟知祥是没有想到要做这种较为艰苦繁重的工程。其次，西北一隅，在糜枣埝与浣花溪之间，一片平芜，虽有细流，而无丘陇，确实又是一个最好扩展的所在。再次，还有《雷有终传》可证，由西绕北向东的那带羊马城，的确又是沿着清远江岸在走。再加前后蜀主所管的宫苑林园、池馆、离宫，多是偏向正西一面，和西北隅在发展——例如今日的成都县署，即宣华苑中的飞鸾阁；例如宋朝孙应时《和刘师文饮城西见怀》诗，有句云："益州西门外，胜事日幽瞩；……经行旧台苑，芜没长禾菽……"更可证明孟知祥那时之兴筑羊马城，即因罗城内业已繁荣拥挤，不足发展，而王氏的宣华苑更把西面及西北隅全占了去；而西南隅哩，还有一所极其广大的圣寿寺，（包括现在的将军衙门全部，及东胜街、西胜街、支矶石和金河以南一带地方，达于今日的君平街，达于今日的石牛寺，四川大学城内部，成公中学全部，和南较场，东边达于汪家拐，或更东迄于原来的江渎庙。详细见后文。）假设他那时就有野心，想当蜀国皇帝，想把宣华苑再加扩大而成为一所像样的宫苑的话，那他自然只好更朝西面和西北隅打主意。何况他修的羊马城，既已不是及肩短垣，而又未曾变到又一罗郭，照尺寸讲起来，一丈七尺高，比罗城低九尺，而基宽二丈二尺，顶宽一丈七尺，与其说是城，不如说它像个平台。无怪他儿子要用来种花了！我们假使将今日城园作为罗城，（以周遭的里数说，罗城仅只大得二里二分，也不算什么。）沿着西南城角，即是说从百花潭左近起，弯弯曲曲的画道圈子，西门这面，循着现在的环城马路，越过抚琴台，便老实朝北，斜斜抵到九里堤，再转而向东，从迎恩楼绕过，一直到独柏树那面，即是说在二台子之南，再斜斜南下，又绕过猛追湾，而附着在新东门的左近。算一算，也差不多足够四十二里罢？这即是一千〇二十二年前（按：五代后唐明宗天成二年，当公元后九二七年，迄至今一九四九年，算来如上数。）羊马城的故迹。

因为羊马城本不大像道城，既已栽了芙蓉，可见早就没有了覆城的白露舍。七十年后，又经过两次围城大战，（赵宋初，王全斌灭后蜀时，并未打过大仗，孟昶等不到兵临城下就投降了，所以他的爱妃花蕊夫人，才以诗答赵匡胤之问曰："君王城上树降旗，妾在深宫那得知？十四万人齐解甲，更无一个是男儿！"所谓两次围城战，即太宗淳化五年，蜀民不堪战胜国的诛求苛酷，起而反抗，由王小波、李顺领头，攻占成都之后，又被宋兵消灭的一次，和真宗咸平三年，在成都的驻防兵因为待遇不平，忿而作乱，将指挥都虞侯王均拥为首领，上文所引《雷有终传》，就是雷有终等消灭王均的一次。）想来那一道土墙，纵不完全坍塌，恐也逐段逐段的开为缺口，变为平地，或竟变为一道土坡，而不成其为城。因此之故，我们在宋人的诗文上便再发现不到这道城，仍只看见高骈所筑的那道罗城，不过不叫罗城，而叫作少城。（初唐、盛唐称为少城的如已引过的岑参的诗句，以及杜甫诗"东望少城花满烟"，皆指隋朝蜀王杨秀所筑的新城。这城，在唐懿宗时业已不存，已见前文。故唐宋诗文中虽然皆有少城这名词，其实并非那一个城也。）原有之旧城，仍称子城。但子城后来似乎又有变迁，凡在东南这两面的罗城，都已并入罗城，即是说在一道大城圈中包了两个半边城，子城处于东南，少城处于西北，而当中还有两城，一是宫城，一是夹城；《蜀梼杌》上所谓的城中隔，恐即夹城的前身。关于宫城等，以后详于说皇城各章。下面且引宋人几首诗，以见我说的东南为子城，西北为少城之不诬。

宋祁《北楼》："少城西隅之高楼，此地苍茫天意秋……"

冯时行《信相院水亭》："……少城城隈佛宫阙，客哦水月僧饶舌。……"（按：信相院即今文殊院。）

范成大《三月二日北门上马》："新街如拭过鸣驺，芍药酴醾竞满头，十里珠帘都卷上，少城风物似扬州。"

陆游《登城》："我登少城门，四顾天地接，大风正北起，怒号撼危堞。……"

又，《晚登子城》："江头作雪雪未成，北风吹云如有营，驱车出门何所诣，一放吾目登高城；城中繁雄十万户，朱门甲第何峥嵘；锦机玉工不知数，深夜穷巷闻吹笙。……"

又，《登子城新楼遍至西园池亭》（原注云：在城南，即宣华苑故址。）"狂夫无计奈狂何，何况登临逸兴多！千叠雪山连滴博，一支春水入摩诃。……"

又，《谒告归卧晚登子城》："此身真是抱官囚，厌见长空赤日流；……菱角藕丝还恨少，强拥玉薤①醉高楼。……"

又，《成都书事》："大城少城柳已青，东台西台雪正晴，莺花又作新年梦，丝竹常闻静夜声；废苑烟芜迎马动，

----

① 玉薤：酒名，据说是隋炀帝所制，酒的香醇，保持十年也不减退。——原编者注

清江春涨拍堤平；樽中酒满身强健，未恨飘零过此生！"

## 八、前所未有的大破坏

考之历史，成都城在宋朝，仅仅修葺过两次，并且都在北宋时候。宋末元初，元兵曾几次侵扰四川，两度占有成都，杀人之多，好像比巴西氏人李氏时代还厉害。据旧《成都县志》载：明朝人赵防作的《程氏传》，引元朝人贺清权的《成都录》说："城中骸骨一百四十万，城外者不计"；又引《三卯录》说："蜀民就死，率五十人为一聚，以刀悉刺之，乃积其尸；至暮，疑不死，复刺之。"于是赵防概叹曰："元人入成都，其惨如此！"《成都录》《三卯录》所记果实，真可谓惨绝人寰，明末清初的扬州十日，嘉定三屠，焉能比拟！《杨升庵遗集》亦有曰："宋宣和中，成都杨景盛一家，同科登进士第十二人，经元师之惨，民糜孑遗，以百八十年犹未能复如宋世之半也！"杀人已如此，其于城市之破坏不顾，当然不在话下。何况终元之世九十几年中，四川省治在成都时少，在重庆时多，省治不在，则于修治城市，当然更不注意。因此，我们方明白明太祖洪武四年，傅友德平蜀之后，何以接着就令李文忠到成都来抚循①遗民，建筑成都新城。这城大约是草率筑成，并不怎么结实，所以在

① 抚循：也写为抚循，意谓抚慰，安抚。《史记·晋世家》："子反收余兵抚循，欲复战。"——原编者注

二十二年，又命蓝玉到成都督修城池，因无详细记载，实不知道明初筑的成都城，到底有好大，而且是个什么形势。我们但知道终明之世，成都城曾大大修治过一次，并用砖石砌过。不过一定砌得不周到，北城那方，就没有砌砖石，以致后来张献忠攻打成都，便从这里下手，而将城墙轰垮了的。

大概明朝所建的成都城，其城墙圈子所在，当然不会超越罗城城基，或许还要小些。一则，成都人民经元兵屠杀之余，当然人口大减；二则，前后蜀宫苑废址腾出的很多，以蜀王藩府所占地比起来，不过其中之一角，其余空地，即在南宋时候已开为稻田菜圃，有江村景致，何况再经若干年惨毒的兵燹！地旷人稀，则所筑新城，当然不能甚大。现在我们要谈到它更大一次的变化，即张献忠的屠城史了。

张献忠于明末思宗崇祯十七年阴历八月初九日攻入成都，也即是清初顺治元年的阴历八月九日，当公元后一六四四年，迄至今一九四九年阴历八月，算起来实为三百零五年。三百多年，不算很短的时间，然而四川人至今谈起张献忠，好像还是昨天的样子，而且并没有什么演义小说为之渲染，只凭极少一些记载，而居然能够使他在人们的记忆中，传说中，像新生一样的遗留到今，单凭这一点，也就可以想见其屠杀破坏的成绩。

关于张献忠的平生，和他与李自成，与摇天动、黄龙等十三家，如何起事作乱，如何流窜陕西、河南、山西、河北、湖北、四川，以及他死了之后，余毒流播于西康、贵州、云南、湖南、广西等省的经过和事迹，太复杂了，当然不能去说；即张献忠一股，两次杀到成都城下，以及他从川北杀到川南，从川东杀到川西，仅这一点，牵连也太广泛，不单属于成都方面，也不能说。不但此也，就是他在成都的行为，凡是和成都城市无直接关系的，还是不能牵涉，因为可说者太多，不说倒好，一说起来便不免挂一漏万。设若大家有意思要想多知道一点张献忠乱川的故事，而又不打算零零碎碎在正史去找的话，我这里且介绍几部在今日成都尚能买得到的书，以供浏览罢！一、费密著的《荒书》；二、沈荀蔚著的《蜀难叙略》；三、欧阳直著的《遗书》三种。此三部书的作者，都是明末清初的人，并且都是亲身经历战端，所记大都是直接见闻，极可珍贵。其次为：四、李馥荣著的《滟滪囊》尤详于摇黄十三家，系康熙末年成书；五、孙瘦石著的《蜀破镜》；六、彭遵泗著的《蜀碧》，皆嘉庆年间成书，材料虽然间接一点，但采纳遗闻尚多，而又特详于川西。还有：七、刘景伯著的《蜀龟鉴》，系道光年成书，出世最晚，而是采辑各书，照《春秋左传》例，纂成的一部张献忠乱川编年史。此外零零碎碎，记载张献忠逸闻的东西尚多，但都不成片段，只须看了上列七部，也满够明了张献忠在四川的一切。

我这里虽然不能多用笔墨来写张献忠的平生，但是他的简单履历总得给他开一个。

张献忠，陕西肤施县人，明神宗万历三十三年生，当公元后的一六〇五年。出身富农，本身在县衙门当过壮勇，升到什长。二十三岁，即明思宗崇祯元年，当公元后一六二八年，就因犯事革职，而逃去与陕北的高迎祥、李自成，打起"反"字旗号。不过五年，便有了名，号称黄虎，自称八大王，慢慢就打出陕西，到了湖北，自己就成功了一个独立的队伍。从此与李自成时分时合。但结果还是胜不相谋，败不相救，各自打各自主意，而成为死对头。这中间，张献忠也曾惨败过几次，投降过一次，到崇祯十七年，李自成由山西向河北进攻时，张献忠又第三次从湖北西进，杀入四川的巫溪、大宁、平山等地，正月攻陷夔府，六月二十日攻陷重庆，八月初九日，便攻进了成都。

根据《明·通鉴》及各种记载说，当张献忠尚未陷夔府以前，四川情形已经不大好，当时成都县知县吴继善（明末清初有名诗人吴梅村的哥哥）、华阳县知县沈云祚（他的儿子就是著《蜀难叙略》的沈荀蔚）都曾上书或托是时蜀王的兄弟劝蜀王朱至澍，把宫中所储积的钱财拿出来，募兵打仗。但朱至澍一直不肯，托言是祖宗成法，藩王不能干预军政。及至张献忠由重庆西上，一路势如破竹时，朱至澍才拿出钱来，捐作军费，但已来不及了。成都一般有地位有钱的绅士，和闲职官员、蜀王宗人等，早已自行疏散，官眷军眷们也先已送到安全地带。沈荀蔚那时才七岁，也是这样在七月十四日，就同着老太太跑往邛崃县去的。蜀王朱至澍也打算偕同家室兄弟疏散到云南，却为那时的巡按刘之渤阻止，同时守城兵也哗闹起来，大概是：要死得大家死罢！而后朱至澍才留下了。这时，新任巡抚龙文光和总兵刘佳允恰恰带了三千兵马，由北道到来，大家才赶紧来作防守准备。及至八月初五日，张献忠已到成都城外，扎下了二十几个大营，守城兵已经与之接触了两次，方才发现城壕是干涸的。龙文光才赶快命令郫县知县赵家炜到都江堰去放水，水尚未来，献忠兵已攻到城下。知道东北隅八角楼处的城墙是泥土筑成，没有砌砖石，于是便一面攻城，一面就在这地方挖了一个大洞，装满火药，引线牵到两里以外，上面盖着泥土；一面又用几丈长一段大木头，假装成一尊大炮，来恐吓城上的守兵。到八月初八日，献忠兵忽然退了两三里。守城的人们很是高兴，以为也同前几年，张献忠由泸县回师川北时，围攻成都一样，只几天便各自退走了，认为这次或者也可幸免。但是到八月初九日黎明，献忠兵点燃引线，霎时间，据说："炮声如暴雷，木石烟雾，迷漫数里，城崩数十丈，守陴者皆走"，张献忠挥兵入城。其结果：第一次屠城三天，说是还不怎么凶；朱至澍夫妇先吞了冰片，而后再投井；文武各官有当时就杀了的，有自行解决的，有拘留相当时间，誓不投降而后死了的，也有一部分武官乘机逃脱，再打游击，毕竟把张献忠打跑了的，都与我的题目无关，不必讲它。

这里，只说张敬轩（即张献忠的雅号，但后来一直没有人用过。）既入成都，因为明思宗已死，听说李自成已在北京作了皇帝，他不服气，于是在十月十六日，也在成都登了宝位，改国号为大西国，改年号为大顺年，改蜀王藩府为皇宫，宫城为皇城；也有左右丞相，也有六部尚书，四个干儿子，都挂了将军印；几月之后，还开了一次会考，一次科考。但是到底没有政治头脑，虽然打了十几年的仗，却始终不懂得什么叫政治，以为能够随便杀人，便可使人生畏，便可镇压反抗，便可稳固既得地位；尤其将金银尽量收集到他一个人的手上，就是他认为独得之秘的经济政策。这样，只好打败仗了。几次打败下来，地盘小到只有川西一隅，于是动摇了，自言流年不利，又打算跑到武当山去做道士，又打算逃往湖广一带去做生意；一言蔽之，不当皇帝了，只想下野。到顺治三年六月，即是说攻陷成都的一年又九个月，称孤道寡的一年又七个多月，他便决意放弃成都，决意只带领五百名同时起事的老乡，打回陕西去做一个短期休息；于是便宣言必须把川西人杀完，把东西烧光，不留一鸡一犬，一草一木，给后来的人。果然言出法随，立刻兑现，先杀百姓，次杀军眷，再次杀自己的湖北兵，再次杀自己的四川兵。七月，下令隳城，凡他势力所及的城墙，全要拆光，搜山烧屋，不留一木一椽；成都的民房，早就当柴拆烧了。八月，烧蜀王藩府，一直把成都搞个精光，方率领残余兵丁数十万，一路屠杀到西充扎营。听说北道不通，满洲兵与吴三桂已到汉中，他又打算折往重庆，由水路出川。正当他犹疑未决之时，他的叛将统领川兵的刘进忠，已引导着满洲肃王豪格的少数轻骑，袭击前来，于是只一箭，就被射死。关于他的死，有几种不同的记载，随后有机会说到时，再为补充，这里得先说的，乃是他与成都城门的关系。

张献忠和成都城市最有关系的事件如下：

命令"省城内外通衢房屋，皆自前檐截去七八尺；两旁取

土覆道上，以利驰驱。"（《沈荀蔚《蜀难叙略》）

二、"城门出入必有符验，登号甘结，犯则坐[1]，死者甚众。入城者面上犹加印记，若失之，则不得出。"（同上）

三、"宫中患鼠，忽令兵各杀一鼠，且交辕，无，代以首。是夜，毁屋灭鼠，门外成京观[2]焉。"（张邦伸《锦里新编》）

四、"献忠入蜀王府，见端礼门楼（按：端礼门即现在业已半毁的旧皇城门。）上奉一像，公侯品服，金装人皮质，头与手足俱肉身。讯内监，云：明初凉国公蓝云，蜀妃父也，为太祖疑忌坐以谋反，剥其皮，传示各省：自滇回，蜀王奏留之，祀于楼。献忠遂效之，先施于蜀府宗室，次及不屈文武官，又次及乡绅，又次于本营将弁。……凡所剥人皮，渗以石灰，实以稻草，植以竹竿，插立于王府前街之两旁，（按：即在今贡院街迄三桥一带。）夹道累累列千百人，遥望如送葬俑。（欧阳直遗书书之一《蜀乱》）

（按：明史，蓝云系洪武二十六年被族诛，虽无剥皮之文，但《海瑞传》上，却有请后太祖剥皮囊草之语，足见朱元璋实曾剥过人皮，又曾见某笔记——今已忘其名，并作者之名——说：昔满城之奎星楼街，原有小楼一座，其上曾藏有张献忠所剥人皮一张，乾隆某年，为驻防副都统所见，恶之，乃烧灭其

---

[1] 坐：这里指定罪，或治罪。——原编者注
[2] 京观：将尸体堆积，用土封盖，以夸耀武功。《左传·宣十二年》："君盍筑武军而收晋尸以为京观。"又，《汉书·翟方进传》："于是乎有京观以惩淫慝。"——原编者注

迹云云。）

五、"丙戌（按：即顺治三年，即张献忠退出成都，被杀死的那年，当公元后一六四六年，张献忠出生之四十一岁。）二月，献忠自蜀王府移出城东门中园居焉。……张兵樵采者，尽于城中毁屋为薪"。（费密《荒书》）

六、"焚蜀王宫室，并未尽之物，凡石柱庭栏皆毁。大不能毁，则聚火烧裂之。"（同上）

"王府数殿不能焚，灌以脂膏，乃就烬。盘龙石柱二，孟蜀时物也，裹纱数十层，浸油三日，一火而柱折。"（沈荀蔚《蜀难叙略》）

成都城经张献忠这一干，所有建筑，无论宫苑、林园、寺观、祠宇、池馆、民居，的确是焚完毁尽。但是也有剩余的：一、蜀王宫墙和端礼门的三个门洞，以及门洞外面上半截砌的龙纹凤篆的琉璃砖；二、横跨在金河上的三道石栏桥，和凭中一桥南塠[1]的两只大石狮；三、一座长十多丈，高一丈四五尺，厚四尺以上的蜀王宫的红色照壁；四、北门一道红石牌坊，南门一道红石牌坊；五、大城的瓮城和门楼，以及没有完全隳尽的城墙。除此之外，未曾毁到的，恐怕只是造在地面之下的古井，和有名的摩诃池与西苑荷池，以及几只为人所不重视的石犀和一头石马了。总而言之，自有成都城市以来，虽曾几经兴亡，几经兵火，即如元兵之残毒，也从未能像张献忠这样破坏

---

[1] 塠：读 tù，桥头靠近平地之处。——原编者注

得一干二净！

一九四九年五一八月

　　**编者附记**：作者从 1949 年初夏着手写《说成都》一书，本文系该书稿第一章（初稿），曾发表在当时《风土什志》上。全书分为：一、说大城；二、说少城；三、说皇城；四、说河流；五、说街道沟渠。共五章节，约十六七万字余字。《风土什志》民国三十八年（1949 年）八月第二卷六期刊有预告："说成都风土什志丛书之一 介绍成都的历史，禁城的，及街市衍变，风土人情笔，全书约十余万字，印刷中。李劼人先生著"。但此后该书遍寻不得，原稿竟遗失于"文革"中。

# 成都的一条街

　　我要讲的成都的一条街，便是现在成都市人民委员会大门外的人民南路。（按照前市人民政府公布过的正式街名，应该是人民路南段，但一般人偏要省去一字，叫它人民南路。这里为了从俗，便也不纠正了。）

　　要说明人民南路的所在，且让我先谈一谈旧成都的形势。

　　目前正在带动机关干部、部队、学生、居民、农民，分段包干拆除的旧城墙，是一个不很整齐的四方形。据志书载称，周围二十二里八分。因为从前的丈尺略大，最近据成都市城市建设委员会测量出来，是二十四里二分多（当然是华里）。又志书载称，这城东西相距九里三分，南北相距七里七分。

　　成都说起来是个古城市。若果从战国时候秦惠王灭蜀国、秦大夫张仪于公元前三一〇年开始建筑成都城算起，它的确已有二千二百六十八年的历史。但是，成都城随着朝代的变更，它也变了无数次，始而是大小两座城，继而剩下一座城，后又扩大了变为二重城、三重城，后又变为一座完整的大城。今天的规模，是唐僖宗乾符三年（公元八七六年）高骈做西川节度使时建筑唐城的规模。可是现在拆除的城墙，不但不是八世纪的唐城，也不是十三世纪后半期的明城，甚至不是张献忠之后、清朝康熙四年（公元一六六五年）所重修的城，而实实在在是在清朝乾隆五十年（公元一七八五年）彻头彻尾用砖石修成，算到今年仅止一百七十三年，并非古城。

成都位置，偏于川西大平原的东南，地势平坦。当初规划城市时，本可以像北京市街一样，划出许多正南正北、正东正西的区域来的。但是不知为了什么原故，城内街道全是西北偏高、东南偏低的斜街。我们把成都市旧街道图展开一看，便看得出，只有略微偏在西边一点、大致处于城市中心的旧皇城，是端端正正坐北朝南的一块长方形。

旧皇城，一般人都误会为三国时代刘备称帝的故宫。其实不是。它是唐末五代、前后两个蜀国在成都建都时的皇城。这地方，经过宋元两朝的兵燹，不但城垣宫殿早已无存，就连清人咏叹过的摩诃池，也逐渐淤为平陆，变成若干条街巷。到明朝第一代皇帝朱元璋册封他的第十一皇子朱椿为蜀王，为了使朱椿就藩，于洪武十八年（公元一三八五年）才在前后蜀国修建过的宫垣基础上，更加坚固、更加崇宏地造了一座和当时南京皇居相仿佛的蜀王官。蜀王官的规模很大，几乎占去当时成都城内总面积的五分之一。宫殿园囿之外，有一道比大城小、比大城狭的砖城，名宫城。一道通金河的御河，围绕四周。御河之外，还有一道砖城，叫重城。宫城前面是三道门洞。门外是广场，是足宽一百公尺以上的御道。与门洞正对，在六百三十余公尺远处，是一道二十余丈长、三丈来高的砖影壁，因为涂成红色，名为红照壁。在门洞外二百五六十公尺的东西两边，各有一座高亭，是王宫的鼓吹亭，东亭名龙吟，西亭名虎啸。明朝藩王就藩后，虽无政治权力，但以成都的蜀王宫来看，享受也太过分了。这王宫，到明朝末年（公元一六四四年），张献忠建立大西国，在成都即位称尊，改元大顺元年时候，又改为了皇城。不满两年，张献忠于公元一六四六年，统率军民离开成都，皇城内的一切全被烧毁、破坏，剩下来的，就只一道宫城、三道门洞，以及门外横跨在御河上的三道不很大的石拱桥（比横跨金河上的三桥小而精致）。十九年后（是时为清朝第二代皇帝玄烨的康熙四年），四川的政治中心省会，由保宁府（今阆中县）移回成都。为了收买当时的知识分子，开科取士，又将废皇城的部分地基（前中部的一部分），改建了一座相当可观的贡院。一九五一年被成都市前人民政府加以培修利用，作为大小会议场所的至公堂、明远楼，就是这时候的建筑物。

从我上面所略略交代的历史陈迹看来，这地方，实实应该叫作明蜀王故宫，或贡院。本来在门洞外那条街，早已定名为贡院街的。但是百余年来，人们总是习惯了叫它作皇城，把门洞外的一片广场叫作皇城坝，习惯真是一件可怕的事情！

现在我所介绍的这条街——人民南路，便是从旧皇城门洞（今天应该正名为成都市人民委员会大门）向南，六百三十余公尺，到红照壁街的一段，恰恰是明蜀王故宫外整整一条御道。

不过今天的人民南路宽仅六十四公尺，比起三百年前的御道，似乎还窄了一些。这因为在一九五二年扩建这条街时，曾于东御街的西口、西御街的东口，在积土一公尺下，把那两座鼓吹亭的石基挖出，测度方位与距离（横跨在金河上的三桥，也是很好的标准），看得出，当时的御道，应该有一百公尺以上的宽度。

这条人民南路，以现在成都市的市政建设规划来说，恰好处在中轴线的中段。这条中轴线，向北越过旧皇城，经由后载门（现在街牌上写成后子门）、骡马市、人民中路、人民北路，通长四公里（从人民南路的北口算起），而达今天的宝成铁路、成渝铁路两线交会的成都火车站，可能不久时将改称为北站。因为现在从人民南路南端红照壁起，已新辟一条通衢，通到南门外小天竺，不久，还要凭中通过四川医学院（原华西大学），再延伸四公里，直抵成昆（成都到昆明）铁路起点车站，也可能将来会改称为南站。由人民南路北口到成昆铁路起点站的黄家碥，有六公里。将来这条联系南北两车站的中轴线为十公里。请将我所说的距离想一想，现在的人民南路，岂不恰恰处在中轴线的中心一段吗？

在这条中轴线的南段，即是说在今天的人民南路之南，将来是会出现不少的崇丽宏伟的大建筑的。今天的人民南路，仅只在东西御街街口以南摆上了一些大厦，如新华书店、人民剧院、百货商店等。旧社会的卑陋窳劣，几乎等于棚户的房屋，尤其在北段地方，还遗留得不少，当然，不久的将来都会拆除改建的。

人民南路的北段，不像南段布置有街心花圃。这里是每年五一、十一两个大节日，广大群众为了庆祝佳节而集会的场所，旧皇城门洞，这时恰好就作为一座颇为适用的检阅台和观礼台。按照城市建设规划，这地方将来还要向东、向西、向南拓展若干公尺，使其成为一片名副其实的广场。

人民南路的兴建，它向成都人民说明了新社会的可爱；它增强了成都人民对美好远景的憧憬，也增强了成都人民对社会主义建设的信念。不要看轻了这条街的兴建，它确实具有很浓厚的政治意义的！

这里我应该谈一谈人民南路的前身了。

我前面所说的贡院，从清朝末叶废科举之后，它就几经变化：清朝时候是几个高、中学校兴办之所；辛亥革命（公元一九一一年）是军政府；其后是督军公署；是巡按使和省长公署；再后又是高级、中级学校汇集地方。抗日战起，学校迁走，起初是无人区域，其后便成为贫民窟。解放后，成都市人民政府于一九五一年迁入（仅占旧皇城的四分之一，其余地方作为别用，不在此文范围之内，便不说它了）。为了要利用至公堂，特别在新西门外修了一片人民新村，光从至公堂上迁走的贫民，差不多就上百家。几十年间，御河已经淤为一道臭阳沟，不但两岸变成陋巷，就河床内也修了不少简陋房子。至于宫墙，那是早已夷为旱地，不用说了。

旧皇城门洞外直抵红照壁的那条宽阔御道，在清朝时候，便已变成了三条街道。北面接着皇城坝，南面到东西御街口的一段，叫贡院街。这条街，是废科举之后才修起来。科举未废之前，因为三年必要开一次科（有时还不要三年），要使用这地方，在平时只能容许人民，尤其聚居在这一带的回族人民搭盖临时房子，要用时拆，不用时再搭。科举既废，再无开科大典，这条街因才形成而固定下来。

这条街的特色是，卖牛羊肉的特别多。因为上千家的回族人民聚居在四周，所以这里便成了回民生活上一个重要的交易场。除了牛羊肉外，几乎所有的饮食馆都标有清真二字。

贡院街之南一段叫三桥正街。三桥，便是横跨在金河上的三道砖石砌成的大桥。这桥的建造，可能还在明朝以前。但构成三桥那种规模，却与明蜀王宫的修建同时。若照三道桥的宽度来看，是可证明从前御道很宽。但是到清朝后期，这里变成街道，街道的宽度，就比中间一道桥的桥面还窄。六十年前，成都有句流行隐语，叫"三桥南头的石狮子——无脸见人！"意思便是三道桥当中一道桥的南头的一对大石狮，早已被民房包围，等于石狮躲进人家，无脸见人。街道比桥面窄，因此桥面的两旁，也被利用来做了卖破烂、卖零食的摊子。

三桥正街之南一段，正式名字叫三桥南街，一般人却叫它为"韦陀堂"。原因是这条街的西边有一座韦陀庙宇，街的东边，本来是一座戏台和一片空坝，辛亥年以后，也变成了一条窄窄的小街。

再南便是红照壁。六十年以前，照壁跟前不过是些棚户，清朝末年，照壁跟前成了一条街，所谓照壁，早已隐在店铺的后面，不为人知。一九二五年才被当时反动政府发现，以银洋一万元的代价抵给当时的商会，拆卖得一干二净。

今天的人民南路，宽度六十四公尺（三桥也联成了一片路面），不但有街心花圃，不但有行道树，而且是柏油路面，它是中轴线上的通衢，它也是人民集会的广场。今天看来，它是何等壮阔，足以表现新社会人民的雄伟胸襟。然而它的前身，却原是那么污糟的三条街！可惜那些旧街景的照片已难寻觅，请伍瘦梅画家默画出来。请看一看那是何等可怕的一种社会生活！

不过今天的人民南路还在变化中。它将随着社会主义社会的建设，而一年一年的变。肯定地说，它将愈变愈雄阔，愈变愈美好。现在我所叙说的人民南路，还只限于一九五八年秋的人民南路。

一九五八年十一月八日写完①

---

① 据手稿抄写，原件藏李劼人故居博物馆

# 话说成都城墙①

## 为什么要写这篇东西？

今天犹然存在于人们口中和地图上的东门、西门、南门、北门乃至唤作新西门的通惠门，唤作新东门的武成门，唤作新南门的复兴门，只是"实"已亡了，而这些"名"，说不定还会"存"将下去，若干年后，也一定会像今天的西顺城街、东城根街，人们虽然日夜由之而所，却想不出它为什么会得有这样一个名称。（东城根街因为成街日子较浅，说得出它由于满城城墙根的缘故，准定还有不少的人。但能说出西顺城街它所顺的乃是旧皇城的东边夹城的人，恐怕就不多了。原因是，这道夹坝建筑得很早，在五代的后蜀时代，毁得也不迟，在清朝康熙初

---

① 此文写于 1959 年 12 月，由王世达据李劫人故居博物馆馆藏手稿整理。该手稿仅存 15 页，其中正文 13 页，尚缺结尾部分，另 2 页为引文摘抄句。整理时对文中未标句读的句子代为标出了句读。——编者注

年。志书不载，传说也未说到它，能够明其原委的人，当然不多。）万一再如交子街之误写成椒子街，叠弯巷之讹呼为蝶窝巷①，那么，即使翻遍图籍，还是会莫名其所以出的。（东门外的椒子街，其实就是五代时候前后蜀国在那里制造交子的地方。交子，即当时行之民间的信用钞票，后来叫会子，更后才名钞。因为这名字久已不用，人们感到偏僻，因而才致误了。但是也有不偏僻而致误的，如内姜街，本是明朝蜀王旁支封为内江王的王府所在，设若一直呼为内江王府街，也如岳府街一样，岂不一目了然？就由于省掉一个王字，又少掉一个府字，人们当然怀疑内江是一个县名呀，怎会取为成都的街名？想不通，就简直给它一个不能理解的名字，倒还快爽！叠弯巷，本因这巷几弯几曲，名以形之，非常明白。但是清朝宣统二年成都傅樵村撰《成都通览》，却舍去叠弯本音，以为雅，而写为叠弯的谐音蝶窝，自以为雅，其实是雅得费解，不客气的说，便是不通了！）

再说，成都之有城墙，固然山水久远，设若从秦国张仪、张若于公元前三一〇年破土建筑算起，到今一九五九年，实实在在它有二千二百六十年历史，不过在这漫长岁月中，说它一成不变，例如东晋时候王羲之与益州刺史周抚的帖子说："往在都，见诸葛显，曾具问蜀中事，云，成都城门屋楼观，皆是秦

---

① 《成都城坊古绩考》："叠湾巷……讹为叠窝巷，《光五团》亦写作叠窝巷"。——原编者注

时司马错所修。令人远想慨然！具末，为广异闻。"这已是诸葛颢的不经之谈，而今天若还有怀疑我们所拆除的，硬是秦城，那简直是故意抹杀历史。其实成都城，在这漫长岁月中，它随着时间的代谢，人民的增减，不第有时繁荣，有时又凄凉，还时而分，时而合，时而扩大，时而缩小，它的变化是多端的。

就是为了把它的陈迹弄清，才蓦然功念，抽出时间，将就十年前没有写完的一本东西，改头换面，剥皮刮骨，重新写出这样一篇比较浅显的东西。由于时间不够，未能访问故老，也未能多翻书本，只是伏处一室，凭记得的东西东抄一段，西写一段，凑合不起时，再由自己的理想去推一推。

好在我的这篇东西，并非作为地方志之类在看，而只是想在人们的文化生活上，略加几笔色彩，说到底，只算一种民间传说的有次序的记录罢了。

听说四川文史研究馆有些老先生，正集体从事要写一部《成都城坊考》。那才是正经记载，以我这篇四不像的东西比之，直小巫之见大巫，惭愧呀惭愧！

## 一、且先说一说古蜀国

要叙说秦国灭蜀之后，在成都建筑城墙，是不该把古蜀国的史迹和成都平原情形，略说一个概呢？他人意见如何，不得而知，我的意见，却觉得这样倒好。

但是讲到古蜀国，首先感到困难的是文献不足证，其次是史家作史，时代观念为什么会那么糊涂！

川西平原，近年来出土了不少古物。考古学家考来，有一些古物年代都很久远。远到什么时候？据说，总不在商周两朝之下。此说荀信，则李白的诗"蚕丛及鱼凫，开国何茫然，迩来四万八千岁，始与秦塞通人烟。"① 倒还不一定是浪漫主义的说法，而东晋蜀人常璩所作的最为有名的地方史书《华阳国志》，反而大可研讨了。

问题的关键，即在于蚕丛这个名号，与蜀国之"蜀"这个字。

《说文》解释蜀字，说是葵中蚕，并引《诗经·豳风》"蜎蜎者蜀"一句，来证实这个蜎曲的虫便是蚕。古代同物异名的例子很多，同物而移状略异，因而异名的例子更不少。吃桑叶而吐丝的虫，唤作蚕，吃冬苋菜叶（按：葵即今天一般人所呼的冬苋菜。）而吐丝的虫，唤作蜀。依照古人的办法，今天吃柞叶而丝的虫，吃蓖麻叶而吐丝的虫，都该各给一个专名才对。然而我们今人却更精灵了，只把蚕所吃的东西的名字，作为一个形容词，加在蚕字头上，岂不一听，即可使他人分辨出是哪类蚕，何必再创一些专名，等后人去作种种解释？

或者是最初唤作蜀，后来改唤成了蚕，或者是最初只有蜀，后来转化成了蚕。不管是虫的变化，名的变化，总之把这种虫吐的糸，何而为丝，可以线为帛，可以衣被人，使人穿着起来，

---

① 《李太白全集》载为"尔来四万八千岁，不（一作乃）与秦塞通人烟"。——原编者注

不但感到比披兽皮强，就比穿着粗毛织成的毳，细毛织成的褐，也轻暖得多，舒服得多，这于人类的生活，是多么了不起的一桩事！发现这种虫的民族，或者能够利用这种业的民族，大家为了标志它的特点，于是遂给了它一个蚕丛氏的名号，这是可以理解的。上古发明火的民族，我们不是称之为燧人氏吗？发明驯兽的民族，我们不是称之为伏羲氏吗？

因此，我们就不能不同意李白的说法，即是把蚕丛氏说成是古蜀国的开创酋长，而把历年推上到四万八千年，比史称始制衣裳、垂拱而治的轩辕黄帝老得多。同时也打破了两种无稽之谈：第一种，说什么蚕丝是黄帝之妃缧祖发明的；第二种，说什么蜀国长君都是黄帝子孙。

关于第二种，作偏于司马迁。《史记·五帝本纪》上说：黄帝第二个儿子昌意，降居若水，娶蜀山氏之女，生的儿子继承黄帝，是为帝颛顼，帝颛的庶支，封于蜀，世为侯伯。常璩作《华阳国志》，他不敢突破司马迁所画的圈圈，又不能把口口相传的这些古代民族英雄蚕丛、鱼凫，丢了不说，那吗，怎么来排列这一世系呢？常璩为了两全其美，他只好编造了一篇糊涂账来蒙骗我们后人。现在我们有了诗人李白的启示，有了无产阶级的历史发展规律的哲学概念，我们敢于来清理这篇糊涂账，使古蜀国的本真重现于我们眼前，但是话说在前，我并非研究历史的人，所据的资料有限，而且寻常得很，账算错了，请批评指正！

让我把《华阳国志》的《巴志》摘抄一段如下，"《洛书》

曰，人皇始出，继地皇之后，兄弟九人，分理九州为九囿。……华阳之壤，梁岷之域，是其一囿。囿中之国，则巴蜀矣。……其君上世未闻。五帝以来，黄帝高阳之支庶，世为侯伯。"

再把《蜀志》节抄几段，"蜀之为国，肇于人皇。……至皇帝，为其子昌意娶蜀山氏之女，生子高阳。……封其支庶于蜀，世为侯伯。历唐、虞、夏、商、周武王伐纣①，蜀与焉。……有周之世，限以秦巴，虽奉王职，不得与春秋盟会君长，莫同书轨。周失纲纪，罚先称王。有蜀侯蚕丛，其目纵，始称王。……次王曰柏灌。次王曰鱼凫。王田于湔山②，忽得仙道，蜀人思之，为主祠。后有王曰杜宇，教民务农③。时朱提有梁氏女利游江原，字悦之，纳为妃④。移治郫邑。……七国称王，杜宇称帝，号曰望帝。……自以功德高诸王，乃以褒、斜为前门，熊耳、灵关为后户，玉垒、峨眉为城郭，江、潜、绵、洛为池泽，以汶山为畜牧、南中为园苑。会有水灾，其相开明，决玉垒以除水害。帝遂委以政事。……禅位于开明，帝升西山隐焉。时适二月，子鹃鸟鸣，故蜀人悲子鹃鸟鸣也。巴亦化其教，而力农务。……开明位号曰丛帝。丛帝生卢帝，卢帝攻秦，

---

① 《华阳国志校注》载为"夏、商、周武王伐纣"。——原编者注
② 《华阳国志校注》载为"鱼凫王田于湔山"。并注曰"鱼凫王后'鱼凫'二字廖本脱。"——原编者注
③ 据《华阳国志校注》载，此句后有"一好杜主"句。——原编者注
④ 《华阳国志校注》载为"纳以为妃"。——原编者注

297

至雍。生保子帝。帝攻青衣，雄长獠僰。九世，有开明帝始立宗庙，以酒曰醴，乐曰荆人；尚赤①。帝称王。……开明王自梦郭移，乃徙治成都。……"

其下，夹叙了几大段极有趣的、有关五丁力士的神话，以及因何而开劈石牛道，因何而与秦国交通、交恶的故事，因与世系无多大关联，故略而不抄。兹只抄最后一段如下："周慎王五年，秋，秦大夫张仪、司马错、都尉墨等，从五牛道伐蜀。蜀王自于葭萌（按：即今之昭纪地方。）拒之败绩；王遁走至式阳，（按：今新津县地方。）为秦军所害。……开明氏遂亡。凡王蜀十二世。冬，十月，蜀平。"

这真是一笔糊涂账！

按照《华阳国志》说，蜀侯蚕丛在周失纲纪时始称王。周失纲纪，应当指的是东周之初。我们姑且把它移前一点，移到周幽王五年，宠爱褒姒，王子宜臼出奔申国算起罢。按周幽王五年，为公元前七七七年。《华阳国志》又说，杜宇于七国称王时方称帝，号曰望帝。按七国称王，在周显王十三年到四十七年之间，即是说在公元前三五六年至三二二年的三十四年之间，现在我们暂把杜宇称帝之时，老实朝后挪在公元前三二二年看一看，由此而上溯至蚕丛称王，算来才四百五十五年。四百五十五年，在人类进化的过程上，是多么短暂一段时间！而谓一个民族，一下子便能从山岭区域，移入平陵地带，一下子便能

---

① 《华阳国志校注》载为"乐曰荆，人尚赤"。——原编者注

从畜牧渔猎时代，进化到农田水利时代。这未免太不合乎历史发展的客观规律了罢？

上面所提出的，已是一篇糊涂账了，按下去，还有两笔更糊涂的账哩。

我们查看《华阳国志》与《史记·六国年表》，记载张仪等灭蜀，都是周慎王五年的事。按周慎王五年，为公元前三一六年。由这一年，上溯至杜宇称帝之年，假若依照我们极力朝后挪的公元前三二二年，仅仅为六十年头，这短得实在不像话。但是，即令把杜宇称帝，颠转来尽量朝上挪，挪到七国称王之初，即公元前三五六年，又如何呢？那也不过在六年之上，增加三十四年而已。即是说在非常之短的四十年间，被秦国所灭的蜀国世系，不但包括了一个杜宇，包括了开明十二世，而且开明二世卢帝，还带起人马，向秦国进攻过一次，还攻到秦国的都城雍。这岂不是睁起眼睛说瞎话！

我们再查一查《史记·秦本纪》《十二诸侯年表》和《六国年表》，知道秦在东周立国时，它的都城起初在郿，继而徙居平阳。其后把都城迁移了三处。这中间，还特别提出蜀人与秦的几次关系。为了减少语言的啰唆，兹特按照史记的两个表，加入公元前的年数。列一简表如下。

　　周釐王五年　秦德公元年　公元前六七七年　徙都雍

　　周元王二年　秦厉共公二年　公元前四七四年　蜀人来略

周定王十八年　秦厉共公二十六年　公元前四五一年
左庶长城南郑

周定王二十八年　秦躁公二年　公元前四四一年　南
郑反

周安王十五年　齐惠公十三年　公元前三八七年　伐
蜀取南郑

周安王十九年　秦献公二年　公元前三八三年　徙都
栎阳

周显王十九年　秦孝公十二年　公元前三五〇年　徙
都咸阳

周显王三十二年　秦惠文王元年　公元前三三七年
楚韩赵蜀来朝

周慎王五年　秦惠文王二十二年　公元前三一六年
伐蜀灭之

这下，我们细细地算一算看。依据上表，从秦国徙都雍，
到蜀人来送礼，历年为二百零三年；从蜀人送礼，到左庶长修
筑南郑城墙，历年只有二十三年。按南郑，是汉中平原的首城，
在杜宇末一代属于蜀。（说见后）公元前四七四年，秦国特派一
名大官（按：左庶长等于其后秦始皇时的丞相，秦国执政大
官。）来建筑南郑城墙，显而易见，秦国由蜀人手上把这地方夺
去，认为是个紧要去处，故才筑城据守。证以其后"南郑反"，
"伐蜀取南郑"，可见从公元前四五一年到三八七年，这六十四

年中，秦蜀是交兵频频。但是秦蜀这时节交兵，似乎只限于汉中平原，是秦兵越秦岭而北，并非蜀兵越秦岭而南。因此，把开明二世卢布攻秦至雍，放在这时候，不唯形势不许可，而时间也不对头。设若我们把卢帝攻秦至雍，移到公元前六七七年以后不久，而在公元前四七四年秦蜀复邦交之前，那吗，形势能许可，因为这时，秦是秦岭之北的一个小国，蜀却已经强大，正在向北向南扩张，（向北扩张，是开明二世卢帝攻秦，至雍。向南扩张，是开明三世保子帝攻青衣，雄长獠、僰。据我推想起来，侵犯邛笮，建立邛都，在邛发现盐井、火井，使邛成为蜀国南疆重镇，又成为财富之区，也就在保子帝向南扩张不久以后的事情。新津的保子山，正是保子帝由之而南的遗迹。）以时间来计算，也才符合，因为由秦徙都雍，到秦灭蜀国，一共历年三百六十一年。三百六十一年，来当开明十二世，（从第二世到十二世。）虽然觉得多一点，但也不过多二三十年，于情于理，都还说得下去。

这样看来，开明二世之攻秦至雍，既然在公元前六七七年之后不久，那吗，还早于卢帝两代的杜宇，又何能在三百二十多年之后才称帝。才移治郫邑，才教民务农，才遭到水灾，让位于开明一世呢？这真是笑话说的先生儿子后生妈了！

此之谓"尽信书，则不如无书"。

因此，我们对于《华阳国志》一书，就不能不有所取，有所舍了。

设若我们把蚕丛称王于周失纲纪之时，杜宇称帝于七国和王之会，这两处特别提到时代的地方舍去，设若我们再能打破史家所设的圈圈，不相信蜀国君长都是黄帝子孙，那，我们看得出《华阳国志》到底是一部有价值的地方史，它所收集的古蜀国许多故事，基本上是与李白诗意相符合的。

首先，常璩说蚕丛氏的眼睛，不与其他民族的眼睛一样。其他民族的眼睛是横起生的，而蚕丛氏的眼睛，则是直立生的。人类的眼睛还没听说有直立生在额脑上的（封神榜、西游记上所说的那些神仙怪物的眼睛，全不作数）。可是欧洲人种学者却说过，高加索人种的眼角上挂，看起来好像有点直。我们看古人画的人物，和古墓掘出的土俑，眼睛确实都有点挂。这说明古蜀国蚕丛氏这一族人，眼睛长得特别向上挂，倒是它的一种特征。若说蜀侯蚕丛，就因为眼睛是直立着生的，才称了王，那却难以理解。

其次，常璩说鱼凫王"田于湔山"，虽然他之特提此句，而将重点放在"忽得仙道"上，好像说"蜀人思之，为立祠"，是由于他之得仙道。但是我们却不能这样理解，我们以为鱼凫时代，在湔山狩猎，（田字古义，即狩猎，即打猎意思。）是反映这个民族从蚕丛时代所居处的岷山山岭，渐渐在向南方较低之处移动的路程。古代所谓湔山，即今松潘、平武一带高原地方当然处于岷山之南。那时，岷江是条大水，而际于高原脚下，说不定还有正在干涸（由于向低处下泻。）的内海。鱼凫这个称号，说明与水为缘。因为这时代，这个民族能在高原和山岭上打猎，也在水滨海边捕鱼。打猎要猎具，捕鱼也要渔具。鱼凫氏由于生活需要，发明了渔具，这是它的特点，犹之蚕丛氏之发明合糸成丝，组丝为帛一样，都是了不起的事情。所以后人既称之为鱼凫氏，还思之不置，修起庙宇来祭祀之。

鱼凫之后，不知经过若干年，由于环境的变化，生活随之而转化，这个民族渐渐从以渔猎为主要生活手段，进化到以稼穑为主要生活手段。所以常璩一叙述到杜宇，简直就把他说得像北方传说歌咏中的后稷。后稷教民以稼穑，杜宇教民力田务农，先只汶山之外川西平原的一角，后来竟然化及全川，成为农田之神，称为杜主。（解放之前，川西许多县份内还有不少的土主祠，有人以为是土地祠，其实就是杜主一音之转。）

《华阳国志》叙说杜宇氏时代民族更南移，甚至从山区移入平原之迹，尤为显然。不过它的缺点是，第一，把杜宇氏的时代说得太为晚近，（在七国称王前后。）第二，把杜宇氏的年历说得太为短促，（前后不过了几十年。）尤其第三，把整个民族的转移变化，若干代杜宇氏的不灭功绩，都说成是一个自然人的行为，而且将其庸俗化，简单化了。比如它说："时朱提有梁氏女利游江源，宇悦之，纳以为妃。移治郫邑。"好像这一民族之向岷江下游丘陵地区、平原地区地区转移，并不是为了更重要的生存，而仅止是这个风流倜傥的君主之为了追逐一个爱人，而且这个爱人还不是本民族的一个女性，而是现在宜宾县地方的一个游女。更可致疑的是，大梁、少梁，都是北方的国名，宜宾县的朱提，那时一定还是蛮荒，文化比蜀为低，如何使出了这个以国为姓的梁氏呢？这且不说。设若我们把"移治郫邑"，连上下文读，那便更为不妙了。好像杜宇这个好色贤君（以他的大成绩而言，实在便称之为昏君。）他之移治郫邑，并非为了便于已经大量移入平原，从事稼穑人民的安处，而仅以为了他的兴趣，为了接近于老婆的娘家，这岂非庸俗化，简单化而何？

因此，我们的理解是：鱼凫时代，这个民族方由岷山山区逐渐南移到松潘，平武高原，已经滨于水际，与水为缘。而杜宇时代，这个民族更向南移，初步移到岷江下游的江源，（按，古之江源，即今之茂县、汶川、彭县、灌县一带，亦即古之汶山地方。）再而大凡移入平原。以稼穑耕耘为主要生活手段。因为那时，内海更加干涸，接近丘陵地区，首先成为平陵，郫县地方比成都高，比成都燥，所以到最后，这个民族才聚居到成都之西的郫县来。

我这里说的最后，也是相当古的。以时测之，大约也在商周时候，说不定就在禹导岷江，东别为沱之后不太久。

总而言之，古蜀国到杜宇时代，从山岳移入平陵，从渔猎转为稼穑，历年很长，历世久远，定居之后，渐渐就移成一个有文化的古国，比起蚕丛、鱼凫，时代较为晚近，流传的事迹，也比较多了一些，所以《华阳国志》叙述到杜宇时代，篇幅稍长。而尤可注意的，就是叙述这个古国的幅员和地理形势。它说，以"褒、斜为前门"。褒谷、斜谷是秦岭北麓、通经陕西的隘口。以这个地方的前门，则古蜀国已把汉中平原括在幅员之内。（我在前段说南郑是蜀地，秦派左庶长城南郑，是秦国把这地方从蜀人手上夺去，而后筑城掘守，就是从这里找的根据。）又说以"熊耳、灵关为后户"。可见古蜀国的南疆并不太远：熊耳山在今眉山，灵关一说在天全，但是能与熊耳并提，即令不在眉山，亦必距离不远。又说，以"玉垒，峨眉为城郭"。峨眉山，大家知道的，是川西平原东南隅上的大山，玉垒山在今汶川县。是说古蜀国东西交通，则限于两山之间。又说，以"江、潜、绵、洛为池泽"。这一句最关紧要了，说明在岷江以东，沔水以南，涪江、沱江之间，还是一个河流纵横、沼泽遍地的多水地方。下两句，以"汶山为牧畜"，尚可说有点关合，至于及"南中为园苑"，这是作陪之辞，因为南中为贵州、云南两省，那时，对古蜀国而言，尚处于化外。或者园苑一辞，也便含有在藩篱之外的意思罢？

看将起来，杜宇时代的古蜀国，恰就是今天的川西大平原，而向北衮延及于秦岭北麓。《华阳国志》所说的五个力士劈山通道的奇迹，应该从开明帝时移前到这个时代，李白诗云："始与秦塞通人烟"，当然与五丁力士是有关的。如是，则上溯到鱼凫、蚕丛，应该如诗人之言，是四万八千岁。纵说诗人之诗，来免浪漫得有点过份，但总不能够像常璩史家把杜宇古代说得那样晚，又那样短。

设若我们把称号望帝的杜宇，认为就是让位于开明氏而升西山，（按：西山即指灌县、汶川以西的诸大山。）而隐藏的杜宇，即是说是杜宇氏的末一代，与他上世娶妻于江源的杜宇，移治郫邑的杜宇，自以功德高诸王的杜宇，分开来，而把他置于东周之初，倒还合乎历史真实，而免于去受史家的迷惑！

　　到此，要说的古蜀国简略概况，以及沼泽地带的成都形势，差不多都已交代清楚。剩下来的，只有杜宇、开明这个称号之由来了。将其说在这里，迹近画蛇添足，要是不说，似乎也是缺憾，因为蚕丛、鱼凫二名都说明了所以得名之故，何独于杜宇、开明而置之不说？于理不通，只好拖一条尾巴如下：

　　蚕丛既然与丝有关系，鱼凫既然与渔有关系，那吗，杜宇无疑与稼穑有关系了。《华阳国志》以为杜宇让位之时，正当二月春阳，子鹃（按：即子规、阳雀、杜狗、杜鹃、催耕、布谷，一物而多名的鸟。）啼唤之际，因此，后人一听见子鹃鸟鸣，便想起杜宇的功德，不由生起悲来。我说，这话虽然说得有点因由，但还不若民间传说之较为明显。民间传说是，杜宇被权臣把君位夺去后，他便化为杜鹃鸟，昼夜悲啼，啼到满口溅血，血染在山花上，就成为杜鹃花了。（杜鹃花即今所谓的映山红。）这传说固然较为明显，却不觉仍是倒因为果，直捷了当地说，杜宇即是子鹃鸟的名字，后世叫子鹃、子规、杜鹃，乃至催耕、布谷，古时则叫杜宇。因为这鸟与农事有关，所以便把这一时代这个从事稼穑的人与其君长，称为杜宇氏，犹之北方称此一族为稷，是一个道理。若是问我此有言何证据？我说，正面的证倒是没有，旁面的证，却有几个。第一个证，是蜀与蚕，第二个证，是巴与大头蛇，第三个证，是万与土蜂，第四个证，是胸脸（音蠹忍）之与大曲蟮。好在这四证都出在四川，其余尚多，不具引了。

至于开明呢？当然也是一种动物名字，并不能按照字面，望文生义，把它解为启明、文明、文化等。《华阳国志》说，杜宇（末一代）时，忽遇水灾。开明氏把汶川的玉垒山挖开了以除水害，可见那一次的水灾一定不轻，因此，人民归心，杜宇帝（末一代）才不能不让位与之。虽然决山排水是古蜀国的老办法，（这办法是西夷人的禹发明的。）但是没有大力量的人，是不容易办到的。有决山力量的人，在古代说来，总非人类。所以《山海经》才作了这样解释："开明，兽身，大类虎，而九首皆人面。"岂非一个怪物？《山海经》还有一条说，开明是昆仑山一个守门的神兽。看来，决山除水害的那个人，起初是另有一个名字的，后来做了件好事，大家遂以守门神物之名名之，不但得了美名，而且得了政权。至今郫县之北的望丛祠就是奉祠的望帝与丛帝。

按照《华阳国志》所叙列的蚕丛之后，鱼凫之前。尚有一个"次王曰柏灌"。这一代无丝毫事迹可寻，恕我并非历史学史，所看的书籍也不多，实在不能解释这一时代的君长，何以命名为柏灌？柏灌究是何义？甚至有没有这一代？假使有人找得到凭证，能够将其说明，固所欢迎。不然的话，也无关紧要。总之古蜀国的概略已经交代明白，就可以了！

## 二、第一次在成都筑起的城墙，顺便解释一下何以叫作龟城

据《华阳国志》记载，秦国灭蜀在周慎王五年秋。当公元前316年。但是秦人在成都建筑城墙，却迟到周赧王五年，即

公元前 310 年，这当中定有缘故了。

是什么缘故？显而易见，并非秦人把这件事情怠忽了。秦国要吞并蜀国，蓄谋已久，《战国策》上载有一篇司马错在秦惠文王跟前与张仪争论伐蜀的文章。就说得非常明白。说："臣闻之，欲窃国者多广其地，欲强兵者多富其民，欲王者多其博德。夫蜀，西僻之国也，而戎翟之长也，作桀纣之乱，以秦攻之，譬如使豺狼逐群羊。得其地，是以广国，得其财，是以富民，缮兵不伤众而彼已服焉。拨一国而天下不以为暴，利尽西海而天下不以为贪，是我一举而名实附也，而又有禁暴止乱之名。……"因此，秦惠文王才不取张仪伐韩之计，而采用了司马错的话。所以把蜀国一灭，接着就把王号取消，"封子通国为蜀侯，以陈壮为相"。又把巴国灭了，改置巴郡。"以张若为蜀国守"，并且移秦民万家到蜀国来殖民。

秦既这样重视蜀地，照理说，它就应该在灭蜀之后，赶快巩固几个据点。筑城以守，就是巩固据点的好办法。秦人是早懂得这办法的，上段说的左庶长城南郑，岂不就是明证。

那吗，为什么在灭蜀之后五年，才说到筑城呢？

汉朝扬雄作有一部《蜀王本纪》，原书已经没有了，只散见于各家所引，其中就有一段说到成都第一次筑城时的情形，他说："秦相张公子（按：即指张仪。）筑成都城，屡有颓坏，有龟周旋走，巫言以龟行迹筑之，既而城果就。"

扬雄之言，定有所本，"屡有颓坏"一句，便把当时筑城不易说明白了。后来到五代时，后蜀李昊作《创筑羊马城》记，更有发挥说："张仪之经营版筑，役满九年。"九年虽不见有明文记载，但可以想见，第一次建筑成都城墙，历时很久，说不定灭蜀之后即便动工，经过五年，方才筑成，筑成后，还"屡有颓坏"。但是我们又要问张仪首筑的这座城，到底有好大？需要得久些。

答复第二句是：王徽在《创筑罗城记》上所说："惟蜀之地，旷土黑黎，而又硗确，版筑靡就。"请想，在晚唐时代，高骈创筑罗城，尚因成都的土质疏劣，难于版筑，那吗，成都这地方，在李冰治水之前，其为满地沼泽，要建筑那么大的一座城，又那么完整的一座城，当然会屡筑屡需时甚久了。

杨子云说到"有龟周旋行走"，虽然有点神话意味，但我们若以历史唯物主义的眼光来看，他的话到底还算接近历史的真实，因为成都当时既然还是属沼泽地带，在筑城时，惊动一只大乌龟，从水荡中爬出，循着比较干燥地方走一大圈，这确实可以理解的事，就由于他掺杂一个巫人进去，不唯解说得不太好，还引起了为什么这样难筑？

答复第一句是，成都第一次筑的城就今天说不算大，但在当时却不为小，《华阳国志》说："仪与若城成都，周回十二里，高七丈。"秦汉的度量都比后世小。确实小到好多，没有考过。后人说，比现行的市尺和华里小六折，或许相差不远。若然，周回十二里，就是当今天的八里不到，高七丈，则是在四丈以上，以那个时候的情形而言，的确是座很大很大的大城了。平地要筑起这么大一座土城，而且还要如《华阳国志》所说："造

309

作下仓，上皆有屋，置观楼射兰。"那就是说，要利用城墙下面，造成仓库，储备粮食，上面造成房屋，既可驻兵，又可遮蔽风雨，城门之上，还要修建哨楼箭垛之类的东西，以便防守，当然不是一件容易事。后人误会，好像成都城之得以筑成，完全得了乌龟的启示。所以，宋朝乐史作《太平寰宇记》竟说："成都城亦名龟城，初张仪、张若筑成都屡坏不能立，忽有大龟出于江，周旋行走，巫言依龟行处抗之，城乃得然，所搬处成大池。龟优其中。"

乐史的话，当然根据扬子云、常道将二家之言，而最荒唐的是说大龟出于江，当时李冰尚未"壅江"（按这个江字指的是灌县的岷江），作堋穿郫江、检江①，别支流双过郡下以行舟船。成都那时地方只有水荡，哪里有江？而且常道将的《华阳国志》虽然也说到"其筑城取土，去城十里，固以养鱼，今（按今字指东晋时候即常璩作《华阳国志》时）万倾池是也②。"不惟来说到有龟伏其中，而且迟到东晋尚称万倾这个池，可见不小，从而可以说明秦人筑城取土之多，原因就是在沼泽下湿地方；要筑一座上面所说的那样的城，（或者 还不止一座城，而是两座城，说见后。）用土当然不能少。

成都城为什么一定要联系到龟，一则《蜀王本记》与《太

---

① 《华阳国志校注》载为"冰乃壅江作堋，穿郫江、检江"。——原编者注
② 《华阳国志校注》载为"今万岁池是也"。——原编者注

平寰宇记》业经解释过了，是循龟之迹筑成了一道城墙的缘故。还有一解，更近情理，就是上面引过的晚唐时候。高骈筑罗城，王巍在记上说"蜀城能卑且隘象龟形之屈缩。"即是说，成都城初建筑时，为沼泽下湿之地，所限不能像在北方平原那等东西南北拉得笔伸而又四楞四现，只好弯弯曲曲，依着比较干燥之处筑成了一道倒方不圆、极不规则的形势，像个龟形，因此便名之曰龟城。

我感得从上面两种解释，龟城已经非常合乎事理，不容再有异说的了。然而不料到了清朝康熙年间，一个有名诗人王士禛（山东人，号贻上，别号渔洋山人）。两次因公来过成都，在他所作的一部笔记《陇蜀余闻》竟然说："成都号龟城，父老富，东门外江岸间，有巨龟大如夏口，不易见出，出则有龟千百随之。康熙癸丑（按系康熙十二年当公历一六七三年）滇潘未作逆时曾一见之。"

如此一说，似乎成都之为龟城，硬还有个龟在这里的东门外江边作物证！按照王渔洋的意思，这龟还是成都的主神，每当有大变故发生，它都要出来显示一下，不过他诿之于父老所说，好像又是"齐东野人之言"，不大可靠。这是王渔洋狡怪处。但受他的影响，居然作为实证的，便有一个李馥荣（四川通江县人），在康熙末年，他著的《滟滪囊》上说："康熙十二年癸丑，成都濯锦桥下，绿毛龟现，大如车轮，见背不见首，有小龟数百浮于水面，三日后乃不见。"

### 三、成都城并非张仪所筑

按照历史记载，秦国灭蜀在周慎王五年，当公元前三一六年。但是，秦人在成都建筑城墙，却在周赧王五年，当公元前三一〇年的时候。若史书所记不差，那吗，秦灭蜀五年（至少应是四年有余）之久方才建筑城墙。这里可以说明两个问题：第一个是《华阳国志》说过"开明王自梦郭移"，因而才把都城从郫县向东移了五十来里（华里而非公里以下所记里数同），移到成都来。这一句的"郭"字是不可靠的，原因是"郭"为城外之"城"，有郭必城。设若开明王果自梦郭移，则其郫县故都有城有郭不用说了①，即其移治到成都当然也会城有郭，但是我们从下面将要说的龟城看来，古蜀国好像并未有过城郭，不但成都没有，就是从杜宇氏起移治平原上第一个地方郫也没有。看来在古蜀国居住的这一族人，千年万载以来，尚未遭受过异族的侵犯，似乎除了与自然灾害斗争之外，也还没有在本族中间为了争权夺位，动过干戈。因此不像北方民族老早就发明了城隍的作用，（主要是为了抵御外来的侵犯。）《华阳国志》在记述真实史迹时每每要掺入一些自己的唯心主义看法，亦即昔人所谓正统派的史笔。我在头一段上，已将其矛盾处指出不少，这里也一样。我们认为开明（是不是开明第九世也是一个问题，

---

① 从"秦灭蜀在周慎王五年"至"有城有郭不用说了"处，作者未标出句读，整理时代为标出。——原编者注

因其无关本题，暂时不去研究它了。）之由郫县更向平原中心移治一步，并非什么"自梦郭移"。其实是成都平原早已可以耕耘稼穑，不必要待君长分配人民，必已大量移居于此。我们还不必求证于现代出土的古物，即以"成都"这名称便可以证明。按《太平寰宇记》解释成都之得名为"周太王迁于岐山，一年成邑，二年成都，故名曰成都"。但《史记》上已说：舜"一年而所居成聚，二年成邑，三年成都"。可见凡是一个酋长住到哪里，他的部落随之而集中的地方，都可按照这个程式，叫其所住的地方曰："成都"。不过，我们也可颠转来说，这个地方的人民必已众多了，这到某一个酋长移任而来之后，大家才从分散的居住点，逐渐麇集拢来。起初，成为一个像样的村落，其次，便扩大了成为一个或者有城、有壕。或者无城、无壕的大去处。我们现在尚无法证明成都这个字，是否由于开明王迁来以后才有的呢？抑或早就有了？总而言之，可以想见在开明王未迁成都以前，这地方不但早有居民，甚至数字还相当多的哩。

第二个问题是，秦国灭蜀之后，虽然开明氏亡了，但蜀国的人民对于战胜国并不心服，所以《华阳国志》上乃有这样一笔"周赧王元年（公元前314年，即秦灭蜀后一年），秦惠王封子通国为蜀侯，以陈壮为相，置巴郡，以张若为蜀国守，戎伯尚强乃移秦民万家实之"。这里所谓"戎伯尚强"的戎是泛指异民族，并不一定指的西方民族。

因为"尚强"这二字实在找不到它的来源。我疑心"戎伯尚强"这一句，就已指的蜀国中一些部落，即后世所说的大姓土豪，所以才有下一句乃移秦民万家实之。移民充实征服国，当然就是现在所说的殖民了。

为了防备和镇压殖民地上的土著民族，不但移来的人民万家，要聚集力量，不容分散，而且驻防的军队也要有一个建筑物，以作安全的保障，于是便修建起城墙来了。

但最初在成都筑城的到底是谁呢？一般人都相信是张仪筑的，汉朝扬雄所作《蜀本纪》便这么说："秦相张公筑成都城。"一直流传下来，几乎都这么说。例如东晋时常璩《华阳国志》说："周赧王五年，张仪与张若城成都。"任豫的《益州记》（此言也只见引文）也说"成都诸楼……"[①]。

> 周赧王元年，秦惠文王封子通国为蜀侯，以陈壮为相。置盈巴郡，以张若为蜀国守。戎伯尚强，乃移秦民万家实之。
>
> 六年，陈壮反。杀蜀侯通国。秦遣庶长村甘茂、张仪、司马错复伐删，诛陈壮。七年，封子恽为蜀侯。
>
> 十四年，秦孝文王疑蜀侯恽置毒，遣司马错赐恽剑，使自裁，恽惧，夫妇自杀。
>
> 十五年，封其子绾为蜀侯。

---

① 文章至此处突然中断，不知何故，后面还应有一部分，可能作者未写完，也可能手稿遗失了，故整理时于"成都诸楼"后加上"……"与" "以示文未结束。——原编者注

三十年，疑蜀侯绾反，王复诛之，但置蜀守。张若因取管及其江南地也。

周灭后，秦孝文王以李冰为蜀守。……冰乃壅江作坍，穿郫江、检江别支流双过郡下，以行舟船。岷山多梓、柏、大竹，颓随水流，坐致材木，功省用饶。

然秦惠文、始皇克定六国，辄徙其豪侠于蜀，资我丰土。(华三第九页下半①)

"临邛县，在郡西南二百里。本有邛民，秦始皇徙上郡实之。……有石矿，大如蒜子，火烧合之，成流支铁，甚刚，因置铁官，有铁祖庙祠。汉文帝时，以铁铜赐侍郎邓通，通假民卓王孙，岁取千匹，故王孙货累巨万亿，邓通钱亦尽天下。

武帝初欲开南中，令蜀通僰、青衣道。建元中，僰道令通之，费功无成，百姓愁怨，司马相如讽喻之。使者唐蒙将南入，以道不通，执令，将斩之，叹曰："秦官益土，恨不见成都市。"蒙即令送成都市而杀之②。

(原文如此，缺结尾部分)

原载《成都文物》1991年第2期

---

① "华三第九页下半"，此为李劼人原文，系标明资料来源，"华"指《华阳国志》。——原编者注

② 从"周赧王元年，秦惠文王封子通国为蜀侯"至结尾，为作者引《华阳国志》时的摘抄句，以备写文章时用，不属该文正文。作者未标句读，整理时代为标出。——原编者注

# 李劼人年谱

李劼人，原名李家祥，1891年6月20日出生于四川省成都市一个小市民家庭。

1894年，李劼人3岁时，其母杨氏请李劼人的堂幺外公为其发蒙。李劼人的父亲被在江西省做县官的亲戚聘到江西谋事，因此留在江西，在县衙当文书，兼行中医。

1896年，李劼人随母亲和祖母、曾祖母移居成都磨子街杨家大院，住在外祖父家的后院。

1897年，李劼人6岁时，第二次发蒙，蒙师为其堂舅父杨赞贤。李劼人在杨家大院内设的私塾读书至1899年。

1900年，李劼人9岁，李劼人的父亲在江西捐了一个典史指分候补，李劼人随同母亲到了江西。因李母病重，腿残，李家在江西第一年的生活异常穷苦，李劼人常去当铺典当衣物。

1904年，李劼人13岁，李父得到一个抚州的差事，举家搬到抚州，家境渐渐好转。李劼人进入小学堂读书，读了两年后，李劼人去学排字工。

1906年，李劼人15岁，父亲去世。其父去世时，家中仅有两块钱。在各方亲友的帮助下，李劼人携病母，扶着父亲灵枢，回到成都。此时，李劼人家中仅有曾祖母、祖母、和病母三代寡妇，李劼人没有兄弟姐妹、叔伯姑姑，真正算得上家中独苗。全家生活来源是曾祖父所积的三百两银子和祖母娘家帮助她的二百两银子，共五百两银子的利息生活。李劼人设法把李家多年未制作的一种疗效很好的朱砂保赤丸方子找出来，由祖母制作出售，每月所挣的钱，把必须生活费用解决后，还有节余。

1907 年，在亲戚的资助下，16 岁的李劼人考进四川高等学堂附属中学读书。同学中有王光祈、曾琦、郭沫若、周太玄、蒙文通等人。

1911 年，四川铁路风潮发生时，李劼人以附属中学学生代表的资格参加。

1912 年，21 岁的李劼人在附属中学毕业，因无人资助学费，只好放弃继续深造。第一篇小说在《晨钟报》上发表，正式使用李劼人这一名字，原名李家祥未再使用。

1913 年，辍学在家，以读小说、报刊、诗词消遣，帮助家庭手搓保赤丸出售。

1914 年，李劼人的舅父做了泸州县知事，李劼人被聘为当地科长。

1915 年，李劼人随舅舅一起调到雅安。当年 8 月，李劼人的舅舅辞职，李劼人回到成都。这段经历，让李劼人对辛亥革命的成果和意义发生了怀疑。回到成都后，李劼人便确定了不再跨入官场，有几次当科长的机会，他都拒绝了。

1916年，担任《四川群报》主笔兼编辑。

1917年，5月，辞去《四川群报》主笔和编辑的职务。

1918年，创办了《川报》，并担任社长兼总编辑。

1919年，周太玄和李璜在巴黎创办了一个通讯社，邀请李劫人前去。在亲友的资助下，李劫人去了巴黎。

1920年，李劫人随赴法勤工俭学学生到蒙达尔尼市立中学暂住兼习法文。2月，去巴黎，在巴黎大学旁听。

1921年，在拉密尔公立中学学习。研究法国近代文学。

1922年，在蒙北烈，一小半时间在大学读书，大半时间用来翻译作品和给成都两家报社写通讯。

1923年，继续在蒙彼利埃大学听课，并全力从事翻译工作。

1924年暑假，李劫人回到成都，进入《川报》当编辑，写评论。三个月后，《川报》被封，李劫人在宪兵司令部关了八天，在友人的营救下，才被允许放人但不许办报。

1925年，李劫人女儿远山出生。《马丹波娃利》出版。

1926年，李劫人在国立成都大学中文系教授《文学概论》。

1927年，仍在成都大学执教。儿子远岑出生。

1928年，除在大学教书，其余精力都投入嘉乐纸厂。

1929年，全力经营嘉乐纸厂。

1930年，李劫人辞去教职，于当年暑假在指挥街寓所侧开设饭馆"小雅"，夫妻二人亲手掌勺。此事在成都引起反响，多家报纸报道，"成大教授不当教授开酒馆"，讥讽军阀当局对知识界的摧残。

1931年，李劼人刚满4岁的儿子远岑被军阀绑架，"小雅"因此停业。

1932年，通过袍哥邝侠子从中斡旋，李劼人以600银洋赎回儿子，加上为此事付出的跑路费、酬金、烟酒、宴请费等，另花去400银洋。邝侠子是《死水微澜》"罗歪嘴"的原型。当年李劼人受聘为川大特约教授。

1933年秋，举家迁重庆，出任重庆民生机器修理厂厂长职务，由文学教育转向实业救国。1934年，终年为民生机器厂的事物忙碌。

1935年，李劼人回到成都，以写小说为专业，学校找李劼人教书的，李劼人一概拒绝。《死水微澜》出版。

1936年，李劼人完成了《暴风雨前》，《大波》上卷、中卷。

1937年，完成《大波》下卷。任《建设月刊》总编辑。

1938年，李劼人修建居所"菱窠"。任嘉乐纸厂董事长。

1939年，举家迁往"菱窠"。兼任嘉乐纸厂代总经理。

1940年，全部精力投入嘉乐公司事务。

1941年，为嘉乐公司事务，常来往于乐山、成都、重庆三地。

1942年，全力投入嘉乐公司事务，翻译法国小说。

1943年辞去嘉乐公司总经理职务，仅任公司董事长，翻译小说。

1944 年，翻译左拉小说。

1945 年，继续投入嘉乐公司的事务中。

1946 年，写杂文若干，为嘉乐公司事务常住重庆。

1947 年，写作《天魔舞》。

1948 年，一方面在政治上、经济上支撑"文协"成都分会，一方面为嘉乐公司业务操劳。

1949 年，李劼人一家受到特务的骚扰和监视，李劼人写作《说成都》。

1950 年，被委任为成都市人民政府第二副市长。

1951 年，参加川西区各界人民代表团赴大邑县视察土改试点工作。

1952 年，四川东南西北四行署合并，成立四川省人民政府，李劼人为政府委员之一。

1953 年，李劼人被选为四川省文联和作家协会四川分会副主席。

1954 年，李劼人被选为全国人民代表大会代表，赴北京参加全国人大一届一次会议。

1955 年，修改《死水微澜》《暴风雨前》。

1956 年，出席全国人大一届三次会议。

1957 年，完成《大波》重写本上卷。

1958 年，重写《大波》第二部。

1959 年，出席全国人大二届一次会议。

1960 年，出席全国人大二届二次会议。写作《大波》第三部。

　　1961年，《大波》第三部完稿。

　　1962年，写作《大波》第四部。于12月24日去世。